梁衡……原著 李郦……编注

著名中学师生推荐书系
黄荣华 主编

人人皆可为国王

——梁衡散文精读

名家名作
语文学习经典范本

名校师生
同步阅读指点迷津

復旦大學出版社

著名中学师生推荐书系

编注委员会名单

主　编

黄荣华

编　委

复旦大学附中	李　郦　王希明　黄荣华
北京大学附中	蔡　明
西安交大附中	黑永先　裴　兰
华东师大二附中	江　汇　孙　彧
山东省实验中学	王　岱
杭州高级中学	包素茵　陈　童
上海育才中学	马玉文
上海控江高级中学	陈爱平
上海进才中学	刘茂盾　王云帆
上海建平中学	宁冠群
上海敬业中学	兰保民

我的阅读经历

梁　衡

阅读，不管读哪一类作品，一定要读经典，这样你收获的就不只是粮食，而是种子；不只是几条鱼，还有渔具、渔法。

一个作家的写作是由两大背景决定的，一是他的生活；二是他的阅读。

经常有人问我，你读过些什么书，能不能向年轻人推荐一些？我就面有窘色，一时答不上来。一般作家谈阅读时都能很潇洒地说出那些大部头，读过多少外国名著。我却不能，就算读过几本，也早已忘掉了。我不是小说作家，是写文章的，正业曾是新闻写作、公文写作，业余是散文写作。这些都强烈地针对现实，不容虚构情节、回避问题，否则写出的文章就没有人看了。所以，从作家角度来说，**我的阅读是一种另类阅读，是“撒大网、采花蜜”式的阅读**；从一个普通知识分子来说，这是人人经历过的最普遍的阅读方式，只不过可能我更认真些并且与写作联系起来。**这种方式对学生、记者、公务员和业余写作爱好者可能更合适一些，**我就都曾有过这些身份。下面是我阅读和写作的简要经历，与大家分享。

关于诗歌的阅读

人生不能无诗，童年更不能无诗。条件好一点的家庭注意对孩子专门的选读和辅导，差一点的也会教一些俚语儿歌。**这是一种审美启蒙、**

情感培养和音乐训练。

我大约在小学三年级开始背古诗，中学开始读词。除了语文课本里有限的几首外，在父亲的指导下开始课外阅读。最早的读本是《千家诗》，后来有各种普及读本，如《唐诗100首》《宋诗100首》及《唐诗选》《唐诗三百首》，还有以作家分类的选本，如李白、杜甫、白居易等。这里顺便说一下，我赶上了一个好时代，中学时正是"文革"前中国社会相对稳定、重视文化传承的时期，国家组织出版了一大批古典文化普及读物。由最好的文史专家主持编写，价格却十分低廉，如吴晗主编的《中国历史小丛书》，几角钱一本；中华书局出版的《中华活叶文选》，几分钱一张。不要小看这些不值钱的小书、单页，文化含金量却很高，润物无声，一点一滴给青少年"滴灌"着传统文化，培养着文化基因。这是我到了后来才回头感知到的。说到阅读，我是吃着普及读物的奶水长大的。

和一般小孩子一样，我最先接触的古典诗人是李白，"床前明月光，疑是地上霜"，诗中总有一些奇绝的句子和意境（意境这个词也是后来才知道的），觉得很兴奋，就像读小说读到了武侠。如："日照香炉生紫烟，遥看瀑布挂前川。飞流直下三千尺，疑是银河落九天"，"一为迁客去长沙，西望长安不见家。黄鹤楼中吹玉笛，江城五月落梅花。"并不懂这是浪漫，只觉得美。后来读到白居易《卖炭翁》《琵琶行》，"浔阳江头夜送客，枫叶荻花秋瑟瑟"，又觉得这个好，是在歌唱中讲故事，也不懂这是叙述的美，现实主义风格。总之是在朦胧中接受美的训练，就像现在幼儿学钢琴、学跳舞。后来读元曲，马致远的《天净沙》："枯藤老树昏鸦，小桥流水人家，古道西风瘦马。夕阳西下，断肠人在天涯。"他不说人，不说事，只说景，推出9个镜头，就制造了一种说不出的味道。这就是王国维讲的"一切景语皆情语"。当然这也是后来才知道的。但要想后来能够领悟，就要预先播下一些种子，这就是小时候的阅读。一说古诗词，人们可能就想到深奥难懂。其实古人的好作品恰恰是最通俗易懂的。如李白的"举杯邀明月，对影成三人"，杜甫的"两个黄鹂鸣翠柳，一行白鹭上青天”，李清照的“花自飘零水自流，一种相思，两处闲愁”，都明白如话，但又不只是“白话”，这里面又有音乐、有图画。因为诗的功能是审美，并不是难为人，好诗人是在美感上争风流的。倒是今人学诗、作赋，食古不化，以僻为荣，不美反涩。**古诗词的阅读价值至少有三个方面：一是思想内容；二是意境的美；三是音韵的美。**后两个都是审美训练。这是每个人的写作都要用到的。我们常说，文章美得像诗一样，就是指文章的意境和韵味。在所有文字写作中，只有诗词，特别是古典诗词是专门来表现意境和韵律的美感的。**为什么强调背诗词，就是让这种美感一遍又一遍地濡染自己的心灵，浸透到血液里，到后来提笔写作时就会自然地涌流出来。现在一般人家节衣缩食给孩子买钢琴，倒不如备一本精选的古诗词。**因为成人后，一万个孩子也不一定出一个钢琴家，倒是有一千个要写文案，一百个会当作家，而且在成人前每个人都得先当学生，人人都要写作文。

诗歌阅读对我后来写散文帮助很大。当碰到某个感觉、某种心情无法用具象的手法和散体的句式来准确表达时，就要向诗借他山之石，以造成一种意境、节奏和韵律的美感。所谓模糊比准确更准确，绘画比摄影更真实。

建国60周年时我发表的《假如毛泽东去骑马》，是顺着毛泽东自己曾五次提出要骑马走江河的思路而作的。假设他在“文革”前的1965年到全国去考察（当时中央已列入计划），沿途对一些人事进行重新认识，也许“文革”就不会发生。这篇文章是对毛泽东后期错误的反思，是对“文革”教训的沉痛思考，通篇表现一种反思、悔恨、无奈的惋惜之情。有许多地方一言难尽，我只有借诗意笔法来表现。

我在文中设想毛泽东在“三线”与被贬到这里的彭德怀见面：“未想，两位生死之交的战友，庐山翻脸，北京一别，今日却相会在金沙江畔，在这个30年前长征经过的地方，多少话真不知从何说起。明月夜，青灯旁，白头搔更短，往事情却长。”这里借用了苏东坡词《江城子》与杜甫诗

《春望》的意境。而写毛再登庐山想起1959庐山会议批彭的失误，写道“现在人去楼空，唯余这些石头房子，门窗紧闭，苔痕满墙，好一种历史的空茫。……他沉思片刻口中轻轻吟道：安得依天转斗柄，挽回银河洗旧怨。二十年来是与非，重来笔底化新篇。”在诗意的写景后又代主人拟了一首诗。毛本来就是诗人，其胸怀非诗难以表达。

我的另一篇文章《一座小院和一条小路》写邓小平“文革”中被贬到江西强制劳动。“他每天循环往复地走在这条远离京城的小路上，来时二十分钟，去时还是二十分钟，秋风乍起，衰草连天，田园将芜。”这里借秋景来营造一个意境，抒写他忧郁的心情。这些都是古诗里的句子。

我的回忆季羡林先生的文章《百年明镜季羡老》中有这样一段：“先生原住在北大，房子虽旧，环境却好。门口有一水塘，夏天开满荷花。是他的学生从南方带了一把莲子，他随手扬入池中，一年、两年、三年就渐渐荷叶连连，红花映日，他有一文专记此事。于是，北大这处荷花水景就叫‘季荷’。但2003年，就是中国大地‘非典’流行那一年，先生病了，年初住进了301医院，开始治疗一段时间后还回家去住过一两次，后来就只好以院为家了。‘留得枯荷听雨声’，‘季荷’再也没见到它的主人。”花胜花枯，前后不同的诗意。

有时文章到了结尾处情绪激昂无以言表，只好用诗了。如我的《梁思成落户大同》一文的结尾处：“我手抚这似古而新的城墙垛口，远眺古城内外，在心中哦吟着这样的句子：大同之城，世界大同。哲人之爱，无复西东。古城巍巍，朔风阵阵。先生安矣！在天之魂。”这种效果有如“曲终收拨当心画，四弦一声如裂帛”，非诗不能表达。

我在中学时开始读新诗，断断续续订阅《诗刊》直到工作后多年。新诗给我的影响主要不是审美，而是激情。虽然我后来几乎不写诗，但这种激情一直贯穿到我的散文写作、新闻采写和其他工作中。我们这一代人的诗人偶像是贺敬之、郭小川。他们的诗我都抄过、背过。《回延安》《雷锋之歌》《向困难进军》《祝酒歌》等就像现在的流行歌曲一样响彻在各种场合。他们的诗裹挟着时代的风雷有万钧之力，是那个时代的进行曲，能让人血液沸腾。它的主要作用不是艺术，而是号角。如郭小川的诗句“我要号召你们，凭着一个普通战士的良心。以百倍的勇气和毅力，向困难进军！”毛泽东说：郭小川的“《将军三部曲》《致青年公民》我都看了，诗并不能打动我，但能打动青年……他竟敢说‘我号召！’我暗自好笑，我毛泽东也没有写过‘我号召’”那是一个特定的年代，现在做不到了。现在思想多元化，诗歌当不了号角，不能再起动员作用，它又回归到审美，但这是小众的孱弱的美。那时还出版过一本《朗诵诗选》，精选名家诗作，还有《革命烈士诗抄》都对我影响很大。我现在还保存有几本当年抄诗的笔记本，里面有许多抄自书报刊的无名好诗。1968年12月，我大学毕业分配到内蒙古，先要在农村劳动一年。村里没有什么书可读，塞外的数九寒冬，四个大学生挤在一盆火炕上念诗，互相回忆过去读过的好诗。从北京带去的《朗诵诗选》帮我们度过了那个寒冬之夜。现在想来是有点幼稚，但却**留住了一点激情的火苗，受用一生。**我见到好诗就抄就背，这种爱好持续到40岁左右。后来我在新闻出版署工作，见到新华社老记者张万舒，我说我背过你的《日出》《黄山松》：“九万里雷霆，八千里风暴，劈不歪，砍不动，轰不倒！。”一次全国作协开会，我与诗人严阵坐在一起，我说，我现在还保存有你的诗集《竹矛》。他们没想到在二三十年前还有我这样一个“粉丝”，大家都很激动，谈起那个诗的时代“老夫聊发少年狂”。我在《人民日报》工作，都快要退休了，带着采访组到贵州采访。路上，贵州山水如诗如画，我想起了贵州老诗人廖弓弦的一首诗，背出了第一段：“雨不大细如麻，断断续续随风刮。东飘，西洒，才见住了，又说还下，莽莽苍苍，山寨一幅淡墨画。”同行的年轻人都很惊奇，他们不知道当地还有这样一位诗人，可惜诗人已经过世。这是我高二时在中学简陋的阅览室里读到的，发在《人民文学》的封底上，印象很深。少年时的记忆真是宝贵。那时阅览室里杂志不多，怕人拿走，每个刊物都用一根粗白线拴在桌子上。我不但背诗，也写诗，20

多岁时在河套平原劳动，一年后又当记者，夏收季节八百里河套金黄的麦浪一直涌到天边，十分壮观，就不自量力写了一首几百行的长诗《麦浪滚滚》。那时“文革”还没结束，当然也没有刊物可发。我第一次得到的稿费不是因为散文，而是诗歌。1975 年我调回山西，到大寨乡下，写了一首诗，发在《北京文学》上，稿费 14 元。当时大学毕业生的月工资为 46 元，稿费单插在省委传达室的窗户上，让很多人眼红，我也自豪了一阵子。1988 年我将自己多年读、背、抄的诗选了 56 首，按内容和体例分为写人、写景、抒情、词曲体、古风体、短句体、长句体等 11 类，并加了 40 条点评，出版了一本小册子《新诗 56 首点评》。但我终究没有成为诗人。

新诗阅读对我写作的影响主要是两点：一是激情，二是炼字。

旧诗给人意境之美，新诗直接点燃人的是激情。在各种文体中，诗歌的分工主要是抒情。散文抒情不如诗歌，叙事不如小说，说理不如论文，但它的长处是综合。如果能将每种文体之长都拿来嫁接在散文中，这就出新了。我后来总结“文章五诀”：形、事、情、理、典。这个“情”字就要靠读诗来培养。诗陶冶人性，让人变得热情，可以改变你的性格，你的人生态度。我后来当记者，直至退休多年，每见一新事，就想动笔，甚至一人看电视看到好的节目，听到一首好曲子都会流泪，与读诗有关。当你胸中鼓荡、翻腾，如风如火，如潮如浪，想喊想叫时，这就是诗的感觉，但是不去写诗，移来为文，就是好文章。我曾经写过一篇文章《为文第一要激动》，谈的就是这个体会。青年时期关于诗的训练并不吃亏，都无形地融入了文章中。1984 年我写了一篇散文《夏感》，选入中学课本，并使用至今。全文只有 666 个字，歌颂生命，抒发一种激昂向上、拼搏奋斗的情愫。其实这就是十多年前那首数百行长诗的“转世”。那首诗我现在连一个完整句也想不出来了，但那种情愫总在心中鼓荡。诗歌所给予的感情上的律动，在我后来的散文中都能找见。阅读诗，但写出来的是散文，正如鲁迅说的，吃进去的是“草”，挤出来的是“牛奶”。

读诗对写作的另一帮助是炼字、炼句。诗要押韵，就逼得你选字，本来中国字很多，但这时只许你使用一小部分。如果碰上窄韵字更是走钢丝，冒风险。李清照所谓的“险韵诗成，扶头酒醒，别是闲滋味”。经过这种训练后再去写文章，就像会走钢丝的人走平地，可以从容应对了。下笔时经常一处换三四个甚至七八个字，这就是诗的推敲功夫。从字义、字音、字数上推敲。比如，我在《秋风桐槐说项羽》一文中说到项羽故里的一棵梧桐和一棵古槐，人们在树下“轻手轻脚，给围栏系上一条条红色的绸带，表达对项王的敬仰并为自己祈福。于是这两个红色的围栏便成了园子里最显眼的、在绿地上与楼阁殿宇间飘动着的方舟。秋风乍起，红色的方舟上托着两棵苍翠的古树。”这里是该用“布带”“丝带”还是“绸带”。现场实际情况是什么都有，但文学创作，特别是散文创作要找意境效果。“丝”的质感华贵纤细，与项羽扛鼎拔山的形象不合；“布”更接近项羽朴实的气质，但飘动感不如“绸”。因为文近尾声，这里强调的是“在绿地上与楼阁殿宇间飘动着的方舟”，隐喻两千年来在历史的天空，在人们的心头飘动着的一种思绪。所以还是选“绸带”好一些。还有诗歌常用叠字，特别是民歌。如李季《王贵与李香香》中的“山丹丹”“背洼洼”“半炕炕”等，自带三分乡土味。我在《假如毛泽东去骑马》一文中，写到毛回到陕北，就是用的当地的这种民歌口语“他立马河边，面对滔滔黄水，透过阵阵风沙，看远处那沟沟坡坡、梁梁峁峁、塄塄畔畔上俯身拉犁，弯腰点豆，背柴放羊，原始耕作的农民，不禁有一点心酸。”而写到他内心的自责时，则用古典体“现在定都北京已十多年了，手握政权，却还不能一扫穷和困，给民饱与暖。可怜二十年前边区月，仍照今时放羊人。”借了唐诗“可怜无定河边骨，犹是春闺梦里人”的意境。

诗歌因为与音乐相连，所以最讲节奏。节奏感主要由句式、章节、平仄构成。我在《新诗56首点评》的研究中专门分了长句类、短句类。指出:“短句体借鉴词曲手法和口语句式，节奏强烈，如鼓点，如短笛，如竹筒倒豆。出语就打在你的心上,不另求弦外之音。”如郭小川的《祝酒歌》:“斟满酒,高举杯!一杯酒,开心扉;豪情,美酒,自古长相随。”我读过的印象最深的短句诗是一首《同志墓前》作者叫丹正贡布,并不出名,这首诗注明1963年创作于阿米欧拉山下。当时我手抄在一个本子上,第一节是这样的:

五里外,
滚滚黄河,
高唱着
不回头的歌,
五步内,
三尺土下,
炽燃着
不息的火。
朝朝暮暮,
悼念苦我心,
走近墓前,
泪往草上落……

“五里外、五步内、三尺土”锤锤落地,寸寸剁下。最后的“落”字又落在一个仄声上,节奏更短促急迫。

在散文中,当有需要强调的地方我就多用短句,如敲鼓、钉钉。如在《把栏杆拍遍》中写辛弃疾“对国家民族他有一颗放不下、关不住、比天大、比火热的心;他有一身早炼就、憋不住、使不完的劲。”

而长句体“它不是打击乐,不求鼓点式的节奏,而是管弦乐曲,收悠长、浑厚、深沉之美”。还以郭小川为例,他的《团泊洼的秋天》:“秋风像一把柔韧的梳子,梳理着静静的团泊洼;秋光如同发亮的汗珠,飘飘扬扬地在平滩上挥洒。”这是长句,适宜舒缓的描述。我在《草原八月末》中写对草原的感受就是用的长句:“看着这无垠的草原和无穷的蓝天,你突然会感到自己身体的四壁已豁然散开,所有的烦恼连同所有的雄心、理想都一下逸散得无影无踪。你已经被融化在这透明的天地间。”而有时又要长短结合。如《红毛线,蓝毛线》中“红毛线,蓝毛线,二尺小桌,石头会场,小石磨,旧伙房,谁能想到在两个政权最后大决战的时刻,共产党就是祭起这些法宝,横扫江北,问鼎北平的。”

关于散文的阅读

读散文少不了古典散文,这类似现在搞流行音乐的人,也少不了要知道一点古典音乐。对我影响最大的古文家有司马迁、韩愈、柳宗元、苏轼、范仲淹等。对一般人来说,只要不搞专业,用不着去找他们的原著,古籍浩如烟海,又艰涩难懂,是读不过来的。好在中国文学有个好传统,一代代精选前作,把最优秀的挑出来,只读这些就够了。**关键是精读,最好能背,取其精,得其神。我的古文阅读分三个层次。一是最基本的,课堂上的学习。**中学时我是语文课代表,书中的每一篇古文都是熟背过的,并且要帮老师考同学背书。**二是扩充阅读。**读一些社会上流行的综合选本。最有名的是《古文观止》,但那毕竟是古人编写,离我们还是远了一点。我用得最顺手的本子是中国青年出版社 1963 年出版的《历代散文选》,共选了 150 篇,基本上囊括了历代名文,注释浅近易懂,编者之一的芦荻,后来一度是毛泽东的古文陪读,最近才去世。它成了我的工具书,平时放在案头,下乡采访时背在包里,早晨起来背诵一篇,那时我已过 40 岁了。**三是选更精一点的普及本,经常查阅、体味。**如前面提到的《中华活页文选》,还有上海古籍出版社 1963 年出版的一套古典文学普及丛书,每本只有几毛钱。如《宋代散文》2 角 8 分,现在插在我的书架上,还没有退役。从司马迁到韩愈、柳宗元、范仲淹一路而下到清与民国之交,梁启超是一座高峰。梁继承了中华古文中阳刚的一脉,并将雄壮的文风带入了民国。你看他的《少年中国说》,讲少年与老年的不同,连用14个排比,那气势真如长江黄河顺流而下,摧枯拉朽,为古文标上了一个强烈的休止符。下面该民国和新中国的文章家登场了。

中国古代散文家还有一个好传统,就是和政治结合,除少数专业作家外,好的文章家都是政治家、思想家。我把这个阅读成果编成一本书《影响中国历史的十篇政治美文》,2012年由中国人民大学出版社出版,已多次重印。十篇文章都要符合两个标准:一是它当时提出了一个思想,并且现在还在发挥作用;二是文中的词汇或句子是首创,并进入汉语辞典、语典,现在也还在使用。这个标准是很苛刻的,就是说无论思想还是语言,必须是独家首创,虽过了千百年仍有生命力。这就是经典,可以做范本。这十篇文章是司马迁的《报任安书》、贾谊的《过秦论》、诸葛亮的《出师表》、陶渊明的《桃花源记》、魏征的《谏太宗十思疏》、范仲淹的《岳阳楼记》、文天祥的《正气歌序》、林觉民的《与妻书》、梁启超的《少年中国说》和毛泽东的《为人民服务》。这是中国文章的脊梁骨。这些文章都是用血和泪写成的。不知多少改朝换代、人事兴替、血流成河、硝烟战火、经验教训才凝成一篇文章。"一将功成万骨枯",一篇能载入史册的名文背后,是几代人的心血。

古典散文中除司马迁、唐宋八大家这两座高峰外,还有一头一尾。一是汉赋,一是明清笔记小品。

汉赋,离我们远了一点,词汇可能生僻些。但它从诗歌中脱胎出来,有诗的气质、韵味,语言极度豪华。学习炼字、造句不可不看,但也不必去写,毕竟时代不同了。我常看的一个本子是《历代赋译释》,黑龙江人民出版社,1984年版。我把赋的意境运用到散文中,主要是取它一唱三叹,流连忘返的效果。其中枚乘的《七发》较为有名,这与毛泽东在庐山会议上曾引用它有关。我写《觅渡,觅渡,渡何处》一文时,说到瞿秋白"是一座下临深谷的高峰",就是从《七发》中"龙门之桐,高百尺而无枝……上有千仞之峰,下临百丈之溪"而化来的。

明清笔记小品的长处是比唐宋古文有了平易而精致的叙述,在叙述中抒情,说理。如张岱的《湖心亭看雪》景中有事,事中有情。纪晓岚的《阅微草堂笔记》在讲故事中说理。他的《狐友幻形》中讲,一文人有一个隐身的狐狸朋友,会变成各种人,变老、变小、变男、变女,有朋友聚会时就变来为大家助兴,但只闻声不见形。众人就说,为什么不拿出你的真形。狐说:"天下之大,谁也不肯露出自己的真实面目,为什么要强求我一人现真形呢?"说罢,大笑而去。辛辣、幽默、深刻。与司马迁、唐宋八大家正襟危坐、洪钟大吕式的文章相比,又是一种迥然不同的风格。明清散文我还特别喜欢清代沈复的《浮生六记》。这是一本笔记体散文。因是叙述自己的生活际遇,作者原也不准备发表,所以十分真实感人。文字清新流畅,简洁明亮。我是 1983 年左右看到这本书的,一看即爱不释手,深深地为作者高超的文字功力所折服。读这本书不是汲取什么思想,主要是学语言。比如,他写与自己妻子第一次见面时的印象只八个字:"颔之以首,笑之以目",一个淑女形象跃然纸上。本书最先由人民文学出版社的 1983 年出版,后来不少出版社又争相出版,有白话本、插图本等各种版本。我到处给人推荐,大约买了六七本送人。它实在是我国散文发展到古代社会末期的又一变格,又一个新的高峰。杨绛老先生还仿其格写了一本《干校六记》,可见它在学人心中的地位。

正如古典诗词对我写作的帮助是"意境",古典散文对我的帮助是"气势"。文章是要讲势的,所谓文势。"文势"是中国古典写作理论中珍贵的遗产,这一点现代散文比较弱。苏东坡讲"吾文如万斛泉源,不择地皆可出。在平地,滔滔汩汩,虽一日千里无难。及其与山石曲折,随物赋形,而不可知也。所可知者,常行于所当行,常止于不可不止,如是而已矣!其他,虽吾亦不能知也。"毛泽东说:"文章须蓄势。河出龙门,一泻至潼关。东屈,又一泻到铜瓦。再东北屈,一泻斯入海。行文亦然。"古文中的好文章大多有气势。往往一开头就泰山盖顶,雷霆万钧,先声夺人。我上中学时,语文课上老师讲的一段话,让我终生难忘。他说韩愈每写一文时，总要重读一遍司马迁的文章，为的是借太史公的一口气。到后来我也开始作文时深切感到要从经典借气，为文时经常要重读名文，或者曾背过的经典文章会不自觉地跑出来助势。如《红毛线，蓝毛线》的开头："政治者，天下之大事，人心之向背也。"《张闻天：一个尘封垢埋却愈见光辉的灵魂》的开头："从来的纪念都是史实的盘点与灵魂的再现。"就是借的《十思疏》《过秦论》这类文章的势。其实不只是文章讲势，长篇小说的开头也讲势，中国四部古典中《三国演义》的开头最有势："话说天下大事合久必分，分久必合。"外国名著《安娜·卡列尼娜》的开头："幸福的家庭都是相似的，不幸的家庭却各有各的不幸。"这都是"文章五诀"中的"理"字诀开头。我在《二死其身的彭德怀》中有一大段叙述："彭德怀行伍出身，自平江起义，苏区反围剿，长征、抗日、解放战争、抗美，与死神擦边更是千回百次。井冈山失守，'石子要过刀，茅草要过火'，未死；长征始发，彭殿后，血染湘江，八万红军，死伤五万，未死；抗日，鬼子扫荡，围八路军总部，副参谋长左权牺牲，彭奋力突围，未死；转战陕北，彭身为一线指挥，以两万兵力敌胡宗南 28 万，几临险境，未死；朝鲜战争，敌机空袭，大火吞噬志愿军指挥部，参谋毛岸英等遇难，彭未死。"是借自文天祥的《指南录·后序》。而入选中学课本的《晋祠》，则有《小石潭记》的影子。这都是站在巨人的肩膀上借势发力。

阅读现代散文，我是从读报刊文章入手的。我上初中时，家里订有一份《人民日报》，大人看正版，我看副刊。那时报上的名家有秦牧、杨朔、刘白羽、方纪、魏巍等。当时《人民日报》开了"笔谈散文"栏目，一直到现在还流行的"形散神不散"的观点就是那时提出来的。但我一直觉得这个观点是个伪命题，是自搭台子自唱戏，抓住一个"散"字自以为很妙，就衍生开来做文章。其实散文相对于韵文当然是散的，莫非还要去做"新八股"？而"神"则从来也没有人说可以散。后来我在山西省委宣传部新闻处工作，订阅各省的报纸，我就每天把副刊扫一遍，阅读量很大。报刊文章的特点是与时代贴近，你不会陷入古籍或自我沉醉，陷入迂腐；缺点是水平不齐，一般来说浮浅的较多，多少天，才眼睛一亮遇到一篇好文章。但这正可训练你的鉴赏能力。时间长了自然也会打捞到一些好东西。如我数十年前在《人民日报》副刊上读到的《笑谈真理又何妨》，还有一篇小品，以推磨磨面、喻人才的使用“只要心中正，何愁眼下迟。得人轻着力，便是转身时。”至今仍历历在目。对报刊的阅读随时代的发展又增加了网络阅读，更加快捷，信息也更多。如十八大前，我们对内官僚腐败对外示弱，舆论很不满，我在网上看到普京对内低调对日强硬的几条新闻，随即写成短文《普京行走在空旷的大街上》（《人民日报》2013 年 7 月 18 日），还有在网上看到某地方人民代表大会的工作报告，竟是一首 6000 字的五言长诗。正值春节，大年初一无事，便写了一篇《为什么不能用诗作报告》（发表在《人民日报》2015 年 2 月 28 日）瞬间即点读数十万次，新媒体为我们提供了更大的阅读空间。其实阅读与写作是一个连续不断的因果关系，你阅读了别人的东西，通过写作又转化为作品服务他人。阅读是面，写作是点；阅读是吃进草，写作是挤出奶。在报刊、网络上的阅读是撒大网，如羊在草原上吃草，大面积地吃，夏牧场不够吃又转到冬牧场吃，一般草场约十亩地才能养活一只羊。我就是一头阅读散养的羊。

上世纪 30 年代中国现代散文出现了一座高峰。从中学到参加工作，这一段时间我一直读的是“革命散文”，虽也有艺术性好一点的，但总不能脱解政治的套子。直到“文革”结束，我读到了 1980 年上海文艺出版社的《现代散文选》，比较集中地读到了 30 年代鲁迅、朱自清、徐志摩的作品，让我知道了**文学（特别是散文）第一要“真”，要有真情实感。**文学作为一种艺术，并不是必须担负说教任务，审美才是它的本行。朱自清的瑞士游记，“瑞士的湖水一例是淡蓝的，真平得像镜子一样。太阳照着的时候，那水在微风里摇晃着，宛若是西方小姑娘的眼。”徐志摩《我所知道的康桥》，“这岸边的草坪又是我的宠爱，在清早，在傍晚，我常去这天然的织锦上坐着，有时读书，有时看水；有时仰卧着看天空的行云，有时反扑着搂抱大地的湿软。”都深深地打动了我，并永远不忘。他们对情和景的解读方式几近完美，这对读了多少年“革命”散文的我，无异于一种文学回归，是我的“文艺复兴”。30 年代代散文中还有一篇对我影响很大的是散文家夏丏尊翻译的一篇散文《月夜的美感》。这篇文章是我读陈望道先生所著的《修辞学发凡》时读到的，他在书中作为例文使用。我却如获至宝，作为范文研读。（可惜 1980 年再版的《陈望道文集》中此篇已被换掉）。这是一篇少见的推理散文，而且以后我再也没有见过这样写法的文字。我特别写了一篇推荐文章给《名作欣赏》杂志。文章发出后有热心的同好者来信告知作者是日本作家高山樗牛。而且陈版所引文字不全，还缺另外五个小节。《名作欣赏》杂志又将全文补齐重发了一遍，这实是一段文学佳话。中、日文的表达方式肯定有所不同，这篇散文的文字魅力应该得力于夏丏尊的翻译，但文中独创的推理表达则是日本作家的发明。作者好像决心不让你先去感觉，而是让你来理解月色的美，在理解中再慢慢地加深感受。一般文人最不敢使用的逻辑思维方式，倒成了作者最得心应手的武器。我们平时说月色的美丽，一般总脱不了朦胧、温柔、恬淡等意境。这里，作者再不想再唱这个很烂的调子了，而是像做一道证明题一样来推论为什么会这样温柔、朦胧、恬淡。你看他的步骤：先证明月色的青，再证明青在色彩上力量的弱，于是便有“柔”感，生平和、慰藉之效；青的光不鲜明，于是有神秘、无限之感；便若有若无，这就是朦胧、飘渺之美。这种用推理、用逻辑思维来写风景真是太大胆了。我后来入选中学课本的《夏感》，还有刻在黄果树景区的《桥那边有一个美丽的地方》等散文，都是得力于这个启示。

从此我开始了山水散文写作，追求清新、纯美的风格。**现代散文，我认为最好的是朱自清。**朱之前我很崇拜杨朔，他的许多篇章都背过，但后来很快就放弃了这种模式。我小学时用自己攒的零花钱买的第一本散文集是秦牧的《艺海拾贝》，他的《社稷坛抒情》，还有魏巍的《依依惜别的深情》，都是几千字的长文，也都曾背过。1988 年，我把长期阅读散文的体会编辑出版了《古文选评》《现代散文赏析》，与《新诗 56 首点评》合为一套“学文必背丛书”。这是强调读而后背的，广读精背，这是一个笨办法。

有阅读就有思考。作品是思想和艺术的载体，读多了就会分出好坏、深浅，并发现其中的规律。在对大量古今散文作品阅读后，我思考了三个问题。

一、什么是散文的真实？第一，散文是表现一个真实的“我”，必须是真人、真事、真情。散文不是小说，不能随心所欲编故事；第二，散文有它独立的美学价值，不能注解政治，套政治之壳。虽然由于那个时期特殊的政治环境，一切艺术，文学、绘画、音乐等都曾背过政治的包袱，但散文在这方面陷得更深一些。关于散文的文艺批评尽管有许多眼花缭乱的理论，却很少触及这两个最普通的大白话式的原理，或者是碍着名家的面子，不愿去说。如何为的《第二次考试》明明是小说，长期以来被当成样板散文编入课本，收入各种选本。杨朔的散文影响更大，被收入大学、中学课本，不管写景、写人都要贴上政治标签，几成一个写作定式。1982 年我在《光明日报》发表《当前散文创作的几个问题》一文，第一次提出对杨朔散文模式的批评。十多年后，在中国作协为我组织的作品研讨会上，作协副主席冯牧老先生说：“真实是散文的生命。这次看梁衡同志的书，有文章专谈这个问题，我们不谋而合。他在散文理论上还有一个值得重视的贡献，就是最早提出对杨朔散文模式的批评，这种缺点不光是杨朔一个人有，这是历史的局限造成的。”为了验证我自己的这种理论，我 1982 年创作了《晋祠》，并于当年入选中学课本。

二、怎样突破平庸。毋庸讳言，我们平常在报刊上见到的作品，平庸的占多数。这是一个社会现实。某次，一位文学编辑对我说：“我终年伏案看稿，就像被埋在垃圾堆中，心情十分压抑。”改革开放以来，散文在跳出“庸俗地服务政治”之后，又胆怯地回避政治，大散文不多。也正如冯牧先生说的：“我不喜欢一些‘心灵探险式’的散文。杯水波澜，针眼窥天，无病呻吟。这些散文不关心现实，只关心自己的情趣。这不应该是我们散文写作发展的总体趋势。”1998 年 7 月我在《人民日报》发表了《提倡写大事、大情、大理》一文。以这一年为转折，我的散文写作由山水题材转入政治散文。以 1996 年发表《觅渡，觅渡，渡何处》为标志，这篇文章也入选了中学课本。

三、什么是散文的美？怎样做到美？我提出散文的“三层五诀”论。“三层”是描写叙述的美、抒情的美与哲理的美，即形美、情美、理美；“五诀”是形、事、情、理、典，五种表现手法。这是一个长期阅读思考的过程。1988 年我发表《散文美的三个层次》，2001 年 7 月，我在鲁迅文学院讲《文章五诀》，并于 2003 年发于《人民日报》。我用这个理论分析了大量散文名篇，2009 年 7 月在中央“部级领导干部历史文化讲座”上以范仲淹的《岳阳楼记》为例进行讲解，随后出版了《影响中国历史的十篇政治美文》（中国人民大学出版社）。

在散文领域我是两条腿走路。一方面是通过大量地阅读、思考散文理论；一方面是创作实践。我的散文创作可分为前后两期。前期是山水散文，以《晋祠》为代表；后期是政治散文或称人物散文（其实仍是政治人物较多），以《大无大有周恩来》《觅渡，觅渡，渡何处》为代表。

关于科普作品的阅读

恩格斯说，一个苹果切掉一半就不再是苹果。一个记者、作家只读社会科学不读自然科学，他眼里的世界就不是一个完整的世界。

我是学文科的，后来的工作也不是科技领域。但是误打误撞，进入了科普写作领域。经过“文革”十年浩劫，1978 年全国科学大会之后科学的春天来到了，报刊上沉寂了十年后科普文字如雨后春笋。被耽误了的一代，有的恶补文学知识，搞创作；有的恶补科学知识，准备升学或搞科研。我出于好奇，也开始浏览一些科学故事。

那时我在《光明日报》当记者，跑科学口和教育口。科技工作者思维活跃，读书多，常讲一些我所不知的，他们学科领域的故事，很吸引人，科学并不枯燥。我也常采访学校，看到学生读书很苦，而且不少人对数理化有畏难情绪，心里烦燥。我发现这原因不在学生，而在我们的教学不得法。科学和教育没有沟通。小孩子先有形象思维，数理是逻辑思维，很多学生一下子不适应。为提高学生的学习兴趣，我想能不能转换成思维，把课本里公式、定理的发现过程及人物故事写出来，让学生像读小说一样学数理化。我决定尝试一下。

第一步是找故事。读所有能看到的科普报刊，按照中学课本里的内容寻找公式、定理背后的故事。大量剪报，分类剪贴了数学、物理、化学、生物等几大本。除了剪报又摘卡片。那时还没有电脑，更没有百度等搜索，大学一入学的训练就是手抄卡片。我专门做了一个半人高的卡片柜，像中药店的药柜。只读报刊当然不够用，又读科学家传记，如《伽利略传》《居里夫人传》《达尔文传》等。读单本书不行，还得宏观把握科技进步的过程，又读科学史、工具书，如李约瑟的《中国科技史》《自然科学大事年表》之类。有事实和故事仍然不够，还得恶补科学知识和科学方法论。现在还留有印象的如恩格斯的《自然辩证法》，德国科学家贝弗里奇的《科学研究的方法》，俄裔美国著名科学家阿西莫夫的科普系列、中国数学家王梓坤的《科学发现纵横谈》，物理学家方励之的小册子《从牛顿定律到爱因斯坦相对论》等。我走的还是经典加普及的路线，读那些大家的最好的经典普及本。如爱因斯坦的《狭义与广义相对论浅说》，1964 年出版，100 多页，才 3 角 7 分钱一本。

我写的第一个故事是数学方面的。我们在初中就学过什么是“无理数”，这是个抽象概念，怎么还原成形象？古希腊有个数学家叫毕达哥拉斯，他死后几个学生在争论老师的学问。一个叫西帕索斯的说，他发现了一种老师没有发现的数，比如用等腰三角形的直角边去除斜边，就永远除不尽。别的学生说，不可能，老师没有说过的就是没有，你这是对师长的不敬。当时大家正在船上,争到激动时不能控制情绪。几个人便把西帕索斯举起来扔到海里淹死了。事件过后,他们反复演算,确实有这么一种数。比如圆周率,小数点后永远数不完。于是就把已有的,如整数、循环小数等叫有理数,这个新数叫无理数。这就是我小说里的第二章《聪明人喜谈发现,蛮横者无理杀人——无理数的发现》。这个故事,教师在课堂上三分钟就可讲完,但学生一生不会忘。我把这故事发在刊物《科学之友》上,大受欢迎,编辑部要求接着写,结果骑虎难下,每月一期,连载了四年,1985 年 1 月结集出版了《数理化通俗演义》第一册,1988 年三册全部出齐。有一次汪曾祺先生与我同在一个书店签名售书,他高兴地为这本书题辞:“数理化写演义堪称一绝”。这本书先后出了香港版、台湾版、维吾尔文版,重印 20 多次,不知救了多少已对数理化失去信心的孩子,很受学生和家长欢迎。中国科学院院长白春礼、科普老前辈叶至善都曾为书作序。这是一部无法归类的怪书。它的起因,一开始就不是创作小说的文学冲动,也不是科普创作的知识冲动,而是一个记者社会责任的延伸。

科学阅读的另一个间接的成果是充实了我的散文创作。我们常说,用世界的眼光看中国,就是说由宏观看局部更清楚,如果能用科学的眼光看文学,至少写作时腾挪的空间会更大。比如,我在《大无大有周恩来》一文的结尾处,谈到伟人人格的魅力,谈到为什么他们虽已故去多年又让人觉得如在眼前,我借用了“相对论”的时空观:“爱因斯坦生生将一座物理大山凿穿而得出一个哲学结论:当速度等于光速时,时间就停止;当质量足够大时它周围的空间就弯曲。那么,我们为什么不可以再提出一个‘人格相对论’呢?当人格的力量达到一定强度时,它就会迅如光速而追附万物,穹庐空间而护佑生灵。我们与伟人当然就既无时间之差又无空间之别了。这就是生命的哲学。”

在《最后一个戴罪的功臣》一文中说到林则徐被发配到新疆服罪,边工作,测绘耕地,“整整一年,他为清政府新增六十九万亩耕地,极大地丰盈了府库，巩固了边防。林则徐真是干了一场‘非分’之举。他以罪臣之分，而行忠臣之事。而历史与现实中也常有人干着另一种‘非分’的事，即凭着合法的职位，用国家赋予的权力去贪赃营私，以合法的名分而行分外之奸、分外之贪、分外之私。可知世上之事，相差之远者莫如人格之分了。确实，‘分’这个界限就是‘人’这个原子的外壳，一旦外壳破而裂变，无论好坏，其力量都特别的大。”这里借用了物理学上的原子裂变，即原子弹爆炸的原理，来喻人格“裂变”的能量。

在《蒋巷村的共产主义猜想》一文中，写到这个富裕村的陈列室里张贴有800年前辛弃疾描写江南生活美景的词，又写到他们现在公共福利的分配方式，就用科学术语来解释：

> 基因学有一个术语：基因漂流。自然物种在进化中，总有某种基因会飘落某处与其他基因结合成新的物种。共产主义理论一产生就是一个在欧洲大陆上“游荡的幽灵”，一个漂流的理论基因、科学基因。160多年后，它漂到中国的江南水乡，与这里从800年前漂过来的，辛弃疾词里所表达的那个天人合一、老少同乐、物我一体的乡土基因相结合，成了现在的这个新版本，蒋巷村版（现代中国还有其他版本，如华西村、南街村版版、大寨村版，含意各有不同）。

修辞上有一种格叫“拈连”，把本是用于描述甲事物的词汇移来说乙。如“相对论”“裂变”“基因”都专用的物理、生物词汇，却用来说人和事。把科学思维、科学术语用于文学，正是一种跨界大拈连。拈连实际上也是一种比喻，是隐喻。而比喻中甲乙两物是相距愈远，性质差别愈大，所产生的比喻效果就愈强烈。

因为阅读科普作品，同时又采访科技界，使我有机会参加有关学术活动。1984年8月在北京召开全国第一次思维科学讨论会，筹备成立思维科学研究会，我有幸参加。这种综合学科的研讨与文学界开会有很大不同。会议人数不多，一共才59人，但名家不少。我过去的偶像如钱学森、吴运铎、高士其等都出席了，还有80岁的心理学教授胡寄南，美学家李泽厚等。钱学森用一整天的时间做开场报告，后几天就坐在台下仔细听。大家自由争论最前沿的知识，主要是讨论思维规律，逻辑思维与形象思维的不同及联系。就在这次会上钱学森提出五种思维方式：形象思维、逻辑思维、灵感思维、社会思维和特异思维。耳听笔记，这是一种近距离的阅读，让我的思维方式有了一个大扩张、大转换。自从增加了科学方面的阅读，我才知道世界原来有这么大，思维方式可以有这么多种。自觉头脑比原先灵活聪明了许多。后来我与人合作写了一篇谈思维科学的文章，经钱学森先生审定发表在《光明日报》上。

关于理论和学术经典的阅读

我在《文章五诀》中提出形、事、情、理、典。这个"典"是指经典、典故，特别是理论经典。**什么是经典？常说为经，常念为典。经典标准有三：一是达到了空前绝后的高度；二是上升到了理性，有长远的指导意义；三是经得起重复引用，能不断释放能量。**由于长期的文化积累与筛选，每个领域都有各自的经典。而更高层次的是理论和学术经典，特别是政治与哲学方面的经典。

一般人，特别是文学爱好者常误认为政治、理论枯燥乏味，干瘪空洞，不如文学那样水灵、煽情。这是因为文学与理论属不同的思维体系，一个是形象思维，一个是逻辑思维。他虽感觉到了这个不同，但不知道作为形象思维的文学只有借助理性的逻辑思维才会更深刻，从而更形象、更生动。就如我们常说的只有理解了的东西才能更好地记忆。这中间有一道门槛，翻过之后，就是一片高地。

我们这一代人赶上"学习毛泽东著作"高潮。这是一个半被动、半主动的经典学习运动。说它被动，是因为那是一个特殊时期，一场运动，人人学，天天读，你不得不学；说它主动，是因为毛的文章确实写得好，道理深刻，文采飞扬，只要一读开，就能吸引你自觉地读下去。

我第一次接触毛泽东的文章，是在中学的历史课堂上。不认真听课，却去翻书上的插图。有一张《新民主主义论》的影印件，如蚂蚁那么小的字，我一下子就被开头几句所吸引：

> 抗战以来，全国人民有一种欣欣向荣的气象，大家以为有了出路，愁眉锁眼的姿态为之一扫。但是近来的妥协空气，反共声浪，忽又甚嚣尘上，又把全国人民打入闷葫芦里了。

“欣欣向荣、愁眉锁眼、甚嚣尘上、打入闷葫芦”这么多新鲜词，我不觉眼前一亮，有一种莫名的兴奋。这是一种从未见过的文字，说不清是雅，是俗，只是觉得新鲜，很美。放学后，我就回家找来大人的《毛泽东选集》读。我就是这样开始读毛文的，并不为学政治，是为学语言，学文章。后来我逐渐通读了《毛选》四卷，还精读了不少篇章。之所以能学下来，政治压力是有的，但主要还是文章本身的魅力。要不，毛之后其他领导人的文章也曾大量公款派送、组织学习，怎么就是学不起来呢？

我对马、恩著作的阅读也是半主动、半被动的。可分两个阶段。第一阶段是“文革”以前，囫囵吞枣，如私塾背书一样，只是储存了下来；第二阶段是改革开放之后，结合形势重新验证马恩的观点，又去主动温习。因为我是学文科的后来又做新闻，一方面是专业要求，一方面是工作需要，所以读了不少也忘了不少，留下印象的有《共产党宣言》《自然辩证法》《家庭、私有制和国家的起源》《在马克思墓前的讲话》等，一些原理是刻骨铭心的。比如，“环保”这个概念是近二三十年的事，可是恩格斯在一百多年前就发出警告：“我们不要过分陶醉于我们对自然界的胜利。对于每一次这样的胜利，自然界都报复了我们。每一次胜利，在第一步都确实取得了我们预期的结果，但是在第二步和第三步却有了完全不同的、出乎预料的影响，常常把第一个结果又抵消了。”（《自然辩证法》）这种深刻、彻底，你不得不佩服。特别是经历了“文革”大失败后重新发现马恩，你不得不承认他们说得对，是我们过去念歪了经。如“人们为之奋斗的一切，都同他们的利益有关。”（《第六届莱茵省议会的辩论》）“思想一旦离开‘利益’，就一定会使自己出丑。”（《神圣家族》）多么朴素的真理！一部经典不可能全部背下来，只要做到读懂原理，知道观点，记得一些警句，要用时能很快查找出来就够了。

我们不是常说文学是人学，是社会学吗？不是常说爱和死是文学永恒的主题吗？你看马克思怎么说：“人和人之间的直接的、自然的、必然的关系是男女之间的关系。你就只能用爱来交换爱，……如果你的爱没有引起对方的反应，也就是说，如果你的爱作为爱没有引起对方对你的爱，如果你作为爱者用自己的生命表现没有使自己成为被爱者，那么你的爱就是无力的，而这种爱就是不幸。”（《1844 年经济学手稿》）

对毛泽东著作的阅读，最有用的是他的两本哲学书《实践论》与《矛盾论》，还有可以作为写作示范的一批很漂亮的论文、讲话，如延安整风时期的《反对党八股》等，在 1949 年解放战争后期代新华社起草的《别了司徒雷登》《将革命进行到底》等一批社论、时评，集中展示了他的政治才华与文学才华。这种阅读对我来说已是三分政治七分文学了。后来 2013 年毛泽东诞辰 120 周年时，我将这个多年来的阅读体会写成了一篇文章《文章大家毛泽东》，《人民日报》整版刊登。本文与另一篇在周恩来诞辰百周年时发表的《大无大有周恩来》，可以说是我对毛、周两个伟人的阅读笔记。

对经典，你读不读、喜欢不喜欢是一回事；它客观存在、确实有用，是另一回事。如果你没有读，其实是吃了暗亏。就好像说一种好食物，你不知道，没有吃过，但它确实好吃。马、恩对未来社会的猜想，也许不能实现，就像天文学家关于宇宙大爆炸的猜想，现在也还没有得到验证。但你不得不承认这种理论的伟大和思维方法的科学，要不它怎么能造就数百年的科学社会主义运动？同理，虽然毛泽东后期有重大错误，但在他领导下确实改变了旧中国，建立了一个新中国，另外，还有他的个人才华和魅力。经典不是一份名人豆腐账，不必拘泥于马、恩哪一年到伦敦、到巴黎，与费尔巴哈、黑格尔、杜林什么关系，也不必拘泥于毛泽东当年到哪里，说了什么话。理论经典让人敬而远之的一个原因是后人的刻舟求剑，过度解读，故意神化、僵化，拉大旗当虎皮。就像儒家经典一样，马、恩经典也一遍又一遍地被人涂抹、改塑。随着历史潮水的退去，经典突显的只是原理，其它都已不重要。邓小平说“学马列要精，要管用的。长篇的东西是少数搞专业的人读的，群众怎么读？要求都读大本子，那是形式主义的，办不到。”经典的阅读与出版始终有两条路线。一是真正的学术大家、出版家，为读者着想，筛选出最基本、最精华的东西，做成最便宜的普及本，书愈做愈薄，人愈读愈有味；二是拉经典扯大旗，靠经典吃经典，为出书而出书，不停地注释、索引、解读，书愈做愈厚，让人愈读愈烦，而公款出版又加重了这个恶性循环。经典要转化为有效阅读必须有负责任的、高水平的、联系实际的、深入浅出的普及环节。可惜政治经典的普及做得很不好，远不如文学经典。我印象深的好的普及本仍然是艾思奇的《大众哲学》，后来我常用的一个本子是《马克思恩格斯要论精要》（中央编译出版社 2001 年 8 月第一版）

另外，从马克思到毛泽东也不是一般人想象的那样艰深、枯燥、可怕，他们并不缺少文采。如马克思谈资本与劳动力的关系“原来的货币所有者成了资本家，昂首前行；劳动力所有者成了他的工人，尾随于后。一个笑容满面，雄心勃勃；一个战战兢兢，畏缩不前，像在市场上出卖了自己的皮一样，只有一个前途——让人家来鞣。”（《资本论》）他还这样来挖苦书报检查制度：“你们赞美大自然悦人心目的千变万化和无穷无尽的丰富宝藏，你们并不要求玫瑰花和紫罗兰散发出同样的芬香，但你们为什么却要求世界上最丰富的东西——精神只能有一种存在形式呢?”（《评普鲁士最近的书报检查令》）毛泽东谈政治与经济的关系：“搞社会主义不能使羊肉不好吃，也不能使南京板鸭、云南火腿不好吃，不能使物质的花样少了，布匹少了，羊肉不一定照马克思主义做，在社会主义社会里，羊肉、鸭子应该更好吃，更进步，这才体现出社会主义比资本主义进步，否则我们在羊肉面前就没有威信了。社会主义一定要比资本主义还要好，还要进步。"(1956年在知识分子会议上的讲话)这种机智、幽默现在的政治家、文人都是很难企及的。

政治理论经典对我写作的帮助，是学会直取问题要害，找到打开读者思想大门的钥匙，登上可以俯视山下的制高点，也就是找到文章的"文眼"。前面说过韩愈为文时要向司马迁"借气"，我则常向马、恩、毛"借力"，借政治之力。在文章看似山穷水尽时，又翻上一层，极目千里，借助政治的高度，是为政治散文。比如，改革开放后农村富了，有钱怎么花，怎么建设新农村？有各种典型，但都摆不脱好吃、好住、高消费。我在江苏看到这样一个典型，他们 一切以人为中心，追求人的生活自由、劳动自由、精神自由。村里办有多种企业，早已做到已充分就业，但每家还留了几分地，为的是留住乡愁，享受田园生活的自由。连敬老院也分几种类型，养老方式自由选择。这不就是《共产党宣言》里讲的共产主义就是自由人的联合体吗？就是恩格斯讲的："我们的目的是要建立社会主义制度，这种制度将给所有的人提供健康而有益的工作，给所有的人提供充裕的物质生活和闲暇时间，给所有的人提供真正的充分的自由。"于是我写了《在蒋巷村的共产主义猜想》。摘要如下：

"共产主义是什么样子？谁也没有见过，到现在还是想象中的事情，十分遥远和渺茫。于是共产主义就有了各种各样的版本。

"我的所经所见大约有两种。一是解放前后'点灯不用油，耕地不用牛'最初级的'解放版'。二是'人民公社'版，一场黄粱梦。而这次我却看到了一个与前两个不同的比较接近马克思想法的版本，我把它叫作'中国乡村版'的共产主义猜想。

"蒋巷村不大，186户，1700亩地，800口人。40年前曾是一块低洼闭塞的蛮荒之地。村展览室的墙上张贴着一首辛弃疾800年前描写江南农村生活的词《清平乐》：'茅檐低小，溪上青青草。醉里吴音相媚好，白发谁家翁媪。大儿锄豆溪东,中儿正织鸡笼;最喜小儿无赖,溪头卧剥莲蓬。'这是中国农民几千年来的理想追求。现全村已人均年收入两万多,学生上学全免费。老人,55 岁开始每月补 300 到 600 元,如身患重病者,月补 400 元。他们说这是'按劳分配加按老分配'。

"按照恩格斯说的那三条,最难的是第三条'给所有的人提供真正的充分的自由'。工作自由已不必说,而养老一项,难在怎样既保证老人生活舒服,又精神自由,还能减轻年轻人的负担。蒋巷村却有办法。全村 55 岁以上老人 200 个,按说各家都有别墅小楼,住房宽裕,三世同堂,足可养老。但村里又另盖 200 套老人公寓。平房庭院式,花木葱茏,阳光明媚。分单身居和夫妻居两种,面积不同。室内厨、卫、寝、厅,一应俱全。老人如愿与子女合住,则住;不愿即可搬来公寓自住。免去了许多因"代沟"所引起的习惯不合与情感摩擦。分而不裂,和而不同,亲情不减。'每个人的自由都是对方自由的条件'。

"蒋巷村的现状当然不是共产主义,但它肯定是人们追求理想征途上的一小步。共产主义理论一产生就是一个在欧洲大陆上'游荡的幽灵'。160 多年后,它漂到中国的江南水乡,与这里从 800 年前漂过来的,辛弃疾词里所表达的那个天人合一、老少同乐、物我一体的乡土基因相结合,成了现在的这个新版本,蒋巷村版(现代中国还有其他版本,如华西村、南街村版版、大寨村版,含意各有不同)。

"在蒋巷村我又重读了一遍共产主义的猜想,也读出了一点哲学和科学社会主义的意义。"

蒋巷村,本是一个普通的江南水乡的富裕典型,可以写成一般的新闻通讯、游记散文,但是我这里调动了过去对马恩经典的阅读,将江南美景、新村变化、数字事实和传统的小康观念,用"共产主义猜想"这个主题来统领,开辟了一个新的理性高度和审美角度。

"典"当然主要是指经典的原理。但是典型的人和事,甚至经典的句式都可以拿来引用、翻用以增加文章的力度和情趣了。比如我们年年喊反形式主义，就是反不掉，某地开人大会，领导炫才，工作报告居然是一首6000字的五言诗。我写了一篇评论（《为什么不能用诗作报告》）结尾时说："这确如马克思所说，是'惊险的一跃'，如果跳跃不成功，那摔坏的一定不是形式，而是形式的拥有者。"马克思的原意是，从商品到货币的过程是"惊险的一跃"，这个跳跃如果不成功，摔坏的不是商品而是商品所有者。

顺便再说一下对其他经典的阅读使用。前面讲过经典的作用是它上升到了理论的高度，可以指导工作。我在阅读中，总注意寻找那些可以指导写作的理论依据。这里举两个例子。

在1983年前后因对杨朔散文的阅读，产生了疑问，这涉及形式美的问题，便去读美学方面的文字，最主要的有黑格尔的《美学》并作了详细笔记，那真是一本很难啃的书。我从中只学到一点精髓，就是把握好三个关系：

第一，人与审美对象的关系。黑格尔把人与外部世界的关系概括为三种，一是消耗、破坏它，换取自身的生存，是一种消费关系；二是研究它，并不破坏，是思考关系；三是欣赏它，保持距离，是审美关系。就是说，你把对象破坏了不美，研究得很透了也不美，有距离才美。

第二，把握事物内容与形式的关系，形式有独立存在的价值，即审美价值。既不能让形式妨害内容，也不能降低审美价值，"把它降为一种仅供娱乐的单纯的游戏"。

第三，把握审美的作用，即艺术对人的作用。人是由动物变来的，难免有动物性的粗俗的一面。黑格尔的原话是："人们常爱说：人应与自然契合一体。但就它的抽象意义来说，这种契合一体只是粗野性和野蛮性，而艺术替人们把这契合一体拆开，这样，它就用慈祥的手替人解去自然的束缚。"就是说艺术创作不能粗制滥造，不能媚俗，而承担着净化人的心灵的责任。

这是一个很基本的审美原理，就像自然科学中的牛顿力学原理，用它可以解答艺术、创作、欣赏、文艺批评中等一些常见的疑问。比如经常困扰我们的，引起读者不满、家长担忧的作品低俗的问题。2010 年媒体开展这方面的讨论，我曾写了一文《怎样区分低俗、通俗和高雅》：

> 就是说人面对一物会有三念：占有的欲望、冷静的思考和愉悦的欣赏，就看你选择哪一种。这三种念头第一种源于人的动物性、物质性，可称为“俗”；第三种体现人的精神存在，可称为“雅”。俗与雅之间还有一个过渡地带，这就是“通俗”。（《人民日报》2010 年 8 月 19 日）

小说、影视作品中最难处理的“性题材”问题，根子也在这里。作者的着眼点，是刺激读者的动物性的原始性欲，还是启发他的审美，这也是《金瓶梅》与《红楼梦》的区别。一个美女在色狼眼里是满足性欲的消费对象，在医生眼里是思考救治的对象，在画家眼里是线条、韵律的美感。人身上动物性与人性共存，就如人体内癌细胞与好细胞的共存。同样是一张裸体画，在一流画家手里是高雅的美，在三流画家手里是放荡和粗俗。**人的阅读需求从低到高、从物质到精神层面共有 6 种，分别是信息、刺激、娱乐、知识、审美和思想的阅读需求。**这就看作家、艺术家怎样去激发读者的不同需求，是用“慈祥的手”替人拆开“契合一体的粗野性和野蛮性”，还是用“罪恶的手”诱导他回归动物性。反映在作品上的不同就是高雅、低俗和通俗。

经典作品里总是有原理体现。马、恩作品里有一般社会原理、哲学原理；毛泽东作品里有中国社会的政治原理；黑格尔的作品里有美学原理。哪怕每一个小的学术分支，只要它够得上经典，就必然会揭示出某一部分的原理，或者可以说，只有含有一定原理的作品才能够得上是经典作品。这也反过来说明，**阅读，不管读哪一类作品，一定要读经典，这样你收获的就不只是粮食，而是种子；不只是几条鱼，还有渔具、渔法。**当然再经典的作品也只能作为客观的阅读对象而存在，要收到好的阅读效果，还得发挥阅读者的主观能动性，利用这颗种子，种出一棵属于自己的树。

修辞学是一个很小的、专业的学术分支，但是写文章的人不可不读。1968年“文革”后期，我大学毕业后有一年的时间在内蒙古农村劳动锻炼。正苦于无书可读时，在灶台上见到一本已经撕破书皮的陈望道先生著的《修辞学发凡》。陈是个老革命家，中国第一本《共产党宣言》的翻译者，当年与陈独秀一起做建党工作，脾气不合，就去做学问，又成了中国研究修辞第一人。修辞学很专，我也无心专攻这一行，但我读后从中悟出的一个结论，就是新闻与文学的区别。这再次说明经典的理性光芒。其实我读这本书时还没有做新闻工作，这本书里也没有新闻二字。等到我后来当记者，再后来到新闻出版署从事管理工作，新闻界总有一个摆不脱的阴影，就是有人建议“消息散文化”，一时在新闻界形成潮流，好像这是写好新闻稿的出路。为此《新闻出版报》开展了半年的讨论，多数来稿居然也同意这个观点。讨论结束时报社请我写一篇文章，虽然我是散文作家，但我明确表示消息不能散文化。理由当然有很多条，其中一条是按《修辞学发凡》给出的原理，修辞分两大类：消极修辞与积极修辞。

消极修辞主要用在应用、实用类文体，如文件、通告、科学著作、教科书等，典型代表是法律文件、行政公文，要极其客观准确；积极修辞用于文学写作，小说、散文、戏剧，典型代表是诗歌，可以任意想象、浪漫挥洒。消极修辞，注重表达事实，以让人“明白、了解”为目的；积极修辞，注重表达情感，以让人“感染、激动”为目的。消极修辞不是内容表达的消极，而是语言风格的消极，不张扬、不夸张，恰恰是为内容的积极让位，尽量把形式对内容的干扰降低到最小。

根据这个原理，我们可以给文字大家族排出如下序列：法律——文件——教材——各种应用文——新闻（以上消极）——（以下积极）报告文学——散文——小说——戏剧——诗歌。可以看出，在这个大序列表中新闻处于消极修辞的末端，靠近积极修辞处，但从性质上讲，它还是属于消极修辞。有了这个序列表，就像有了一张旅店客房指南，或者是化学研究中的元素周期表，物理研究中的光谱图。对号入座一目了然。

假如我们允许“消息散文化”，那么新闻与文学将没有边界，直接的恶果是假新闻的合法化，是记者天马行空地胡说、煽情。

这样借用修辞学原理就轻松解开了新闻界一个这个争论已久的难题。这是理论的力量，经典的力量。

有阅读，人不老

大约在30多年前，1984年，我的人生有一个小挫折。也许是境由心生，我注意到当时的一个社会现象。当年被打成“右派”的知识分子虽都落实政策回城安排工作，但结果却大不相同。很多人身体垮了，学业荒了，不能再重振旗鼓，只有坐家养老，等待物质生命的终了。有一部分“右派”却神奇般地事业复起，演戏、写书、搞研究等，又成果累累，身体也好了，精神变物质。这其中有一个原因就是在最困难的时候他们没有停止读书，反而趁机补充了知识，补充了生活。我又联想到“文革”中很多学者都是靠读书挺了过来，并留下了著作。我当时有感写了一首小诗以自勉：“能工作时就工作，不能工作时就写作。二者皆不能，读书、积累、思索。”也就是那两年，我完成了40多万字的《数理化通俗演义》和重读了一些理论经典。我的一位官场朋友，受挫折后就去读书，他说读书可以疗伤，后来也很有学术成就。**毛泽东在病床上一直读书，到去世前的70多个小时还在阅读。只要有阅读，人就不会倒，不会老。**

什么是阅读？阅读就是思考。阅者，看也。但是比看要深一些，它不是随意地、可有可无地观看。是有目的的、带着问题观看，是一个思维过程，边看边想。比如，我们说：阅兵、阅卷、阅人、阅尽人间春色，就不说“看兵、看卷、看人、看尽人间春色”。而对不须太动脑子的，浅一点的东西，消遣、娱乐的，则说看，不说阅。如看电影、看风景、看热闹、看耍猴，不说“阅电影、阅风景、阅热闹、阅耍猴”。所以当我们说阅读的时候，心境是平静的、严肃的，也是美好的、向往的。

广义来说，人有六个阅读层次，前三个信息、刺激、娱乐，是维持人的初级的浅层的精神需求，可以用“看”来解决。后三个知识、思想、审美，是维持高级的、深层的精神需求，则只看不行，还要想，这才是真正是的阅读，可称为狭义的阅读。现在电子读物盛行，主要承担提供信息、刺激和娱乐的任务。它的特点是快捷、方便、形象，但也带来另一个问题，浅显、浮躁，形象思维多，逻辑思维少。这有点像计算器的普及，很多人不再费力心算。德国有一个街头测问，多数人不能背九九表。这作为生活实用可以，但作为人的思维训练，生命进化，却是一大缺陷。钱学森年轻时在美国读书，几个好朋友相约，大家都不看电视。他到晚年还自己剪贴报纸。文字是有一种神奇的诱导人思考、丰富人精神的功能。我注意观察，很多干部家里没有书架，这是一种精神缺失。一次给干部讲读书，我说阅读是为了精神生命的成长和延长，要把这种精神生命延伸到下一代。就算你自己实在不爱看书，为了后代，在家里也希望能装出爱读书的样子。散场时，有人边走边说：“今天回家后，不读书也要装装样子了。”一说到为了后代，这个道理一下就明白了。

2015 年 2 月 28 日

目　录

第二单元　无处不在的美

第三单元　行走中的思索

第四单元　关于人的联想

师生推荐的 N 个理由

● 梁衡的名字和他的文章都是中学生非常熟悉和喜爱的。但凡写作的训练，都是要选择自己喜爱的文学作品，从模仿开始，在模仿中比较、思考，在思考中锤炼出自己的风格，完成自己的文学“经营”之路。所以不妨让我们从学习梁衡的散文“经营”开始吧！

● 你翻开这本书，便会立刻被那种热情攫住不能挪身。纵览千古，横亘八荒，他的激情超越了时间与空间，在历史长河中那些久远存在的人物身上闪现，重新点亮了他们的精神，照耀了我们的生命。我们透过这本书所看到的，便不再是伟人们黑沉沉的轮廓，而是真正的、活生生的精神群像。

● 这是一种不同于韩寒、郭敬明、安妮宝贝等人的笔调，是大性情、大手笔的集中体现。我在梁衡先生用文字构筑的世界中找到了久违了的深刻。在阅读的时候，我体验到了未曾体验过的人逢知己的快乐……

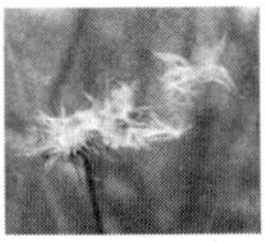

苦心“经营”出来的美文

复旦大学附中　李　郦(老师)

季羡林先生在谈散文的文章中,认为中国散文有两个流派:一是信笔写来,不讲究结构布局的“松散派”,另一个是写作炼字铸句,注重谋篇布局的“经营派”。季先生认为,在中国文学史上,散文大家的传世名作无一不是惨淡经营的结果,而梁衡正是属于“经营派”的。

“经营派”的散文家写文章并不是一件轻松的事情,和诗歌的“苦吟”一样,他们在“推”与“敲”之间反复思索和选择,在他们把“成品”奉献到人们的面前之前,不断地自我否定,推陈出新。

的确,我们可以随性写一些东西来抒发一下自己的情感,但是写作总是有一些章法的,而这也正是中学生写作训练中迷惑和苦恼的地方。教师讲一些写作方面的条条框框,学生就会把写作误解为一件机械化的事情,失去了表达自己思想的热情和乐趣。但是写作的章法和写作的激情其实是可以并存的,那就是“经营派”的写作方法。

梁衡的散文,因为苦心的经营,在山水和人物写作方面都获得了不小的成就,有不少名篇入选了中学的教材,比如《晋祠》、《夏感》、《觅渡,觅渡,渡何处》、《把栏杆拍遍》、《跨越百年的美丽》。他的名字、他的文章都是中学生非常熟悉和喜爱的。但凡写作的训练,都是要选择自己喜爱的文学作品,从模仿开始,在模仿中比较、思考,在思考中锤炼出自己的风格,完成自己的文学“经营”之路。所以不妨让我们从学习梁衡的散文“经营”开始吧!

梁衡的散文追求的是“形、事、情、理、典”五者的结合。其中前四者既是“景物、事件、情感、道理”四个方面，又是“描写、叙事、抒发、议论”四种手段，虚实结合，而最后一个“典”则是作者知识积累的综合运用（见《文章五诀》）。在《〈觅渡〉自注》中作者提到：“凡文章开头法大致有三。‘理’字头，‘形’字头，‘情’字头。此文酝酿六年，几易其稿，曾有一稿是用第二人称。现在的开头是形、理、情杂糅一团而以形，即具体的事物拢之，以求一种真切、深沉、悲怆、莫名之势。”短短一个开头就花费了如此多的心血，梁衡对于文章全篇的苦心“经营”可见一斑。而《跨越百年的美丽》更是以“‘形’字开头，以‘理’字结尾，中间以‘事’为主体”（董岩《美在最深处——读梁衡〈跨越百年的美丽〉》），综合运用了各种写作手段来为中心服务。如此用心为文，自然会得到文艺女神的垂青。

梁衡散文追求的是“大事、大情、大理”的大境界。他坦言、标举文学与政治的关系，把人物放入一种困境中彰显气节，向我们展现了一批可歌可泣的历史人物的形象，“大智、大勇、大才、大貌……大爱大德”（《大无大有周恩来》），“大位无形”（《周总理让座》），“大音希声，大道无形，大智之人，不耽于形，不逐于力，不持于技”（《跨越百年的美丽》），“大彻大悟的感叹”（《一个永恒的范仲淹》）……但他的目光也并不仅仅只关注大人物，而是同样写出平凡人的伟大。“一个人如果将自己的生命注入一种事业，那么生与死便不再有什么界限……他的生命将化为一座青山”（《青山不老》），“身处逆境，生存空间已经很小的人都可为王，正常生活中更是人人可以为王”（《人人皆可为国王》）。这样的一种“大”，是题材的“大”、视野的“大”、胸怀的“大”。为文更是为人，只有“大气”的人才能写出“大气”的文章，只有“大气”的文章才能培养和造就“大气”的人。

梁衡散文追求的是前后勾连的整体感，这种整体感不仅表现在单篇文章当中，更是体现在文章与文章之间的血脉联系上，甚至表现在作文与做人的高度统一之中。写过的文章，并不是泼出去的水，而是还会在后来的日子里面时时想起，与自己眼下写作的主题进行对照。正是通过这一次又一次的对比，写出了当前文章的独一无二性，也完成了外部世界和内心世界的统一。比如说他写韩愈，就想到了李白和柳永，“比之李白的怀才不遇、柳永的屡试不第要严重得多，他们不过是登山无路，韩愈是已登山顶，又一下子被推到无底深渊”。写辛弃疾，同样提到柳永，“宋仁宗说柳永：‘且去浅斟低唱了’，结果唱出一个纯粹的词人艺术家。辛与柳不同，你想，他是一个大碗喝酒，大块吃肉，痛拍栏杆，大声议政的人”。写瞿秋白，想到了项羽，“当年项羽兵败，虽前有渡船，却拒不渡河。项羽如果为刘邦所杀，或者他失败后再渡乌江，都不如临江自刎这样留给历史永远的回味”。写周恩来，又想到瞿秋白和关羽、诸葛亮，“瞿秋白在临终前留下一篇《多余的话》，将一个真实的我剖析得淋漓尽致，然后昂然就义，舍身成仁。周恩来在临终前只留下一叠白纸。比若忠义如关公、爱民如诸葛亮，周总理无论在自身修养和治国理政方面，功德、才智、得民心等都很像诸葛亮”。写居里夫人，提到了宋玉、范仲淹，“宋玉说有美女在墙头看他三年而不动心；范仲淹考进士前在一间破庙里读书，晨起煮粥一碗，冷后划作四块，是为一天的口粮。而在地球那一边的法国，一个波兰女子也这样心静”。由此可见，梁衡散文中书写的对象，不仅在他的笔端，也在他的心里。他曾经这样说过：“我的笔就像盲人的一根竹杖，轻轻地触摸着这些人生路上的坐标，引领自己慢慢向前。”那些在历史上留下悲壮身影的人物事迹时时刻刻在他的心头涌动，环绕在他的周围，最后变成了一种不吐不快的冲动和激情。

中学生的阅读范围，不能仅仅满足于青春励志的读物，还要立足我们的悠久传统，感悟我们的精彩生命。只有被这些崇高伟大的人与事所感动，成为我们血脉的一部分，我们的人生才得以健全。

中学生的写作，就是需要这样的一种严谨，这样的一种气魄，这样的一种境界。愿读过这本书的你，也能够努力成为散文的苦心“经营”者。

思想的淬炼与新生

复旦大学附中　雷　婷(学生)

中国散文在很长一段时间里,似乎都是以温和闲适为其基调的。那些圆润清丽的语言,总是将作者的思想情感巧妙地包藏其中,不是细心咂磨,不能得其中之味。这是中国文人几千年来的习惯,也几乎成了散文上潜定的规则。

而梁衡先生的散文,却完全是不照着这个路子而来的。先生的本职是记者,因此他大胆而执著,这种风格沁透了他的散文,使之具有强烈的意志与感染力——而同时,先生在写作的时候,却又具有作为文人的责任意识,这使他摒弃了新闻工作者惯有的冷静立场,毫不吝惜地在散文中灌注了大量的个人情感。

是这些,使梁衡先生的个人风格如此浓烈逼人——你翻开这本《人人皆可为国王》,便会立刻被那种热情攫住不能挪身。纵览千古,横亘八荒,他的激情超越了时间与空间,在那些历史长河中久远存在的人物身上闪现,重新点亮了他们的精神,照耀了我们的生命。那些隐在时光尘埃中的巨像,他扶起它们,拂拭它们,又重新赋予它们以灵光。于是我们透过这本书所看到的,便不再是伟人们黑沉沉的轮廓,而是真正的、活生生的精神群像。

他的情感，浓重却不令人厌腻，因为那种感情完全依托于他所描写的对象身上。他是先铺垫了绵密的线索，一点点交织出一个光辉可敬的形象——这时候，无论加以何种赞誉，甚或是一言不发，都已有了水到渠成的效果，因为读者已经从心底里接受了他的描述，因而也绝不会认为他的评论为突兀。你看《觅渡，觅渡，渡何处》的结尾，“秋白不朽”，简单的四个字，不容置疑的断言式的结局——但是看了那些精心摘选的瞿秋白生平片段，看了那些发自肺腑的感叹，你已经深深被人物本身不寻常的悲怆之美打动。此时此刻，这简单的四字评语反倒成了最佳注脚，留给读者的只有沉默和深思。

笔力至此，早已胜过那些苦苦追求辞藻感人的作品。而这样的笔力，自然不是等闲得来的。我们知道，无论是何种艺术，要创作出惊人妙品，它的条件一定是无比苛刻的。有些人具有天纵的才华与发光的良机，他们能够一挥而就、马到成功，博得人们的赞赏喝彩——比如李白，比如莫扎特。但这样的天才少之又少，而他们的生命也许由于燃烧得太热烈，如同一道流星，只将光华留在世人眼底。

艺术到底是残酷的，对于大多数人——尤其是作家——它不但要求才华，更要求汗水与不计成本的投入。“两句三年得，一吟双泪流。”这样的苦吟并不鲜见，但如同梁衡这样，每篇文章都倾注数年心血精雕细琢的，也许便不多了。《把栏杆拍遍》，三年；《觅渡，觅渡，渡何处》，六年；《大无大有周恩来》，前后整二十年……斗转星移，人生几何？能有多少个三年、六年、二十年？而他就将这些时间浓缩进一篇几千字的文章,交给了一个遥远又贴近的人物,交给了千万的读者——他自己说过:“语不惊人死不休,篇无新意不出手。著书必求传后世,立事当作空前谋。”这是何等的气魄和责任感!现在我们的生活里,似乎最不缺乏的就是速食主义的产物,从快餐到铺天盖地的新小说,它们的意义更多在于填充:只是填满一个空虚的胃,填补一段空闲的时间,并不打算留下营养或是怀念。工厂流水线上生产一份快速方便面平均要不了一秒钟,写一本粗制滥造的青春小说也顶多一个月时间——而梁衡奉献给他的作品的,是那么漫长的数度春秋。

等价交换,总是这个世界上的不二法则。他治学态度严谨得近乎刻板,他的思想却因此更加鲜活明朗、不落窠臼。他所描述的人物,都在历史上占有极高地位,因而已有了众人接受的定论,而他此时又一次全面造像,细加评述,却在糅合了从前评价的基础上,又进一步对那些评价予以塑造,从而定出那些人物的个性和独特地位。这是不容易的,从来都说难翻前人案——不推翻整体而修整升华,这才是最难的。

还有他的山水散文,似乎往往被他写人物的散文的光彩掩盖。其实他在山水散文中所体现出的那种凝重大气而又不失清新的感觉,在文学史上也是有着独特地位的。梁衡写山水,不是寄情山水,不是放情山水,也不是逐情山水——他是与山水谈情,从中吸取天地之灵气,再与思考融会贯通,这才缓缓流诸笔尖。他的笔调很美,有时还不失华丽,但绝对没有丝毫的浮夸之气——这是因为,所有文笔上的美,都是为文章的思想服务着的。它们或明或暗地指向同一条主线,同一个内核,它们的存在就都有其意义,绝不会失了把握。

是的，这也是梁衡在作品中一直追求的境界——文章要求真、求美、求新，要写大事、大情、大理。请不要把这些话看成单纯的口号而不予关注，要知道，就算只是口号，能提出这样的口号，也已经体现了无比的胸襟和勇气，更何况它们在梁衡这里并非口号——是他用这许多年努力实践着的诺言。

《人人皆可为国王》可以说是梁衡集大成的一本书了，这几十篇文章，没有哪一篇不是呕心沥血之作，同时也是他的创作风格成熟后的佳作。作家梁晓声在谈梁衡的一本散文集时说："我确信，作为一个勤于思想的人，梁衡对历史的反思，肯定比他写出来的以上篇章要更深邃更全面些。而他后来发表的《最后一位戴罪的功臣》、《觅渡，觅渡，渡何处》、《把栏杆拍遍》，证明了这一点。他的思想一游到更远的历史中去，一与那些历史时期中的人物敞开心扉地对话，则就变得火花四溅了。文字也时而激昂，时而惋叹，时而叩问，时而调侃，恣肆张扬起来了……"

我们有幸，可以直接读到这些他创作生涯中最精彩的篇章。

那么还在等什么呢？翻开它吧，沉浸于作者的热情和睿智中去，徜徉在一个成熟作家的思考中——当我们走出来的时候，一定无异于在思想上有一次淬炼和新生。

思索·深刻·美

复旦大学附中　关一扬(学生)

一

梁衡先生说过,文章一般可以分成六个层次以满足读者需求:最低的层次给人以刺激,第二个层次给人以休闲,第三个层次给人以信息,第四个层次给人以知识,第五个层次给人以思想,最高的层次给人以美感。

而我想,书则一般可以分成四个层次:最低层次由纸张构成,第二个层次由文字构成,第三个层次由情节、人物或理论构成,第四个层次由一个浓缩的社会及其精神构成。最低层次的书给人以刺激,第二个层次的书给人以休闲,第三个层次的书给人以信息与知识,第四个层次的书给人以思想。而美感,则是由作为读者的我们与书引发共鸣之后的产物。

在某种程度上,美感比思想更为抽象。因为思想是能够用文字表述的;美感则是一种情感。我爱赏画,一幅集某画家毕生心血及功力的真品画作挂在我们眼前,首先我因画面漂亮或阴郁而得到了视觉的冲击,或精致或抽象,或用色大胆或意象独特。其次,我解读画中内容,读线条的流动,读人物的动作与神态,读景物的风格与韵味;我可能注意到微妙的眼神或笑容，也可能注意到细节的枝丫或纹理。最后，太专业的人会研究它的流派特征，而大众的我则更会注重整体的感官印象。我常常有这样的经历：将一个画面远远收入眼中，蓦地，我会被它打动，可能只因为人物的一抹微笑、树叶斑驳的影，甚至只是阳光射入画面的角度让我感到熟悉、亲切，好似以前的某个时刻见过一般。这感觉突然地闯入自己的心里，又不一定有其他人能感觉到，它的独特就是美感吧！

二

我读梁衡先生的书始于他那篇气势磅礴的《把栏杆拍遍》。我一直很诧异竟有人会如此大胆地选择如此大气的题材。我至今仍清晰地记得开篇第一段："中国历史上由行伍出身，以武起事，最终以文为业，成为大诗词作家的只有一人，这就是辛弃疾。这也注定了他的词及他这个人在文人中的唯一性和在历史上的独特地位。"无疑，他简单地概括了辛弃疾一生的大致轨迹。这也让我对梁衡先生看人的精练与准确大为感叹。

我总认为要写好一个人物是一件艰难的事，哪怕是个小人物。很多大家写的小人物都很有名，好比《老人与海》的主角、《羊脂球》的主角，还有《一个小公务员之死》的主角……更别说是大人物了！然而，梁衡先生笔下的辛弃疾、李清照、诸葛亮、周恩来、瞿秋白等人是那么的真实而有新意，我甚至读至激动处一拍书桌或脑袋：我怎么不知道有这事？或是某某某干得太好了！又或者是这朝廷太不公了，他怎么这么愚忠!

其实,这些大人物的故事我们多少是知道一点的。梁衡先生说:“他们涉及‘大事、大情、大理’,第一,他们在事业上都有所成就;第二,他们都有独立的人格;第三,他们大都有悲剧色彩,都为后人留下一点遗憾。”鲁迅说,悲剧就是把有价值的东西撕裂给人看。的确,看罢,我总为这样的大人物抱憾,有时会想,如果他可以当官,如果她可以不失去丈夫,如果……但转念一想,如果没有这些悲剧色彩的事融入他们的生命之中,他们还会成为一代伟人大家吗?人的一生中遇到许多机遇,也有先天的注定。举例来说,就算李清照仍先天聪颖,但她的父亲不是李格非,家中没有藏书,没有供她研究的金石学,没有她之前所有的一切外在条件,她还会遇到她的“赵明诚”吗?她还会在身居深闺的情况下对世间大事、文人政客有着敏锐的、极具高度的观察和概括吗?她还会巾帼不让须眉吗?她还会在流亡之时关心国家大事吗?她还会成为一个前无古人后无来者的女词人吗?她还会成为一个时代所排挤的人吗?她还会一人“冷冷清清,凄凄惨惨戚戚”吗?她还会感叹“物是人非世事休”吗?……我真的不知道,历史已写成,后人的评论是什么也改变不了的。我们能做的只有怀着崇敬的心情猜测。

三

合上这本书,我思考良多。

为何梁衡先生的文章如此的大气、深刻?因为他的年龄长于我们么？因为他的经历多于我们么？

我想起一句关于佛与修行的话：你眼里有什么，你心里就有什么。其实这是一句很深奥的话。听到了一个市井故事，有人只当它是故事，言过耳边无人会；有人认为它有意义，去告诉了其他的人；有人却能看穿它的社会意义，了解现象的本质。人与人是不一样的，差别不过在于思考的深度。

纵观整本散文集，可以把《把栏杆拍遍》、《乱世中的美神》等归为历史题材，此类文章需要对历史的严密考证；《在美国说钱》等属于社会题材，此类文章需要对社会的洞察力和剖析力；《这热辣辣的生命之美》等流露着生活的气息，此类文章需要挖掘小事的深度，以小见大，反映大的主题……

或许有人会从炼字、文笔、结构等各个角度去评判一篇文章是否优秀，而我更在乎精神的高度。无论写什么，一纸之隔的两个世界是密切联系的。文字只是一种形式，把作者心中磅礴的所悟、所想记录下来。曾看到过贝多芬的一句话，大致是说，世人不过听到了他心中一分钟之内所演奏的音乐。这或许是一种狂妄，但又是何等的汹涌澎湃啊！

四

梁衡先生的文章很适合作为学生的我们去认真品读。

这是一种不同于韩寒、郭敬明、安妮宝贝等人的笔调，是大性情、大手笔的集中体现。读罢让人可以从儿女私情和过分细腻的描摹中跳脱出来，回归到更广阔的天地之中，好比历史长河，好比社会万象，好比名胜古迹，好比生死哲思……

我总认为，现在的我们已经太长时间沉溺在“80后”作家们编织的淡淡的忧伤之中，记得“仰望天空成45度角，泪流满面”，记得悲伤逆流成河，记得欧辰、洛熙和夏沫，记得……我总希冀有人能把我们从这种病态的沉溺中给拉出来。我们有点小家子气，我们为身边的琐事犯愁，我们想着考个好大学然后赚大钱，我们更多地想着小我，却忘了大我。我们为什么会这样？我们究竟缺少了什么？

我们理当在第四层次上的书中畅游，学习那个浓缩了的社会及其精神。可是我们很辛苦，集中精力去钻研这种深刻的话语很伤脑筋，惰性驱使我们选择了最低及第二层次的书……我们得到了轻松与刺激，也失去了思想与美感。我们失去了那一瞬间与某一经典之作遥相呼应的美妙，我们失去了隔着时空却有心电感应的奇妙。

获得美感是一个人的事，产生共鸣却是两个人的事。只有抱着平等的心态去欣赏，调动回忆去理解，展开想象去接引，袒露心扉去感受，才能欣喜地找到让你为之涕下的一瞬间的感动，让你为之震颤的一瞬间的共鸣，获得只有自己才感受得到的无限的美感，体验只有自己才触碰得到的永恒的深刻。

五

我在梁衡先生用文字构筑的世界中找到了久违了的深刻。我想我是适合去思考的吧，注定为了一张纸去拍案、去狂喜、去悲悯、去思考。我想梁衡先生也是这样的吧，在武侯祠前沉思，在莫斯科的公墓感叹献给死者的艺术。

在阅读的时候，我体验到了未曾体验过的人逢知己的快乐……

一场饕餮盛宴

复旦附中浦东分校　陈涵丰(学生)

去往北台顶的一路之上，山路盘旋惊险，一侧是绝壁深渊，一侧是绿树青松，溪水淙淙。山顶的云，青青淡淡，如梦如烟；山间的树，挺拔修丽，青翠欲滴；山中的水，清流生凉，幽雅并生。盛夏登上北台顶，虽然阳光直射，还是顿生寒意。放眼望去，真个是千嶂尽去，万里无碍，天造地化，一览无遗。置身这佛教圣山之巅，心灵如洗，堪为这天人合一的自然和谐所征服。

——摘自《清凉世界五台山》

梁衡先生的文章，相信对于我们这一代的读者而言已十分亲切了。犹记得当时在小学课本上读到那篇《苏州园林》，稚嫩的心中第一次萌生出对异乡美景的惊羡与向往之情。

以此作为引子，如今，从石河子秋色之空明、吴县四柏之清奇，到青岛洋房的风韵、八月草原的纯真，五湖四海的绮丽景观都已随着梁先生踏遍四方的脚步，收录进了他的散文集。梁先生对他走过的每一个地方都有情，也相信万物有灵。这或许要归结于他深厚的文化积淀，毕竟他曾颇费苦心地为古今中外的人物作过传记，在途中，也总不免停下来，由一山一石、一草一木联想到形形色色的品质性情。

他写水，他笔下的水或是蒸腾的浪涛，在海的伟力下，人与鬼的境界不过在一念之差；或是桂林的江水，载着舟船与山的倒影，温柔宽厚，千媚百态；抑或是壶口的黄河水，将人一生的七情六欲都汇聚其中，实在可叹。

他写山，他爱那些独有风韵的山峦，明月山因竹浪层层而典雅别致，冬日的香山因褪去铅华而铁骨铮铮，五台山远离炎热的人寰，禅意自来；他更臣服于巍峨壮阔的名山，泰山承载着一个民族古老的信仰与敬畏，武夷山以她安详的力量洗去古今过客一生的沧桑，而武当山是帝王家人去楼空后，阴差阳错地留给后世凡夫俗子的文化殿堂……

其实，如今的我们也完全有能力用一生的岁月游遍这些地方，甚至见得更多。然而“见多”往往不等同于“识广”。如果周游一圈回来，如苏轼诗中所写，“得到还来别无事”“庐山烟雨浙江潮”仍然是“庐山烟雨浙江潮”，那便可惜了。就让梁先生的文章成为我们的指引，让我们在文化的层面先登捷足。

由西安出发西行，车驶入甘肃境内，公路两边就是又浓又密的柳树。这种柳，是西北高原常见的旱柳。它树身高大，树干挺直，如松如杨，而枝叶却柔密浓厚。每一棵树就像一个突然从地心涌出的绿色喷泉，茂盛的枝叶冲出地面，射向天空，然后再四散垂落，泼洒到路的两边。远远望去连绵不断，又像是两道结实的堤坝，我们的车子夹行其中，好像永远也逃不出这绿的围堵。

——摘自《绿染戈壁》

梁先生不仅是一位空间的游历者，更携带着几十年的时光变迁。自上个世纪六十年代成为一名记者，他及时地记录下了那个时代特有的气息。粗犷质朴的河套平原是他记忆的起点，漫天风沙，而瓜枣甘甜。那时一切刚刚起步，金黄的麦田里收成正好，成排的沙枣树用枝干抵住风沙，品质可贵如同当地人民——他们有着农民的淳厚，也不失正确的立场，着实可爱。四十年前这片土地上欣欣向荣的热闹场景，四十年前人们一度翻腾的热血，这些都因时过境迁而与我们渐渐疏离了。“生产”“建设”这些词我们如今也不再提起了。但梁衡的记述让我们得以与他一同重游故地，见证那一辈人如何在自然与人为的困难中突出重围，在一贫如洗中新生。同时，西北的树荫染绿了奔流的河水，生生不息，人类与自然携手改造了过去漫长的荒凉。如此一来，我们才明白是什么真正可敬。

中午吃饭时我心里总是不悦。中国四大佛教名山，前三个——五台、峨眉、普陀，我早已去过，惟有九华心仪已久，不想今天却得了一个铜臭味极浓的印象。钱这个东西像流水，赚钱聚财如挖渠。有人挖工业之渠，借产品赚钱；有人挖农业之渠，借菜粮赚钱；有人挖商业之渠，借流通赚钱；另有书报、娱乐、旅游、饮食甚至赌博、色情，皆因各人所好而设专渠。这个世界上是处处挖渠，处处设坑，借高水低流之势，把你口袋里的那一点积蓄都要滴引过来，聚而敛之。但今天令我吃惊的是，向以慈悲、普度、舍身、苦行为本的佛，也自己或允许别人在这方圆百公里的九华山腹地引了这么多的渠，挖了这么大的坑。你看那山上卖香的，路边卖佛的，九华街上卖饭开店的，遍山开庙开庵的，拦路行乞的，据说还有经营墓地的。我突然感到昨天在山顶所陶醉的一湾山树，一湾翠竹，竟是一湾欲海。在薄暮时分于茂林修竹间所用心体会的淙淙细泉，原来都向着这个大海流了过来。我们仿佛不是来游山，不是来欣赏山水的美，而是被人招来送钱的，宛如河面上随波逐流的一片落叶。

——摘自《九华山悟佛》

梁先生饱览中外各地的风情，因此有着格外敏锐的洞察力和独特的视角，总能够直达事物的本质。他能体察种种美好的事物，对丑恶的也利落地加以批判。一条条观念和理论的主线，也就在文章中渐渐凸显了。例如，本书中的三大主题当属“石”、“佛”和“教堂”。

这三样事物的共同点就在于，它们都可以看作一面镜子，映照出世事演化的规律或是人间百态，由佛到人，到众生的心态。佛教演化千百年，从当年的至诚至精，到如今不免掺杂着的愚昧、功利、亵渎，都由他的笔调为我们一一辨析认清，由此回归虔诚通透的境界。而石头作为文明的载体，我们却可以从侧面推敲出一些枝节，看见“弄石人”内心的阴阳明暗，以及历史巨大力量的抉择。至于欧洲那一座座惊为天人的大教堂，梁先生提出的观点很耐人寻味：它们是艺术家借宗教的掩护满足自己创作欲望的产物，而最后终究留给了全人类，成为不分界线的文化瑰宝。艺术无处不在，而它在创作与流传中微妙的细节，值得我们细细思量。

梁衡的这本书无疑是一场饕餮盛宴，它将方圆几千里的疆域和半个世纪的时光都悉数呈现在读者面前。留待我们体会的，从壮美秀丽的自然风光，到巧夺天工的各式建筑；从原生淳朴的民风民情，到大千世界的众生百态。欣赏、共鸣、沉思、反省……种种情愫，其所应有，无所不有。

他们都是天地英雄,但是他们都在现实中落魄失意,饱受委屈。然而"小家"的得失被他们看淡,"大家"的荣辱成为他们毕生为之奋斗的目标。

梁衡说:"乱世舍小家是为救国家;盛世则要思和小家而固大家。"

人不能没有家,为了我们幸福的人生,愿"小家"、"大家"皆欢喜。

——二死其身彭德怀

历史上，只要能在文、武的任一方面青史留名，已属不易，但彭德怀却兼有文、武之功德，足见伟大。

中国古代有一句为政格言："文死谏，武死战"。国家的稳定全赖文武官员各司其职，各守其责。神武之勇，战功卓著，名扬疆场者被尊为开国功臣、民族英雄，如韩信，如岳飞。敢说真话，为民请命，犯颜直谏者为诤谏之臣，如魏徵，如海瑞。进入现代社会，讲民主，讲法制，但个人的政治操守仍然是从政者必不可少的素质。在共和国历史上兼武战之功、文谏之德于一身并惊天动地、彪炳史册的，当数彭德怀。

在十大元帅中，彭德怀是唯一一个参加过两次国内革命战争、抗日战争，在解放后又和美国人打过仗的，文天祥在《指南录后序》里，叙述他历经敌营，不知几死。彭德怀行伍出身，自平江起义，苏区反围剿，长征、抗日、解放战争、抗美，与死神擦肩更是千回百次。井冈山失守，"石子要过刀，茅草要过火"，未死；长征始发，彭殿后，血染湘江，八万红军，死伤五万，未死；抗日，鬼子扫荡，围八路军总部，副参谋长左权牺牲，彭奋力突围，未死；转战陕北，彭身为一线指挥，以两万兵敌胡宗南二十八万，几临险境，未死；朝鲜战争，敌机空袭，大火吞噬志愿军指挥部，参谋毛岸英等遇难，彭未死。

几个"未死"，在今天看来，是多么的凶险。彭德怀以人民利益为己任，足见英勇与无私。

毛泽东对他曾是极推崇和信任的。长征途中曾有诗赠彭"山高路滑坑深，大军纵横驰骋，谁敢横

一个"曾"字道出前后两种境遇，令人心酸。

刀跃马，唯我彭大将军。”十大元帅中，毛除对罗荣桓有一首悼亡诗外，对部下赠诗直夸其功，这也是唯一一首了。抗日战争，彭任八路军副总司令，后期朱老总回延安，他实际在主持总部工作。解放战争初期，彭转战西北更是直接保卫党中央、毛主席。朝鲜战事起，高层领导意见不一，毛急召彭从西北回京，他坚决支持毛泽东出兵抗美，并受命出征。三次战役较量，打破了美军不可战胜的神话。杜鲁门总统事先没有通知朝战司令麦克阿瑟，就直接从广播里宣布将他撤职，可见其狼狈与恼怒之状。从平江起义到庐山会议，这时彭德怀的革命军旅生涯已三十多年，他的功劳已不是按战斗、战役能计算清的，而是要用历史时期的垒砌来估量。蔡元培评价民国功臣黄兴说：“无公则无民国，有史必有先生。”此句用于彭，“无彭则少军威，有军必有先生。”他不愧为国家的功臣、军队的光荣。

一场战役的胜利，可能使一个将领成名，多年军旅生涯的累累军功，使彭德怀从战将转变为国家的缔造者之一。

如果彭德怀到此打住，当他的元帅，当他的国防部长，可以善终，可以保官、保名、保一个安逸的日子。战争过去，天下太平，将军挂甲，享受尊荣，这是多么正常的事情。林彪不是就不接赴朝之命，养尊处优多年吗？但彭德怀不是这样的人。他是军人，更是人民的儿子。打仗只是他为国、为民尽忠的一部分。战争结束，忠心未了，民又有疾苦，他还是要管，要争。

用对比来突显彭德怀的伟大人格，文或武，都只是他为民为国的一种手段。

1959 年，建国十周年。对战争驾轻就熟的共产党领袖们在经济建设上遇到了新问题，并发生了严重分歧。毛泽东心急，步子要快一些，周恩来从实际出发，觉得应降降温，提出反冒进。毛泽东说：你反冒进，我反“反冒进”，并多次批周，甚至要周辞职。怎么估价当前的经济形势，下一步该怎么办？在这样的背景下，召开了庐山会议，会议之初，毛已接受一些反左意见，分歧已有一点小小的弥合。但彭德怀还是不放心。会前，他到农村做过认真的调查，亲眼见到人民公社、大食堂对农村生产力的破坏和对农民生活的干扰，而干部却不敢说真话。在小组会上他先后作了七次发言，直陈其弊。就是涉及毛泽东也不回避。他说：“现在是个人决定，不建立集体威信，只建立个人威信，是很不正常的，是危险的。”在庐山176号别墅，那间阴沉沉的老石头房子里他夜不成眠，心急如焚。他知道毛泽东的脾气，他想当面谈谈自己的看法。他多么想，像延安时期那样，推开窑洞门叫一声“老毛”，就与毛泽东共商战事。或者像抗美援朝时期，形势紧急，他从朝鲜前线直回北京，一下飞机就直闯中南海，主席不在，又驱车直赴玉泉山，叫醒入睡的毛泽东。那次是解决了问题，但毛泽东也留下一句话“只有你彭德怀才敢搅了人家的觉。”现在彭德怀犹豫了，他先是想，最好面谈，踱步到了主席住处，但卫士说主席刚休息。他不敢再搅主席的觉。就回来在灯下展纸写了一封信。这真的是一封信，一封因公而呈私人的信，抬头是“主席”，结尾处是“顺致敬礼！彭德怀”。连个标题也没有，不像文章。后人习惯把这封信称为“万言书”，其实它只有三千七百字。他没有想到，这封信成了他命运的

今非昔比的根本原因，就是个人威信高于集体威信。即使是认识到了这一点，彭德怀依旧敢说真话，胆识、气魄过人。

转折点，全党也没有想到，因这封信党史而有了一大波折。这封信是党史、国史上的一个拐点，一块里程碑。

彭德怀是党内高级干部中第一个犯颜直谏，站出来说真话的人。随着历史的推进，人们才越来越明白，彭德怀当年所面对的绝不是一件具体的事情，而是一种制度，一种作风。当时毛泽东在党内威望极高，至少在一般人看来，他自主持全党工作以来还没有犯过任何错误。而彭德怀对毛所热心的大跃进、人民公社、公共食堂提出了非议，这要极大的勇气。对毛泽东来说，接受意见也要有相当的雅量。梁漱溟在建国初就农村问题与毛争论时就直言，我倒要看看你有没有这个雅量。毛对党外民主人士常有过人的雅量，这次对党内同志却没有做到。

历史的教训告诉我们：领袖崇拜、个人威信过高，不利于一个国家的正常发展。

彭与毛相处三十多年，深知毛的脾气，他将个人的得失早置之脑后。果然，会上，他被定为反党分子，会后被撤去国防部长之职，林彪渔翁得利。庐山上的会议开完，不久就是国庆，又恰逢十年大庆，按惯例彭德怀是该上天安门的，请柬也已送来。彭说我这个样子怎么上天安门，不去了。他叫秘书把元帅服找出来叠好，把所有的军功章找出来都交上去。秘书不忍，看着那些金灿灿的军功章说：“留一个作纪念吧。”他说：“一个不留，都交上去。”当年居里夫人得了诺贝尔奖后，把金质奖章送给小女儿在地上玩，那是一种对名利的淡泊；现在彭德怀把军功章全部上交，这是一种莫名的心酸。没几

倔强的彭德怀在被贬后，以自己的骨气，坚持自己的意见，即使是失掉过去所有的功勋，也决不后悔。

天，他就搬出中南海到西郊挂甲屯当农夫去了。他在自己的院子里种了三分地，把粪尿都攒起来，使劲浇水施肥。他要揭破亩产万斤的神话。1961年11月经请示毛同意后，他回乡调查了三十六天，写了五个，共十多万字的调研报告。涉及生产、工作、市场等，甚至包括一份长长的农贸市场价格，如：木料一根两元五角，青菜一斤三—六分。他固执、朴实，真是一个农民。他还是当年湘潭乌石寨的那个石伢子。夫人浦安修生气地说："你当你的国防部长，为什么要管经济上的事？"他说："我看到了就不能不管。"生性刚烈的毛泽东希望他能认个错，好给个台阶下。但更耿介的彭德怀就是不低头。

只要是人民的事，国家的事，彭德怀就不能不管，那些"事不关己，高高挂起"者，应该来看一看，想一想。

被贬的日子里，他一次次地写信为自己辩护。写得长一点的有两次。一次是在1962年的七千人大会前，他正在湖南调查，听说中央要开会纠左，他高兴地说，赶快回京，给中央写了一封八万字的信。庐山会议已过去了三年，时间已证明他的正确，他觉得可以还一个清白了。但就在这个会上他又被点名批了一通，他绝望了。"文革"期间，这位打败过日军、美军的战神被一群红卫兵娃娃玩弄于股掌，被当作囚犯关押、游街、侮辱。作为交代材料，他在狱中写了一份《自述》，那是一份长长的辩护词，细陈自己的历史，又是八万字。是用在朝鲜停战协议上签字的那支派克笔写的，写在裁下来的《人民日报》的边条上。他给专案组一份，自己又抄了一份，这份珍贵的手稿几经周转，亲人们将它放入一个瓷罐，埋在乌石寨老屋的灶台下。直到

“文革”结束才见天日。那年，我到乌石寨去寻访彭总遗踪，印象最深的就是这个黑呼呼的灶台和堂屋里彭总回乡调查时接待乡亲们的几条简陋的长板凳。

他愤怒了，1967 年 4 月 1 日给主席写了最后一封信，没有下文。4 月 20 日他给周总理写了最后一封信，这次没有提一句个人的事，却说了另一件很具体的与己无关的小事。他在西南工作时看到工业石棉矿渣被随意堆在大渡河两岸，常年冲刷流失很是可惜。这是农民急缺的一种肥料，他说，这事有利于工农联盟，我们不能搞了工业忘了农民。又说这么点小事本不该打扰总理，但我不知该向谁去说。这时虽然他的身体也在受着痛苦地折磨，但他的心已经很平静，他自知已无活下去的可能，只是放心不下百姓。这是他对中央的最后一次建议。

在当时的社会，也许只有周总理，才会回应彭德怀，才会理解彭德怀，因为他们都是心怀人民的人。

毛泽东在庐山会议后对彭德怀的评价只有一次比较客观。那是 1965 年在彭德怀闲置六年后中央决定给他一点工作，派他到西南大三线去。临行前，毛说：“也许真理在你一边。”但这个很难得的转机又立即被“文化大革命”的洪水所淹没。彭德怀最终还是死于文革冤狱之中。“文死谏，武死战”，他这个功臣没有死于革命战争却死于“文化革命”，没有倒在枪炮下，却倒在一封谏书前。

现在我们终于明白了“文死谏”的含义，它远比“武死战”要难。当一个将军在硝烟中勇敢地一冲时，他背负的代价就是一条命，以身报国，一死了之。敢将热血洒疆场，博得烈士英雄名。而当一个

两者的关系不是并列，而是层进。

文臣坚持说真话，为民请命时，他身上却背负着更沉重的东西。首先，可能失宠，会丢掉前半生的政治积累，一世英名毁于一纸；第二，可能丢掉后半生的政治生命，许多未竟之业将成泡影；第三，可能丢掉性命。更可悲的是，武死，死于战场，死于敌人，举国同悲同悼，受人尊敬；文死，死于不同意见，死于自己人，黑白不清，他将要忍受长期的屈辱、折磨，并且身后落上一个冤名。这就加倍地考验一个人的忠诚。彭德怀因为这封说真话的信，前半生功名全毁，任人批判谩骂为右倾、反党、叛国、阴谋家，扣在他背上的是一口何等沉重的黑锅。在监禁中他被病痛折磨得在地上打滚，欲死不能。而现在我们看到的哨兵关押记录竟是这样的文字："我看这个老家伙有点装模作样"、"这个老东西从报上点他名后就很少看报"。这就是当时一个普通士兵对这个开国老帅的态度。可知他当时的处境，其所受之辱更甚于韩信钻胯。而许多旧友亲朋，早已不敢与他往来，就连妻子也已提出与他离婚。庐山会议后，全国有三百万人被打为"右倾机会主义分子"。一纸薄薄的谏书怎承载得了这样的压力？其时其境，揪斗可死，游街可死，逼供可死，加反党名可死，诬叛国罪可死。"文革"中有多少老干部不堪其辱而寻死自杀啊。但是，彭德怀忍过来了，他要"留取丹心照汗青"，他相信历史会给他一个清白。他在庐山上对毛泽东说过："我一不会反党，二不会自杀。"就这样，经三十年的革命战争生涯后，他又有十五年的时间被批判、赋闲、挨斗、监禁，然后含冤

不把自身的遭遇归咎于党，所以不反党；不因为遭到不公正的待遇而丧失信念，所以不自杀。有这样的想法，才能这般坦荡。

而去。他是1974年11月去世的，骨灰被化名“王川”，送往成都一普通陵园。当时周恩来已在病中，特嘱此骨灰盒要妥善保存，经常检查，不得移位换架。直到四年后的1978年才得以平反。当骨灰撤离成都从陵园到机场时，人们才明真相，泣不成声。专机落地前在北京上空环绕三圈，以慰忠臣之心。

中国古代，君即是国。所以传统的忠臣就是忠君。但“君”和“国”毕竟还有不同。就是在古代，真正的忠臣也是：为民不为君，忧国不惜命。朗朗吐真言，荡荡无私心。既然为“臣”，当然是领导集团的一员，上有“君”，下有民。他要处理好的第一个难题就是对领导负责还是对人民负责。当出现矛盾时，唯民则忠，唯君则奸。“社稷为重君为轻”，真正的忠臣，并不是“忠君”，而是忠于国家、民族、人民。像海瑞那样，宁愿坚持真理，冒犯皇帝去坐牢。而彭德怀在毛泽东号召学海瑞后，真的在案头常摆着一本线装本《海瑞集》。第二个难题是敢不敢报真情，提中肯的意见，说逆耳的话。所谓犯颜直谏，就是实事求是，纠正上面的错误，准备承担“犯上”的最坏后果。这是对为臣者的政治考验和人格考试。“谏”文化成了中国传统政治文化中一个特有的内容。披阅中国历史，我们会发现一串长长的冒死也说真话的忠臣名单：比干被剖心、屈原投江、魏徵让唐太宗动了杀心、海瑞被打入死牢、林则徐被充军新疆……他们都是“不说真话毋宁死”的硬汉子。现在这个名单上又添了一个彭德怀。

“忠”的时代内涵：不是愚忠，而是忠于天下，忠于信仰。

这样的大爱，让彭德怀始终保持着清醒的头脑，在国家、民族危亡之际，发出令人深思的呐喊，人们终将记住他。

彭德怀爱领袖更爱真理；珍惜自己的生命，更珍惜国家的前途。他浴血奋战三十年，不知几死，经受住了“武死战”的考验；庐山会议三十天的争论和其后十五年的折磨，他又不知几死，通过了“文死谏”的测试。他是一位为人民、为国家二死其身的忠臣。

人民永远记住了庐山上的那场争论，记住了彭德怀。

——大无大有周恩来

周恩来离开我们已经二十多年。但是他的身影却时时在我们身边，至今，许多人仍是一提总理双泪流，一谈国事就念总理。陆放翁诗："何方可化身千亿，一树梅前一放翁。"是什么办法化作总理身千亿，人人面前有总理呢？难道世界上真的有什么灵魂的永恒？伟人之魂竟是可以这样地充盈天地、浸润万物吗？就像老僧悟禅，就如朱子格物，自从1976年1月国丧以来，我就常穷思默想这个费解的难题。二十多年了，终于有一天我悟出了一个理：总理这时时处处的"有"，原来是因为他那许许多多的"无"，那些最不该，最让人想不到、受不了的"无"啊。

"无"与"有"的辩证关系。不近"情理"的"无"是无私，时时处处的"有"是人民的情思。

总理的惊人之无有六。

一是死不留灰。

看淡生死，看淡身后事，死不留灰，让生命的最后一步潇洒而又彻底。

周恩来是中国历史上第一个提出死后不留骨灰的人。总理去世的时候，正是中国政治风云变幻的日子，林彪集团被粉碎不久，"四人帮"集团正自鸣得意，中国上空乌云压城，百姓肚里愁肠千结。1976年新年刚过，一个寒冷的早晨突然广播里传出了哀乐。人们噙着泪水，对着电视一遍遍地看着那个简陋的遗体告别仪式，突然江青那副可憎的面孔出现了，她居然不脱帽鞠躬，许多电视机旁都发出了怒吼："江青脱掉帽子！"过了几天，报上又公布了总理遗体到八宝山火化的消息，并且遵总理遗嘱不留骨灰。许多人都不相信这个事实，一定是江青这个臭婆娘又在搞什么阴谋。直到多少年后，我们才清楚，这确实是总理遗愿。1 月 15 日下午追悼会结束后，邓颖超就把家属召集到一起，说总理在十几年前就与她约定死后不留骨灰。灰入大地，可以肥田。当晚，邓颖超找来总理生前党小组的几个成员帮忙，一架农用飞机在清冷的夜色中起飞，飞临天津这个总理少年时代生活和最早投身革命的地方，又沿着渤海湾飞临黄河入海口，将那一捧银白的灰粉化入海空，也许就是这一撒，总理的魂魄就永远充满人间，贯通天地。

但人们还是不能接受这一事实。多少年后还是有人提问，难道总理的骨灰就真的一点也没有留下吗？中国人和世界上大多数民族都习惯修墓土葬，这对生者来说，可以寄托哀思，对死者来说则希望还能长留人间。多少年来，越有权的人就越下力气去做这件事。中国的十三陵，印度的泰姬陵，埃及的金字塔，还有一些埋葬神父的大教堂，我都看过。共产党人是无神论者，又以解放全人类为己任，当然不会为自己的身后事去费许多神。所以一解放，毛泽东就带头签名火葬，以节约耕地，但彻底如周恩来这样连骨灰都不留的却还是第一人。你看一座八宝山上，不就是存灰为记吗？历史上有多少名人，死后即使无尸，人们也要为他修一个衣冠冢。老舍先生的追悼会上，骨灰盒里放的是一副眼镜、一支钢笔。纪念死者总得有个念物，有个引

以常人常理来做对比，突出总理淡泊名利的个性举动。

子啊。

没有灰，当然也谈不上埋灰之处，也就没有碑和墓，欲哭无泪，欲祭无碑，魂兮何在？无限相思寄何处？中外文学史上有许多名篇都是碑文、墓志和在名人墓前的凭吊之作，有许多还发挥出炽热的情和永恒的理。如韩愈为柳宗元写的墓志痛呼："士穷乃见节义"，如杜甫在诸葛亮祠中所叹："出师未捷身先死，长使英雄泪满襟"，都成了千古名言。明代张溥著名的《五人墓碑记》"扼腕墓道，发其志士之悲"简直就是一篇正义对邪恶的宣言。就是空前伟大如马克思这样的人，死后也有一块墓地，恩格斯在他墓前的演说也选入马恩文选，成了国际共运的重要文献。马克思的形象也因这篇文章更加辉煌。为伟人修墓立碑已成中国文化的传统，中国百姓的习惯，你看明山秀水间，市井乡村里，还有那些州县府志的字里行间，有多少知名的、不知名的古人墓、碑、庙、祠、铭、志，怎么偏偏轮到总理，这个前代所有的名人加起来都不足抵其人格伟大的人，就连一个我们可以为之扼腕、叹息、流泪的地方也没有呢？于是人们难免生出一丝丝的猜测，有的说是总理英明，见"四人帮"猖狂，政局反复，不愿身后有伍子胥鞭尸之事；有的说是总理节俭，不愿为自己的身后事再破费国家钱财。但我想，他主要的就是要求一个干净。生时鞠躬尽瘁，死后不留麻烦。他是一个只讲奉献，献完转身就走的人，不求什么纪念的回报和香火的馈饷。也许隐隐还有另一层意思。以他共产主义者的无私和中国传统文化的

巨大的反差之下更显总理的伟大，总理希望借此举动表示自己不需要后人纪念的愿望，但人们还是执著于对他的缅怀、留恋，在心中为总理竖起了纪念碑。

"忠君",他更不愿在身后出现什么"僭越"式的悼念,或因此又生出一些政治上的尴尬。果然,地球上第一个为周恩来修纪念碑的,并不是在中国,而是在日本。第一个纪念馆也不是建在北京,而是在他的家乡。日本的纪念碑是一块天然的石头,上面刻着他留学日本时的那首《雨中岚山》。1994 年我去日本时曾专门到樱花丛中去寻找过这块诗碑。我双手抚石,西望长安,不觉泪水涟涟。回天无力,斯人长逝已是天大的遗憾,而在国内又无墓可寻,叫人又是一种怎样的惆怅? 一个曾叫世界天翻地覆的英雄,一个为民族留下了一个共和国的总理,却连一点骨灰也没有留下,这强烈的反差,让人一想,心里就有如坠落千丈似的空茫。

总理抛却小家的繁衍生息,却为烈士们延续了后代,众人都是他们的后人,由此可见总理的"无私"。

总理的二无是生而无后。

中国人习惯续家谱,重出身,爱攀名人之后也重名人之后。刘备明明是个编席卖履的小贩,却攀了个皇族之后,被尊为皇叔,诸葛亮和关、张、赵、马、黄等一批文臣武将,就捧着这块招牌,居然三分天下。一般人有后无后还是个人和家族的事,名人无后却成了国人的遗憾。不孝有三,无后为大。纪念古人也有三:故居、墓地、后人,后人为大。虽然后人不能尽续其先人的功德才智,但对世人来说,有一条血缘的根传下来,总比无声的遗物更惹人怀旧。人们尊其后,说到底还是尊其本人。这是一种纪念,一种传扬。对越是功高德重为民族作出牺牲的逝者,人们就越尊重他们的后代,好像只有这样才能表达对他们的感激,赎回生者的遗憾。总理并

这一材料说明总理并不是不明常理,而且骨子里面其实是一个非常传统的人,他非常明确中国人最看重的是什么,但是与繁育后代的责任相比,他更看重与妻子的"情"和与朋友的"义"。

不脱俗,也不寡情。我在他的绍兴祖居,亲眼见过抗战时期他和邓颖超回乡动员抗日时,恭恭敬敬地续写在家谱上的名字。他在白区经常做的一件事,就是搜求烈士遗孤,安排抚养。他常说:不这样我怎么对得起他们的父母?他在延安时亲自安排将瞿秋白、蔡和森、苏兆征、张太雷、赵世炎、王若飞等烈士的子女送到苏联好生教育、看护,并亲自到苏联与斯大林谈判,达成了一个谁也想不到的协议:这批子弟在苏联只求学,不上前线(而苏联国际儿童院中其他国家的子弟,有二十一名牺牲在战争前线)。这恐怕是当时世界上两个最大的人物达成的一个最小的协议。总理何等苦心,他是要为烈士存孤续后啊。六七十年代,中日民间友好往来,日本著名女运动员松崎君代,多次受到总理接见。当总理知道她婚后无子时,便关切地留她在京治病,并说有了孩子可要告诉一声啊。1976 年总理去世,松崎君代悲呼道:"周先生,我们已经有了孩子,但还没有来得及告诉您!"确实子孙的繁衍是人类最实际的需要,是人最基本的情感。但是天何不公,轮到总理却偏偏无后,这怎么能不使人遗憾呢?是残酷的地下斗争和战争夺去邓颖超同志腹中的婴儿,以后又摧残了她的健康。但是以总理之权、之位、之才和他的倾倒多少女性的风采,何愁不能再建家室,传宗接代呢?这在解放初党的中高级干部中不乏其人,并几乎成风。但总理没有。他以倾国之权而坚守平民之德。后来有一个厚脸皮的女人写过一本书,称她自己就是总理的私生女,这当然

总理无后,同样杜绝了无用的后代借祖上之名得到不应获得的财富和地位,他严于律己,也不允许后人玷污这朴素的平民之德。

经不起档案资料的核验。举国一阵哗然之后，如风吹黄叶落，复又秋阳红。但人们在愤怒之余心里仍然隐隐存着一丝的惆怅。中国人的传统文化是求全求美的，如总理这样的伟人该是英雄美人、父英子雄、家运绵长的啊。然而，这一切都没有。这怎么能不在国人心中凿下一个空洞呢？人们的习惯思维如列车疾驶，负着浓浓的希望，却一下子冲出轨道，跌入了一个无底的深渊。

总理的三无是官而不显。

千百年来，官和权是连在一起的。在某些人看来，官就是显赫的地位，就是特殊的享受，就是人上人，就是福中福。官和民成了一个对立的概念，也有了一种对立的形象。但周恩来作为一国总理则只求不显。在外交、公务场合他是官，而在生活中，在内心深处，他是一个最低标准甚至不够标准的平民。他是中国有史以来第一个平民宰相，是世界上最平民化的总理。一次他出国访问，内衣破了送到我驻外使馆去缝洗。大使夫人抱着这一团衣服时，泪水盈眶，她怒指着工作人员道："原来你们就这样照顾总理啊！这是一个大国总理的衣服吗？"总理的衬衣多处打过补丁，领子和袖口已换过几次，一件毛巾睡衣本来白底蓝格，但早已磨得像一件纱衣。后来我见过这件睡衣，瞪大眼睛也找不出原来的纹路。这样寒酸的行头，当然不敢示人，更不敢示外国人。所以总理出国总带一只特殊的箱子，不管住多高级的宾馆，每天起床，先由我方人员将这套行头收入箱内锁好，才许宾馆服务生进去整理房

平民化，"平"在"平易近人"。总理并没有因为身居高位而拉开与人民之间的距离、追求享乐富贵的生活，而是几近苛刻地节俭生活，以一种两袖清风的"无私"震撼世人。

间。人家一直以为这是一个最高机密的文件箱呢。这专用箱里锁着一个平民的灵魂。而当总理在国内办公时就不必这样遮挡“家丑”了,他一坐到桌旁,就套上一副蓝布袖套,那样子就像一个坐在包装台前的女工。许多政府工作报告、国务院文件和震惊世界的声明,都是在这蓝袖套下写出的啊。只有总理的贴身人员才知道他的生活实在太不像个总理。总理一入城就在中南海西花厅办公,一直住了二十五年。这是座老平房,又湿又暗,工作人员多次请示总理,总理都不准维修。终于有一次,工作人员趁总理外出时将房子小修了一下,于是《周恩来年谱》便有了这一段记载:1960 年 3 月 6 日,总理回京,发现房已维修,当晚即离去暂住钓鱼台,要求将房内的旧家具(含旧窗帘)全部换回来,否则就不回去住。工作人员只得从命。一次,总理在杭州出差,临上飞机时地方上送了一筐南方的时鲜蔬菜,到京时被他发现,就严厉批评了工作人员,并命令折价寄钱去。一次,总理在洛阳视察,见到一册碑帖,问秘书身上带钱没有,见没带钱,就摇摇头走了。总理从小随伯父求学,伯父的坟迁移,他不能回去,先派弟弟去,临行前又改派侄儿去,为的是尽量不惊动地方。一国总理啊,他理天下事,管天下财,住一室、食一蔬、用一物、办一事算得了什么?多少年来,在人们的脑子里,做官就是显耀。你看,封建社会的官帽,不是乌纱便是红顶,官员出行,或鸣锣开道,或静街回避,不就是要一个“显”字?这种显耀或为显示权力,或为显示财富,总之是要显

又是以常理来与总理的行为对比,更显出总理的超脱与无私。

出高人一等。古人一考上进士,就要鸣锣报喜,一考上状元就要骑马披红走街,一当上官就要回乡到父老面前转一圈。所谓衣锦还乡,为的就是显一显。刘邦做了皇帝后,曾痛痛快快地回乡显示过一回,元散曲名篇《高祖还乡》即挖苦此事。你看那排场:“红漆了叉,银铮了斧,甜瓜苦瓜黄金镀,明晃晃马镫枪尖上挑,白雪雪鹅毛扇上铺。这几个乔人物,拿着些不曾见的器仗,穿着些大作怪的衣服。”西晋时有个石崇官做到个荆州刺史,也就是地委书记吧,就敢于同皇帝司马昭的小舅子王恺斗富。他平时生活,“丝竹尽当时之精,庖膳穷水陆之珍”。招待客人,以锦围步幛五十里,以蜡烧柴做饭,王恺自叹不如。现在这种显弄之举更有新招,比座位,比上镜头,比好房,比好车,比架子。一次一位县级小官到我办公室,身披呢子大衣,刚握完手突然后面蹿上一小童,双手托举一张名片。原来这是他的跟班,连递名片也要秘书代劳,这个架子设计之精,我万没有想到。刚说几句话又抽出“大哥大”,向千里之外的穷乡僻壤报告他现已到京,正在某某办公室,连我也被他编入了显耀自己的广告词。我不知他在地方上有多大政绩,为百姓办了多少实事,看这架子心里只有说不出的苦和酸。想总理有权不私,有名不显,权倾一国,两袖清风,这种近似残酷的反差随着岁月的增加,倒叫人更加不安和不忍了。

“不安”是不安于“显”官的现状,“不忍”是不忍于总理对自己如此苛刻的要求。

总理的四无是党而不私。

列宁讲:人是分为阶级的,阶级是由政党来领导的，政党是由领袖来主持的。大概有人类就有党，除政党外还有朋党、乡党等小党。毛泽东同志就提到过党外有党，党内有派。同好者为党，同利者为党，在私有制的基础上，结党为了营私，党成了求权、求荣、求利的工具。项羽、刘邦为楚汉两党，汉党胜，建刘汉王朝，三国演义就是曹、孙、刘三党演义。朱元璋结党扯旗，他的对立面除元政权这个执政党外，还有张士诚、陈友谅各在野党，结果朱党胜而建朱明王朝。只有共产党成立以后才宣布，它是专门为解放全人类而做牺牲的党，除了人民利益，国家民族利益，党无私利，党员个人无私求。无数如白求恩、张思德、雷锋、焦裕禄这样的基层党员，都做到了入党无私，在党无私。但是当身处要位甚至领袖之位，权握一国之财，而要私无一点，利无一分，却是最难最难的。权用于私，权大一分就私大一丈，失之毫厘差以千里，做无私的战士易，做无私的官难，做无私的大官更难。像总理这样军政大权在握的人，权力的砝码已经可以使他左偏则个人为党所用，右偏则党为个人所私，或可为党员，或可为党阀了。王明、张国焘不都成了党阀吗？而总理的可贵正在党而不私。

手中有权力的人，只有明确这权力是属于人民，才能不被权力冲昏头脑，而总理还在此层次之上，严格限制手中的权力对自己或家人产生影响，即使是最正常不过的要求。

党阀：政党内把持大权，专横跋扈、进行宗派活动的头目。

1974年，康生被查出癌症住院治疗。周恩来这时也有绝症在身，还是拖着病体常去看他。康一辈子与总理不合，总理每次一出病房他就在背后骂。工作人员告诉总理，说既然这样您何必去看他。但总理笑一笑，还是去。这种以德报怨、顾全大局、委曲求全的事，在他一生中举不胜举。周总理同胞兄弟三人，他是老大，老二早逝，他与三弟恩寿情同手足。恩寿解放前经商，为我党提供过不少经费。解放后安排工作到内务部，总理指示职务要安排得尽量低些，因为他是我弟弟。后恩寿胃有病，不能正常上班，总理又指示要办退休，不上班就不能领国家工资。曾山部长执行得慢了些，总理又严厉批评说："你不办，我就要给你处分了。""文革"中总理尽全力保护救助干部。一次范长江的夫人沈谱（著名民主人士沈钧儒之女）找到总理的侄女周秉德，希望能向总理转交一封信，救救长江。周秉德是沈钧儒长孙儿媳，沈谱是她丈夫的亲姑姑。范长江是我党新闻事业的开拓者，又是沈老的女婿，总理还是他的入党介绍人。以这样深的背景，周秉德却不敢接这封信，因为总理有一条家规：任何家人不得参与公事。

与总理相关的人，反而因此遭受"委屈"，平易的总理亦如此严厉。怀疑总理此举的动机的人，只能是以己之私度人罢了。

如果说总理要借在党的力量谋大私，闹独立，闹分裂，篡权的话，他比任何人都有更多的机会，更好的条件。但是他恰恰以自己坚定的党性和人格的凝聚力，消除了党内的多次摩擦和四次大的分裂危机。五十年来他是党内须臾不可缺少的凝固剂。第一次是红军长征时，这时周恩来身兼五职，是中央三人团（博古、李德、周恩来）成员之一；中央政治局常委、书记处书记、军委副主席、红军总政委。在遵义会议上，只有他才有资格去和博古、李德争吵，把毛泽东请了回来。王明派对党的干扰基本排除了（彻底排除要到延安整风以后），红一、四方面军会师后又冒出个张国焘。张兵力远胜中央红军，

以假设开头，再用翔实的史料有力驳斥。

是个实力派。有枪就要权，不给权就翻脸，党和红军又面临一次分裂。这时周恩来主动将自己担任的红军总政委让给了张国焘。红军总算统一，得以顺利北进，扎根陕北。第二次是"大跃进"和三年困难时期。1957年年底，冒进情绪明显抬头，周恩来、刘少奇、陈云等提出反冒进，毛泽东大怒，说不是冒进，是跃进，并多次让周恩来检讨，甚至说到党的分裂。周恩来立即站出将责任全部揽在自己身上，几乎逢会就检讨，目的只有一个，就是保住党的团结，保住一批如陈云、刘少奇等有正确经济思想的干部，留得青山在，为党渡危机。而在他修订规划时，又小心地坚持原则，实事求是。他藏而不露地将"十五年赶上英国"，改为"十年或者更多的一点时间"，加了九个字。将"在今后十年或者更短的时间内实现全国农业发展纲要"一句删去了"或者更短的时间内"八个字，不要小看这一加一减八九个字，果然，一年以后，经济凋敝，毛泽东说：国难思良将，家贫思贤妻，搞经济还得靠恩来、陈云，多亏恩来给我们留下三年余地。第三次是"文革"中，林彪骗取了毛主席信任。这时作为二把手的周恩来再次让出了自己的位置。他这个当年黄埔军校的政治部主任，毕恭毕敬地向他当年的学生，现在的副统帅请示汇报，在天安门城楼上、在大会堂等公众场合为之领座引路。林彪的威望，或者就以他当时的投机表现、身体状况，总理自然知道他是不配接这个班的，但主席同意了，党的代表大会通过了，他只有服从。果然，九大之后只有两年多，林

文字背后是谋略气度，是人格品性，是力挽狂澜的默默无私的担当。

彪自我爆炸，总理连夜坐镇大会堂，弹指一挥，将其余党一网打尽，为国为党再定乾坤。让也总理，争也总理，一屈一伸又弥合了一次分裂。第四次，林彪事件之后总理威信已到绝高之境，但“四人帮”的篡权阴谋也到了剑拔弩张的境地。这时已经不是拯救党的分裂，而是拯救党的危亡了，总理自知身染绝症，一病难起，于是他在抓紧寻找接班人，寻找可以接替他与“四人帮”抗衡的人物，他找到了邓小平。1974 年 12 月，他不顾危病在身飞到韶山与毛泽东商量邓小平的任职。小平一出山，双方就展开拉锯战，这时总理躺在医院里，就像诸葛亮当年卧病军帐之中，仍侧耳静听着帐外的金戈铁马声。“四人帮”唯一忌惮的就是周恩来还在世。当时主席病重，全党的安危系于周恩来一身，他生命延缓一分钟，党的统一就能维持一分钟。他躺在床上，像手中没有了弹药的战士，只能以重病之躯扑上去堵枪眼了。癌症折磨得他消瘦、发烧，常处在如针刺刀割般的疼痛中，后来连大剂量的镇痛、麻醉药都不起作用。但是他忍着，他知道多坚持一分钟，党的希望就多一分。因为人民正在觉醒，叶帅他们正在组织反击。他已到弥留之际，当他清醒过来时，对身边的人员说：“你去给中央打一个电话，中央让我活几天，我就活几天！”就这样一直撑到1976 年 1 月 8 日。当时消息还未正式公布，但群众一看医院内外的动静就猜出大事不好。这天总理的保健医生外出办事，一个熟人拦住问：“是不是总理出事了，真的吗？”他不敢回答，稍一迟疑，对方转

总理不仅生无所求，就连自己的生命都完全托付给了党的事业，有这样伟大的总理在，人民何愁没有动力去击垮“四人帮”呢？

身就走，边走边哭，终于放声大哭起来。九个月后，百姓心中的这股怨气，一举掀翻了“四人帮”。总理在死后又一次救了党。

宋代欧阳修写过一篇著名的《朋党论》，指出有两种朋党，一种是小人之朋，“所好者禄利，所贪者财货”；一种是君子之朋，“所守者道义，所行者忠信，所惜者名节”。而只有君子之朋才能万众一心。“周武王之臣，三千人为一大朋”，以周公为首。这就是周灭商的道理。周恩来在重庆时就被人称周公，直到晚年，他立党为公，功同周公的形象更加鲜明。“周公吐哺，天下归心。”周公只不过是“一饭三吐哺”，而我们的总理在病榻上还心忧国事，“一次输液三拔针”啊。如此忧国，如此竭诚，怎么能不天下归心呢。

总理的五无是劳而无怨。

周总理是中国革命的第一受苦人。上海工人起义，“八一”起义，万里长征，三大战役，这种真刀真枪的事他干；地下特科斗争，国统区长驻虎穴，这种生死度外的事他干；解放后政治工作、经济工作、文化工作，这种大管家的烦人杂事他干；“文化革命”中上下周旋，这种在夹缝中委曲求全的事他干。他人生的最后一些年头，直到临终，身上一直佩着的一块徽章，是“为人民服务”。如果计算工作量，他真正是党内之最。周恩来是1974年6月1日住进医院的，据资料统计，1至5月共139天，他每天工作12至14小时有9天；14至18小时有74天；19至23小时有38天；连续24小时有5天。只有

青年时期那句“为中华之崛起而读书”，激情犹在，“为人民服务”是他一生的宗旨。晚年始终佩戴这五个字，不仅仅是表明心迹，更是传达与邪恶之气抗争到底的决心。

震撼人心的数字，写出了总理之“劳”，让人为之心疼。

形象生动的比喻，写出总理"无怨"，让人肃然起敬。

13 天工作在 12 小时之内。而从 3 月中旬到 5 月底，2 个半月，日常工作外，他又参加中央会议 21 次，外事活动 54 次，其他会议和谈话 57 次。他像一头牛，只知道负重，没完没了地受苦，有时还要受气。1934 年，因为王明的"左"倾路线和洋顾问李德的指挥之误，红军丢了苏区，血染湘江，长征北上。这时周恩来是军事三人团成员之一，他既要负失败之责，又要说服博古恢复毛泽东的指挥权，惶惶然，就如《打金枝》中的皇后，劝了金枝，回过头来又劝驸马。1938 年，他右臂受伤，两次治疗不愈，只好远走苏联。医生说为了彻底好，治疗时间就要长一些。他却说时局危急，不能长离国内，只短住了六个月。最后还是落下个臂伸不直的残疾。而林彪也是治病，也是这个时局，却在苏联从 1938 年住到了 1941 年。"文化革命"中，周恩来成了救火队长，他像老母鸡以双翅护雏，防老鹰叼食一样尽其所能保护干部。红卫兵要揪斗陈毅，周恩来苦苦说服无效，最后震怒道：我就站在大会堂门口，看你们从我身上踩过去！这时国家已经瘫痪，全国除少数造反派外，许多人都成了逍遥派，而周恩来始终是一个苦撑派，一个苦命人。他像扛着城门的力士，放不下，走不开。每天无休止地接见，无休止地调解。饭都来不及吃，服务员只好在茶杯里调一点面糊。"文革"中干部一层层地被打倒。他周围的战友，副总理、政治局委员已被打倒一大片，连国家主席刘少奇都被打倒了，但偏偏留下了他一个。他连这种"休息"的机会也得不到啊。全国到处点火，留一个周恩来东奔西跑去救火，这真是命运的捉弄。他坦然一笑说："我不下地狱，谁下地狱？"大厦将倾，只留下一根大柱。这柱子已经被压得吱吱响，已经出现裂纹，但他还是咬牙苦撑。由于他的自我牺牲，他的厚道宽容，他的任劳任怨，革命的每一个重要关头，每一次进退两难，都离不开他。许多时候他都左右逢源，稳定时局，但许多时候，他又只能被人们作为平衡的棋子，或者替罪的羔羊。历史上向来是一朝天子一朝臣，共产党的领导人换了多少，却人人要用周恩来。他的过人才干害了他，他的任劳任怨的品质害了他，多苦、多难、多累、多险的活，都由他去顶。

总理不求名利，不要高位，唯一在乎的就是这个国家的兴盛，人民的富足。这"害"字是埋怨，是埋怨中的高度称颂，是称颂中的叹息。

1957年年底，我国经济出现急功近利的苗头，周恩来提出反冒进。毛泽东大怒，连续开会发脾气。1958年1月初杭州会议，毛说：你脱离了各省、各部。1月中旬南宁会议，毛说："你不是反冒进吗？我是反反冒进的。"这时柯庆施写了一篇升虚火的文章，毛说：恩来，你是总理，这篇文章你写得出来吗？8月成都会议，周恩来检查，毛还不满意，表示仍然要作为一个犯错误的例子再议。从成都回京后，一个静静的夜晚，西花厅夜凉如水，周恩来把秘书叫来说，"我要给主席写份检查，我讲一句，你记一句。"但是他枯对孤灯，常常五六分钟说不出一个字。冒进造成的险情已经四处露头，在对下与对上、报国与"忠君"之间，他陷入了深深的矛盾，深深的痛苦。他对领袖的服从与忠诚绝不是封建式的愚忠。他是基于领袖是党的核心、是党统一的标志这一原则和毛主席的威信这一事实，从唯物史

担负自己并没有犯的错误，这样的"严格要求"已经是在委屈自己了，但是总理依旧无怨。

观和党性标准出发来严格要求自己的。为了大局，在前几次会上他已把反冒进的责任全揽在自己身上，现在还要怎样深挖呢？而这游走的笔刃又怎样才能做到既解剖自己又不伤实情，不伤国事大局呢？天亮时，秘书终于整理成一篇文字，其中加了这样一句："我与主席多年风雨同舟，朝夕与共，还是跟不上主席的思想。"恩来指着"风雨同舟，朝夕与共"八个字说，怎么能这样提呢？你太不懂党史。说时眼眶里已泪水盈盈了。秘书不知总理苦，为文犹用昨日辞。几天后，他在八大二次会议上作完检讨，并委婉地请求辞职。结论是不许辞。哀莫大于心死，苦莫大于心苦，但痛苦更在于心虽苦极又没有死。周恩来对国对民对领袖都痴心不死啊，于是他只有负起那让常人看来无论如何也负不动的委屈。

总理的六无是去不留言。

1976年元旦前后总理已经到了弥留之际。这时中央领导对总理病情已是一日一问，邓颖超同志每日必到病房陪坐。可惜总理将去之时正是中央领导核心中鱼龙混杂、忠奸共处的混乱之际。奸佞之徒江青、王洪文常假惺惺地慰问却又暗藏杀机。这时忠节老臣中还没有被打倒的只有叶剑英了。叶帅与总理自黄埔时期起便患难与共，又共同经历过党史上许多是非曲直。眼见总理已是一日三厥，气若游丝，而"四人帮"又乘危乱国，叶帅心乱如麻，老泪纵横。一日，他取来一叠白纸，对病房值班人员说，总理一生顾全大局，严守机密，肚子里装着很多东西，死前肯定有话要说，你们要随时记下。但总理去世后，值班人员交到叶帅手里的仍然是一叠白纸。

当真是总理肚中无话吗？当然不是，在会场上，在向领袖汇报时，在对“四人帮”斗争时，在与同志谈心时，该说的都说过了，他觉得不该说的，平时不多说一字，现在并不因为要撒手而去就可以不负责任，随心所欲。总理的办公室和卧室同处一栋，邓颖超同志是他一生的革命知己，又同是中央高干，但总理工作上的事邓颖超自动回避，总理也不与她多讲一字。总理办公室有三把钥匙，他一把，秘书一把，警卫一把，邓颖超没有，她要进办公室必须先敲门。周总理把自己一劈两半。一半是公家的人，党的人，一半是他自己。他也有家私，也有个人丰富的内心世界，但是这两部分泾渭分明，绝不相混。周恩来与邓颖超的爱可谓至纯至诚，但也不敢因私犯公。他们两人，丈夫的心可以全部掏给妻子，但决不能搭上公家的一点东西；反过来妻子对丈夫可以是十二分的关心，但决不能关心到公事里去。总理与邓大姐这对权高德重的伴侣堪称是正确处理家事国事的楷模。诗言志，为说心里话而写。总理年轻时还有诗作，现在东瀛岛的诗碑上就刻着他那首著名的《雨中岚山》。皖南事变骤起，他愤怒地以诗惩敌：“千古奇冤，江南一叶，同室操戈，相煎何急。”但解放后，他除了公文报告，却很少有诗。当真他的内心情感之门关闭了吗？没有。工作人员回忆，总理工作之余也写诗，用毛笔写在

“去不留言”是总理慎重的表现，他把自己该说的话都表达出来，认为不该说的话都保留下来，保持了一个公私分明、顾全大局的大国总理的形象。

不求他人评价，但求无愧我心，所以总理不需要多说自己，不需要别人来评价自己，他只是履行自己的责任，对得起自己的良心。

信笺上，反复改。但写好后又撕成碎片，碎碎的，投入纸篓，宛如一群梦中的蝴蝶。除了工作，除了按照党的决定和纪律所做的事，他不愿再表白什么，留下什么。瞿秋白在临终前留下一篇《多余的话》将一个真实的我剖析得淋漓尽致，然后昂然就义，舍身成仁。坦白是一种崇高。周恩来在临终前只留下一叠白纸。“菩提本无树，明镜亦非台”，本来就无我，我复何言哉？不必再说，又是一种崇高。

一句话进行总结，提升主题，而这一主题早在论述的过程当中就已被读者所认同。

周恩来的六个“大无”，说到底是一个无私。公私之分古来有之，但真正的大公无私自共产党始。1998 年是周恩来诞辰一百周年，也是划时代的《共产党宣言》发表一百五十周年。是这个《宣言》公开提出要消灭私有制，要求每个党员只有解放全人类才能最后解放自己。我敢大胆说一句，一百五十年来，实践《宣言》精神，将公私关系处理得这样彻底、完美，达到如此绝妙之境者，周恩来是第一人。因为即使如马克思、恩格斯、列宁也没有他这样长期处于手握党权、政权的诱惑和身处各种矛盾的煎熬。总理在甩脱自我，真正实现“大无”的同时却得到了别人没有的“大有”。有大智、大勇、大才和大貌——那种倾城倾国，倾倒联合国的风貌，特别是他的大爱大德。

这些“有”都是要在超越个人欲望的基础上才能实现的。

他爱心博大，覆盖国家、人民和整个世界。你看他大至处理国际关系，小至处理人际关系无不充满浓浓的、厚厚的爱心。美帝国主义和中国人民、中国共产党曾是积怨如山的，但是战争结束后，1954 年周恩来第一次与美国代表团在日内瓦见面时就发出友好的表示，虽然美国国务卿杜勒斯拒绝了，或者是不敢接受，但周恩来还是满脸的宽厚与自信，就是这种宽厚与自信，终于吸引尼克松在我们立国二十一年后，横跨太平洋到中国来与周恩来握手。国共两党是曾有血海深仇的，蒋介石曾以巨额大洋悬赏要周恩来的头。当西安事变发生时，蒋介石已成阶下囚，国人皆曰可杀，连曾经向蒋介石右倾过的陈独秀都高兴地连呼打酒来，蒋介石必死无疑。但是周恩来却带了十个人，进到刀枪如林的西安城去与蒋介石握手。周恩来长期代表中共与国民党谈判，在重庆，在南京，在北平。到最后，这些敌方代表竟为他的魅力所吸引，投向了中共。只有团长张治中说，别人可以留下，从手续上讲他应回去复命。周却坚决挽留，说西安事变已对不起一位姓张的朋友（张学良），这次不能重演悲剧，并立即通过地下党将张的家属也接到了北平。他的爱心征服了多少人，温暖了多少人，甚至连敌人也不得不叹服。宋美龄连问蒋介石，为什么我们就没有这样的人。美方与他长期打交道后，甚至后悔当初不该去扶植蒋介石。至于他对人民的爱，革命队伍内同志的爱，更是如雨润田，如土载物般地浑厚深沉。曾任党的总书记、犯过“左”倾路线错误的博古，可以说是经周恩来亲手“颠覆”下台的，但后来他们相处得很好，在重庆，博古成了周的得力助手。甚至像陈独秀这样曾给党造成血的损失，当他对自己的错误已有认识，并有回党的表示时，周恩来立即着手接洽此事，可惜未能谈成。恩格斯在马克思

总理选择的是为人民谋利益的政党，为了这个政党和这个国家的前途，他可以牺牲小我的一切。这样的人所具有的人格魅力足以让所有的人倾倒。

墓前讲话说:“他可能有过许多敌人,但未必有一个私敌。”这话移来评价周恩来最合适不过。当周恩来去世时,无论东方西方,同声悲泣,整个地球都载不动这许多遗憾,许多愁。

他的大德,再造了党,再造了共和国,并且将一个共产主义者的无私和儒家传统的仁义忠信糅合成一种新的美德,为中华文明提供了新的典范。如果说毛泽东是中国共产党和中华人民共和国的缔造者,周恩来则是党和国家的养护人。他硬是让各方面的压力,各种矛盾将自己压成了粉,挤成了油,润滑着党和共和国这架机器,维持着它的正常运行。五十年来他亲手托起党的两任领袖,又拯救过共和国的三次危机。遵义会议他扶起了毛泽东,“文革”后期他托出了邓小平。作为两代领袖,毛、邓之功彪炳史册,而周恩来却静静地化作了那六个“无”。建国后他首治战争创伤,国家复苏;二治“大跃进”灾难,国又中兴;三抗林彪江青集团,铲除妖孽。而他在举国狂庆的前夜却先悄悄地走了,走时连一点骨灰也没有留下。

周总理是幕后的英雄,比起台前叱咤风云的人物,甘当人梯的总理更加可敬。

周恩来为什么这样地感人至深、感人至久呢?正是这“六无”、“六有”,在人们心中撞击、翻搅和掀动着大起大落、大跌大荡的波浪。他的博爱与大德拯救、温暖和护佑了太多太多的人。自古以来,爱民之官受人爱。诸葛亮治蜀二十七年,而武侯祠香火不断一千五百年。陈毅游武侯祠道:“孔明反胜昭烈(刘备)其何故也,余意孔明治蜀留有遗爱。”遗爱愈厚,念之愈切。平日常人相处尚投桃报李，有恩必报，而一个伟人再造了国家，复兴了民族，润泽了百姓，后人又怎能轻易地淡忘了他呢？我们是唯物论者，但我心里总觉得大概有一天还是会有人来要为总理修一座庙。庙是神的殿堂，神是后人在所有的前人中筛选出来的模范，比若忠义如关公，爱民如诸葛亮。周总理无论在自身修养和治国理政方面，功德、才智、得民心等都很像诸葛亮。诸葛亮教子很严，他那篇有名的《诫子书》，教子"非淡泊无以明志，非宁静无以致远"。他勤俭持家，上书后主说，自己家有桑树八百棵，薄田十五顷，供给一家人的生活，馀再无积蓄。这两件事都常为史家称道。呜呼，总理何如？他没有后，当然也没有什么教子格言；他没有遗产，去世时，家属各分到几件补丁衣服作纪念；他没有祠，没有墓，连灰都不知落在何方。他不立言，没有一篇《出师表》可以传世。他越是这样地没有，后人就越感念他的遗爱；那一个个没有也就越像一条条鞭子抽在人们的心上。鲁迅说，悲剧是把人生有价值的东西撕裂给人看。是命运从总理身上一条条地撕去许多本该属于他的东西，同时也在撕裂后人的心肺肝肠。那是永远无法弥补的遗憾，这遗憾又加倍转化为深深的思念。渐渐二十二年过去了，思念又转化为人们更深的思考，于是总理的人格力量在浓缩，在定格，在突现。而人格的力量一旦形成便是超时空的。不独总理，所有历史上的伟人，中国的司马迁、文天祥，外国的马克思、列宁，我们又何曾见过呢？爱因斯坦生生将一座物理大山凿穿而得出一个哲

总理的"无"是那样的高洁，总理的"有"是那样的博大，他高尚的人格拷问的是后人的良心，激励着一切愿意为人民鞠躬尽瘁的人，将他的事业进行下去。

学结论:当速度等于光速时,时间就停止;当质量足够大时它周围的空间就弯曲。那么,我们为什么不可以再提出一个“人格相对论”呢?当人格的力量达到一定强度时,它就会迅如光速而追附万物,囊括空间而护佑生灵。我们与伟人当然就既无时间之差又无空间之别了。

总理的精神永远不会过时,永远不会淡出我们的生活,像总理这样的伟大人格,应该永远被我们铭记。

这就是生命的哲学。

周恩来还会伴我们到永远。

——觅渡，觅渡，渡何处

常州城里那座不大的瞿秋白纪念馆我已经去过三次。从第一次看到那个黑旧的房舍，我就想写篇文章。但是六个年头过去了，还是没有写出。瞿秋白实在是一个谜，他太博大深邃，让你看不清摸不透，无从写起但又放不下笔。去年我第三次访秋白故居时正值他牺牲六十周年，地方上和北京都在筹备关于他的讨论会。他就义时才三十六岁，可人们已经纪念了他六十年，而且还会永远纪念下去。是因为他当过党的领袖？是因为他的文学成就？是因为他的才气？是，但不全是。他短短的一生就像一幅永远读不完的名画。

我第一次到纪念馆是1990年。纪念馆本是一间瞿家的旧祠堂，祠堂前原有一条河，叫觅渡河。一听这名字我就心中一惊，觅渡，觅渡，渡在何处？瞿秋白是以职业革命家自许的，但从这个渡口出发并没有让他走出一条路。“八七会议”他受命于白色恐怖之中，以一副柔弱的书生之肩，挑起了统帅全党的重担，发出武装斗争的吼声。但是他随即被王明，被自己的人一巴掌打倒，永不被重用。后来在长征时又借口他有病，不带他北上。而比他年纪大身体弱的徐特立、谢觉哉等都安然到达陕北，活到了建国。他其实不是被国民党杀的，是为“左”倾路线所杀。是自己的人按住了他的脖子，好让敌

作者敏感地抓住了这个极具象征意义的词，并一直作为全文的线索。

人的屠刀来砍。而他先是仔细地独白，然后就去从容就义。

如果秋白是一个如李逵式的人物，大喊一声："你朝爷爷砍吧，二十年后又是一条好汉。"也许人们早已把他忘掉。他是一个书生啊，一个典型的中国知识分子，你看他的照片，一副多么秀气但又有几分苍白的面容。他一开始就不是舞枪弄刀的人。他在黄埔军校讲课，在上海大学讲课，他的才华熠熠闪光，听课的人挤满礼堂，爬上窗台，甚至连学校的教师也挤进来听。后来成为大作家的丁玲，当时也在台下瞪着一双稚气的大眼睛。瞿秋白的文才曾是怎样折服了一代人。后来成为文化史专家、新中国文化部副部长的郑振铎，当时准备结婚，想求秋白刻一对印，秋白开的润格是五十元。郑付不起转而求茅盾。婚礼那天，秋白手提一手绢小包，说来送金五十，郑不胜惶恐，打开一看却是两方石印。可想他当时的治印水平。秋白被排挤离开党的领导岗位之后，转而为文，短短几年他的著译竟有五百万字。鲁迅与他之间的敬重和友谊，就像马克思与恩格斯一样的完美。秋白夫妇到上海住鲁迅家中，鲁迅和许广平睡地板，而将床铺让给他们。秋白被捕后，鲁迅立即组织营救，他就义后，鲁迅又亲自为他编文集，装帧和用料在当时都是第一流的。秋白与鲁迅、茅盾、郑振铎这些近代文化史上的高峰，也是齐肩的啊，他应该知道自己身躯内所含的文化价值，应该到书斋里去实现这个价值。但是他没有，他目睹人民沉浮于水火，目睹党濒于灭

写瞿秋白的文才，赞的是他以文弱之躯投身残酷革命的胆识和勇气。

顶,他振臂一呼,跃向黑暗。只要能为社会的前进照亮一步之路,他就毅然举全身而自燃。他的俄文水平在当时的中国是数一数二了,他曾发宏愿,要将俄国文学名著介绍到中国来。他牺牲后鲁迅感叹说,本来《死魂灵》由秋白来译是最合适的。这使我想起另一件事。和秋白同时代的有一个人叫梁实秋,在抗日高潮中仍大写悠闲文字,被左翼作家批评为“抗战无关论”。他自我辩解说:人在情急时固然可以操起菜刀杀人,但杀人毕竟不是菜刀的使命。他还是一直弄他的纯文学,后来确实也成就很高,一人独立译完了《莎士比亚全集》。现在,当我们很大度地承认梁实秋的贡献时,更不该忘记秋白这样的情急了用菜刀去救国救民,甚至连自己的珠玉之身也扑上去的人。如果他不这样做,留把菜刀作后用,留得青山来养柴,在文坛上他也会成为一个,甚至十个梁实秋。但是他没有。

如果秋白的骨头像他的身体一样的柔弱,他一被捕就招供认罪,那么历史也早就忘了他。革命史上有多少英雄就有多少叛徒。像曾是共产党总书记的向忠发、政治局委员的顾顺章,都有一个工人阶级的好出身,但是一被逮捕,就立即招供。至于陈公博、周佛海、张国焘等高干,还可以举出不少。而秋白偏偏以柔弱之躯演出了一场泰山崩于前而不动的英雄戏。他刚被捕时敌人并不明他的身份,他自称是一名医生,在狱中读书写字,连监狱长也求他开方看病。其实,他实实在在是一个书生、画家、医生,除了名字是假的,这些身份对他来说一个

写瞿秋白的文弱与他被捕后的不屈,是为了说明英雄的行为来自于坚定的信仰和崇高的人格,出身并不能完全代表一个人本身。

都不假。这时上海的鲁迅等正在设法营救他。但是一个听过瞿讲课的叛徒终于认出了他。特务乘其不备突然大喊一声:“瞿秋白!”他却木然无应。敌人无法,只好把叛徒拉出来当面对质。这时他却淡淡一笑说:“既然你们已认出了我,我就是瞿秋白。过去我写的那份供词就权当小说去读罢。”蒋介石听说抓到了瞿秋白,急电宋希濂去处理此事。宋在黄埔时听过瞿的课,执学生礼,想以师生之情劝其降,并派军医为之治病。他死意已决,说:“减轻一点痛苦是可以的,要治好病就大可不必了。”当一个人从道理上明白了生死之后,他就获得了最大的坚强和最大的从容。这是靠肉体的耐力和感情的倾注所无法达到的。理性的力量就像轨道的延伸一样坚定。一个真正的知识分子向来是以理行事,所谓士可杀而不可辱。文天祥被捕,跳水、撞墙,唯求一死。鲁迅受到恐吓,出门都不带钥匙,以示不归之志。毛泽东赞扬朱自清宁饿死也不吃美国的救济粮。秋白便是这样一个典型的已达到自由阶段的知识分子。蒋介石威胁利诱实在不能使之屈服,遂下令枪决。刑前,秋白唱《国际歌》,唱红军歌曲,泰然自行至刑场,高呼“中国共产党万岁”,盘腿席地而坐,令敌开枪。从被捕到就义,这里没有一点死的畏惧。

真正的知识分子都是这样。

如果秋白就这样高呼口号为革命献身,人们也许还不会这样长久地怀念他研究他。他偏偏在临死前又抢着写了一篇《多余的话》,这在一般人看来真是多余。我们看他短短的一生斗争何等坚决:

全文用三个“如果”的假设,层层深入地引出人们长久纪念瞿秋白的原因,行文有全局上的构思,逻辑性和整体感很强。

他在国共合作中对国民党右派的批驳、在党内对陈独秀右倾路线的批判何等犀利；他主持“八七会议”，决定武装斗争，永远功彪史册；他在监狱中从容斗敌，最后英勇就义，泣天地动鬼神。这是一个多么完整的句号。但是他不肯，他觉得自己实在渺小，实在愧对党的领袖这个称号，于是用解剖刀，将自己的灵魂仔仔细细地剖析了一遍。别人看到的他是一个光明的结论，他在这里却非要说一说这光明之前的暗淡，或者光明后面的阴影。这又是一种惊人的平静。就像敌人要给他治病时，他说：不必了。他将生命看得很淡。现在，为了做人，他又将虚名看得很淡。他认为自己是从绅士家庭，从旧文人走向革命的，他在新与旧的斗争中受着煎熬，在文学爱好与政治责任的抉择中受着煎熬。他说以后旧文人将再不会有了，他要将这个典型、这个痛苦的改造过程如实地录下，献给后人。他说过：“光明和火焰从地心里钻出来的时候，难免要经过好几次的尝试，试探自己的道路，锻炼自己的力量。”他不但解剖了自己的灵魂，在这《多余的话》里还嘱咐死后请解剖他的尸体，因为他是一个得了多年肺病的人。这又是他的伟大，他的无私。我们可以对比一下世上有多少人都在涂脂抹粉，挖空心思地打扮自己的历史，极力隐恶扬善。特别是一些地位越高的人越爱这样做，别人也帮他们这样做，所谓为尊者讳。而他却不肯。作为领袖，人们希望他内外都是彻底的鲜红，而他却固执地说：不，我是一个多重色彩的人。在一般人是把人生投入革命，在他是

看淡生命和虚名，是一种境界，但这并不是与生俱来的，而是经过了内心的痛苦煎熬。瞿秋白不忌讳说自己内心的阴影，在坦白中显得更为坦荡。

内外彻底鲜红的领袖只是一个符号，瞿秋白在临死之前把自己依旧定位成一个复杂却真实的人。

把革命投入人生，革命是他人生实验的一部分。当我们只看他的事业，看他从容赴死时，他是一座平原上的高山，令人崇敬；当我们再看他对自己的解剖时，他更是一座下临深谷的高峰，风鸣林吼，奇绝险峻，给人更多的思考。他是一个内心纵横交错，又坦荡如一张白纸的人。

我在这间旧祠堂里，一年年地来去，一次次地徘徊，我想象着当年门前的小河，河上来往觅渡的小舟。秋白就是从这里出发，到上海办学，去会鲁迅；到广州参与国共合作，去会孙中山；到苏俄去当记者，去参加共产国际会议；到汉口去主持“八七会议”，发起武装斗争；到江西苏区去，主持教育工作。他生命短促，行色匆匆。他出门登舟之时一定想到“野渡无人舟自横”，想到“轻解罗裳，独上兰舟”。那是一种多么悠闲的生活，多么美的诗句，是一个多么宁静的港湾。他在《多余的话》里一再表达他对文学的热爱。他多么想靠上那个码头。但他没有，直到临死的前一刻他还在探究生命的归宿。他一生都在觅渡，可是到最后也没有傍到一个好的码头，这实在是一个悲剧。但正是这悲剧的遗憾，人们才这样以其生命的一倍、两倍、十倍的岁月去纪念他。如果他一开始就不闹什么革命，只要随便拔下身上的一根汗毛，悉心培植，他也会成为著名的作家、翻译家、金石家、书法家或者名医。梁实秋、徐志摩现在不是尚享后人之飨吗？如果他革命之后，又拨转船头，退而治学呢？仍然可以成为一个文坛泰斗。与他同时代的陈望道，本来是和陈独秀

瞿秋白并没有满足于个人的发展前途，而是把所有的生命力量都倾注在国家民族的事业上，他的悲剧在于他的不计一切代价的牺牲：牺牲他的文学前途，牺牲他的美好年华，直至牺牲他的宝贵生命，但是即使他最终没有寻到一个生命的归宿，他也为国家民族的前途寻到了一些方向和可能，这就足以让人们永远记住他。

一起筹建共产党的，后来退而研究修辞，著《修辞学发凡》，成了中国修辞第一人，人们也记住了他。可是秋白没有这样做。就像一个美女偏不肯去演戏，像一个高个儿男子偏不肯去打球。他另有所求，但又求而无获，甚至被人误会。一个人无才也就罢了，或者有一分才干成了一件事也罢了。最可惜的是他有十分才只干成了一件事，甚而一件也没有干成，这才叫后人惋惜。你看岳飞的诗词写得多好，他是有文才的，但世人只记住了他的武功。辛弃疾是有武才的，他年轻时率一万义军抗金，但南宋政府不用他，他只能“醉里挑灯看剑，梦回吹角连营”，后人也只知他的诗才。瞿秋白以文人为政，又因政事之败而返观人生。如果他只是慷慨就义再不说什么，也许他早已没入历史的年轮。但是他又说了一些看似多余的话，他觉得探索比到达更可贵。当年项羽兵败，虽前有渡船，却拒不渡河。项羽如果为刘邦所杀，或者他失败后再渡乌江，都不如临江自刎这样留给历史永远的回味。项羽面对生的希望却举起了一把自刎的剑，秋白在将要英名流芳时却举起了一把解剖刀，他们都将行将定格的生命的价值又推上了一层。哲人者，宁肯舍其事而成其心。

“觅渡”就是这样的一种悲壮的探索，瞿秋白正是因为不断将自己的生命内涵扩容，并推上一个新的层次而不朽于世。

秋白不朽。

——最后一位戴罪的功臣

既然中国近代史是从1840年鸦片战争算起，禁烟英雄林则徐就是近代史上第一人。可惜这个第一英雄刚在南海点燃销烟烈火，就被发往新疆接受朝廷给他的处罚。功与罪在瞬间便交织在一个人身上，将其扭曲再造，像原子裂变一样，产生出一个意想不到的结果。

封建皇帝作为最大的私有者，总是以天下为私。道光帝在禁烟问题上本来就犹豫，大臣中也分两派。我推想，是林则徐那篇著名的奏折，指出若再任鸦片泛滥，几十年后中原将“无可以御敌之兵”，“无可以充饷之银”，狠狠地击中了他的私心。他感到家天下难保，所以就鞭打快牛，顺手给了林一个禁烟钦差。林眼见国危民弱，就出以公心，勇赴重任，表示“若鸦片一日未绝，本大臣一日不回，誓与此事相始终”。他太天真，不知道自己“回不回”，鸦片“绝不绝”，不是他说了算，还得听皇上的。果然他上任只有一年半，1840年9月，就被革职贬到镇海。第二年7月又被再“从重发往伊犁效力赎罪”。就在林赴疆就罪的途中，黄河泛滥，在军机大臣王鼎的保荐下，林则徐被派赴黄河戴罪治水。他是一个见害就除、见民有难就救的人，不管是烟害、夷害还是水害都挺着身子去堵。半年后治水完毕，所有的人都论功行赏，唯独他得到的却是

林则徐禁烟的决心本来是非常坚决的，但这只是主观意愿，在客观方面，他面临了太多的阻碍——皇帝的支持并不得力、鸦片贩子在恨意中并不配合，这么大的中国，只有他一个人在那里痛心疾首、摇旗呐喊，而历史并不是拥有个人良好的愿望就可以扭转的。

“仍往伊犁”的谕旨。众情难平，须发皆白的王鼎伤心得泪如滂沱。林则徐就是在这样一而再、再而三的打击下西出玉门关的，他以诗言志：“苟利国家生死以，岂因祸福避趋之，谪居正是君恩厚，养拙刚于戍卒宜。”这诗前两句刻画出他的铮铮铁骨，刚直不阿，后两句道出了他的牢骚与无奈。给我一个谪贬休息的机会，这是皇上的大恩啊，去当一名卒正好养拙。你看这话是不是有点像柳永的“奉旨填词”和辛弃疾的“君恩重，且教种芙蓉”？但不同的是，柳被弃于都城闹市，辛被闲置在江南水乡，林却被发往大漠戈壁。辛、柳只是被弃而不用，而林则徐却被钦定为一个政治犯。

比较之下，更显林则徐的困厄。

但是，自从林则徐开始西行就罪，随着离朝廷渐行渐远，朝中那股阴冷之气也就渐趋淡弱，而民间和中下层官吏对他的热情却渐渐高涨，如离开冰窖走进火炉。这种强烈的反差不仅是当年的林则徐没有想到，就是一百五十年后的我们也为之惊喜。

冷暖之差异，可见民心之公正，亦见体制之弊端。

林则徐在广东和镇海被革职时，当地群众就表达出了强烈的愤懑。他们不管皇帝老子怎样说，怎样做，纷纷到林则徐的住处慰问，人数之众，阻塞了街巷。他们为林则徐送靴，送伞，送香炉、明镜，还送来了五十二面颂牌，痛痛快快地表达着自己对民族英雄的敬仰和对朝廷的抗议。林则徐治河之后又一次遭贬，中原立即发起援救高潮，开封知府邹鸣鹤公开宣示：“有人能救林则徐者酬万金。”林则徐自中原出发后，一路西行，接受着为英雄壮行的洗礼。不论是各级官吏还是普通百姓都争着迎送，好一睹他的风采，都想尽力为他做一点事，以减轻他心理和身体上的痛苦。山高皇帝远，民心任表达。1842 年 8 月 21 日，林离开西安，“自将军、院、司、道、府以及州、县、营员送于郊外者三十余人”。抵兰州时，督抚亲率文职官员出城相迎，武官更是迎出 10 里之外。过甘肃古浪县时，县知事到离县三十里外的驿站恭迎。林则徐西行的沿途茶食住行都安排得无微不至，进入新疆哈密，办事大臣率文武官员到行馆拜见林，又送坐骑一匹。到乌鲁木齐，地方官员不但热情接待，还专门为他雇了大车五辆、太平车一辆、轿车两辆。1842 年 12 月 11 日，经过四个月三天的长途跋涉，林则徐终于到达新疆伊犁。伊犁将军布彦泰立即亲到寓所拜访，送菜、送茶，并委派他掌管粮饷。这哪里是监管朝廷流放的罪臣啊，简直是欢迎凯旋的英雄。林则徐是被皇帝远远甩出去的一块破砖头，但这块砖头还未落地就被中下层官吏和民众轻轻接住，并以身相护，安放在他们中间。

详写考验的细节，为后文感受人物风骨作必要的铺垫。

现在等待林则徐的是两个考验。

一是恶劣环境的折磨。从现存的资料看，我们知道林则徐虽有民众呵护，还是吃了不少苦头。由于年老体弱，路途颠簸，林一过西安就脾痛，鼻流血不止。当他从乌鲁木齐出发取道果子沟进伊犁时，大雪漫天而落，脚下是厚厚的坚冰，无法骑马而坐车，只好徒步，蹚雪而行。陪他进疆的两个儿子，于两旁搀扶老爹，心痛得泪流满面，遂跪于地上对天祷告：若父能早日得赦召还，孩儿愿赤脚蹚过此沟。

环境的恶劣其实只是肉体的折磨，而无法施展抱负的寂寞则是精神上的折磨，这种折磨不仅残害了他的身体，还剥夺了他在困境中自我调节、自我安慰的条件，这对于一个时时刻刻见害就除、见难就救的人来说，何尝不是最大的束缚和悲哀呢？

林则徐到伊犁后,"体气衰颓,常患感冒","作字不能过二百,看书不能及三十行"。历史上许多朝臣就是这样死在被发配之地,这本来也是皇帝的目的之一。林则徐感到一个无形的黑影向他压来,他在日记中写道:"深觉时光可惜,暮景可伤!""频搔白发渐衰病,犹剩丹心耐折磨",他是以心力来抵抗身病的啊。

二是脱离战场的寂寞。林是一步一回头离开中原的。当他走到酒泉时,听到清政府签订《南京条约》的消息,痛心疾首,深感国事艰难。他在致友人书中说:"自念一身休咎死生,皆可置之度外,惟中原顿遭蹂躏,如火燎原,侧身回望,寝馈皆不能安。"他赋诗感叹:"小丑跳梁谁殄灭,中原揽辔望澄清,关山万里残宵梦,犹听江东战鼓声。"他为中原局势危机,无人可用而急。果然是中原乏人吗?人才被一批一批地撤职流放。这时和他一起在虎门销烟的邓廷桢,已早他半年被贬新疆。写下名句"我劝天公重抖擞,不拘一格将人才"的龚自珍,为朝廷提出许多御敌方略,但就是不为采用。本来封建社会一切有为的知识分子,都希望能被朝廷重用,能为国家民族做一点事,这是有为臣子的最大愿望,是他们人生价值观的核心。现在剥夺了这个愿望就是剥夺了他的生命,就是用刀子慢慢地割他的肉。虎落平川,马放南山,让他在痛苦和寂寞中毁灭。

对于人最大的折磨莫过于"诛心",使他们空有抱负却无处努力,使他们空有能力却无法施展,这样只能制造毫无用处的顺民,扼杀带领民族奋进的英才。

"羌笛何须怨杨柳","西出阳关无故人"。玉门关外风物凄凉,人情不再,实在是天设地造的折磨罪臣身心的好场所。当我们现在行进在大漠戈壁时，我真感叹于当年封建专制者这种“流放边地”的发明。你走一天是黄沙，再走一天还是黄沙；你走一天是冰雪，再走一天还是冰雪。不见人，不见村，不见市。这种空虚与寂寞，与把你关在牢中目徒四壁，没有根本区别。马克思说：“人是各种关系的总和。”把你推到大漠戈壁里，一下子割断你的所有关系，你还是人吗？呜呼，人将不人！特别是对一个博学而有思想的人，一个曾经有作为的人，一个有大志于未来的人。

腊雪频添鬓影皤，春醪暂借病颜酡。三年漂泊居无定，百岁光阴已去多。

新韶明日逐人来，迁客何时结伴回？空有灯光照虚耗，竟无神诀卖痴呆。

（《除夕书怀》）

他一人这样过除夕。

雪月天山皎夜光，边声惯听唱伊凉。孤村白酒愁无赖，隔院红裙乐未央。

（《中秋感怀》）

他一个人这样过中秋。

谪居权作探花使。忍轻抛、韶光九十，番风二十四。寒玉未消冰岭雪，毳幕偏闻花气。算修了，边城春禊。怨绿愁红成底事，任花开花谢皆天意。休问讯，春归来。

（《金楼曲·春暮看花》）

病颜依旧，可怜白发生，建功立业的时光不再，身体也力不从心，无人相伴空有孤灯，这样的除夕是冷清和悲凉的；悲凉听惯，愁绪无边，隔墙的欢乐更显出自己的冷清，这样的中秋同样没有欢聚一堂的热闹；春来花开的热闹，却不再是与他有关的热闹，这样的春天，太阳升上来也暖不了冰凉的心。直接引用这三首作者的感怀自述，直触作者悲凉的内心。

他在季节变换中嚼着春的寂寞。

当权者实在聪明，他就是要让你在这个环境里无事可做，消磨掉理想意志，不管你怎样地怒吼狂笑、悲歌，那空旷的戈壁瞬间就将这一切吸收得干干净净，这比有回音的囚室还可怕。任你是怎样的人杰，在这里也要成为常人、庸人、废人，失魂落魄。林则徐是一个有经天纬地之才的良臣，是可以作为历史坐标点的人物。禁烟的烈火仍在胸中燃烧，南海的涛声还在耳边回响，万里之外朝野上下还在与英国人作无奈的抗争，而他只能面对这大漠的寂寞。兔未死而狗先烹，鸟未尽而弓先藏。“何日穹庐能解脱，宝刀盼上短辕车。”他是一个被捆绑悬于壁上的壮士，心急如焚，而无可用力。

怎么摆脱这种状况？最常规的办法是得过且过，忍气苟安，争取朝廷早点招回。特别不能再惹是非，自加其罪。一般还要想方设法讨好皇帝，贿赂官员。像韩愈当年发配南海，第一件事就是向皇帝上一篇谢恩表，不管心中服不服，嘴上先要讨个好。这时内地林的家人和朋友正在筹措银两，准备按清朝的法律为他赎罪。林则徐却断然拒绝，他写信说：“获咎之由，实与寻常迥异”，“此事定须终止，不可赎呈”。他明确表示，我没有任何错，这样假罪真赎。是自认其咎，何以面对历史？如今这些信稿还存在伊犁的纪念馆里，翰墨淋漓，正气凛然。当我以十二分的虔诚拜读人物柜中的这些手稿时，顿生一种仰望泰山，遥对长城的肃然之敬，不觉想起林公那句座右铭：“海纳百川，有容乃大；壁立千彻,无欲则刚。”他没有一点私欲,不必向任何人低头,为了自己抱定的主义,他能容得下一切不公平。他选择了上对苍天,下对百姓,我行我志,不改初衷,为国尽力。

臣子无法选择君主,这是一种无奈,但是他可以选择对得起自己的良心,这是一种气节。

一个爱国臣子和封建君王的本质区别是,前者爱国爱民,以天下为己任;后者爱自己的权位,以天下为己有。当这两者暂时统一,就表现臣忠君贤,上下一心,并且在臣子一方常将爱国统一于忠君。当这两者不能一致时,就表现为忠臣见逐,弃而不用。在臣子一方或谨遵君命,孤愤而死,如贾谊、岳飞;或暂置君于一旁,为国为民办点实事,如韩愈、辛弃疾、林则徐。他们能摆脱权力高压和私利荣辱,直接对历史负责,所以也被历史所接受,所记录。

林则徐看到这里荒地遍野,便向伊犁将军建议屯田固边,先协助将军开垦城边的二十万亩荒地。垦荒必先兴水利,但这里向无治水习惯与经验,林带头示范,捐出自己的私银,承修了一段河渠。历时四个月,用工二百一十万。这被后人称为“林公渠”的工程,一直使用了一百二十多年,直到1967年新渠建成才得以退役。就像当年韩愈发配南海之滨带去中原先进耕作技术一样,林则徐也将内地的水利种植技术推广到清王朝最西北的边陲。他还发现并研究了当地人创造的特殊水利工程“坎儿井”,并大力推广。皇帝本是要用边地的恶劣环境折磨他,他却用自己的意志和才能改造了环境;皇帝要用寂寞和孤闷郁杀他,他却在这亘古荒原上爆

林则徐正是通过自己的行动,不仅克服了恶劣的环境,而且战胜了精神的寂寞,不向权力乞怜,不向私利苟且,而是向苍天表心迹,向百姓示良心,继续见害就除,见难就救,始终贯彻自己的理想信念。这样的人,是真的民族脊梁,任何东西都压不弯他,打不垮他。

出一声惊雷。自古罪臣被流放边地的结局有两种，大部分屈从命运，于孤闷中凄惨地死于流放地，只有少数人能挽命运狂澜于既倒，重新放出生命和事业的光芒，从周文王被拘羑里而演《周易》，到越王勾践被吴所俘后卧薪尝胆，直至邓小平“文革”被贬江西而思考中国特色的社会主义，这是生命交响曲中最强的一支，林则徐就属此支此脉。

林则徐在北疆伊犁修渠垦荒卓有成效，但就像当年治好黄河一样，皇帝仍不饶他，又派他到南疆去审察荒地。北疆虽僻远，但雨量较多，农业尚可。南疆沙海无埂，天气燥热，人烟稀少，语言不通。且北疆南疆天山阻隔，雪峰摩天。这无疑又是对林则徐的一场更大更苦的折磨。现在南北疆已有公路可行，汽车可乘，去年 8 月盛夏我过天山时，仍要爬雪山，穿冰洞。可想当年林则徐是怎样以羸弱之躯担当此苦任的。对皇帝而言，这是对他的进一步惩罚，而在他，则是在暮年为国为民再尽一点力气。1845 年 1 月 17 日，林则徐在三儿聪彝的陪伴下，由伊犁出发，在以后一年内，他南到喀什，东到哈密，勘遍东、南疆域。他经历了踏冰而行的寒冬和烈日如火的酷暑，走过“车厢簸似箕中粟”的戈壁，住过茅屋、毡房、地穴，风起时“彻夕怒号”，“毡庐欲拔”，“殊难成眠”，甚至可以吹走人马车辆。林则徐每到一地，三儿与随从搭棚造饭，他则立即伏案办公，“理公牍至四鼓”，只能靠第二天在车上假寐一会，其工作紧张、艰辛如同行军作战。对垦荒修渠工程他必得亲验土方，察看质量，要求属下必须

“上可对朝廷,下可对百姓,中可对僚友”。别人十分不理解,他是一戍边的罪臣啊,何必这样认真,又哪来的这种精神。说来可怜,这次受旨勘地,也算是“钦差”吧,这与当年南下禁烟已完全不同。这是皇帝给的苦役,活得干,名分全无。他的一切功劳只能记在当地官员的名下,甚至连向皇帝写奏折、汇报工作、反映问题的权利也没有,只能拟好文稿,以别人的名义上奏,这和治黄有功而不上褒奖名单同出一辙。林则徐在诗中写道:“羁臣奉使原非分”,“头衔笑被旁人问”,这是何等的难堪,又是何等的心灵折磨啊。但是他忍了,他不计较,只要能工作,能为国出力就行,整整一年。他为清政府新增六十九万亩耕地,极大地丰盈了府库,巩固了边防。林则徐真是干了一场“非分”之举。他以罪臣之分,而行忠臣之事。而历史与现实中也常有人干着另一种“非分”的事,即凭着合法的职位,用国家赋予的权力去贪赃营私。如王莽、杨国忠、秦桧直至林彪、康生、成克杰。原来社会上无论是大奸、巨贪还是小人,都是以合法的名分而行分外之奸、分外之贪、分外之私的,当然,他们最后也被历史所记录。陈毅有诗:“手莫伸,伸手必被捉。”他们被历史捉来,钉在了耻辱柱上,可知,世上之事,相差之远者莫如人格之分了。有人以罪身而忍辱负重,建功立业,有人以功位而鼠窃狗盗,自取其耻,自取其罪。确实,“分”这个界限就是“人”这个原子外壳,一旦外壳破而裂变,无论好坏,其力量都特别的大。

两个“非分”在这里一正一反,形成鲜明的对比。林则徐的“非分”,是他不计个人的得失,一心为国,虽然在名义上被定为罪臣,在实际上却是最大的忠臣;而另外一批人,则是把目光完全投注在谋取个人私利之上,一心为己,在表面上打着“为国为民”的旗号,私底下却干一些“祸国殃民”的事情。当时的历史给了这两种人不公平的待遇,而历史的发展终究会惩恶扬善,激浊扬清。

林则徐还有一件更加“非分”的事，就是大胆进行了一次“土地改革”。当勘地工作将结束，返回哈密时，路遇百余官绅商民跪地不起，拦轿告状。原来这里山高皇帝远，土王将辖区所有土地及煤矿、山林、瓜园、菜圃等皆霸为己有。汉、维群众无寸土可耕，就是驻军修营房拉一车土也要交几十文钱，百姓埋一个死人也要交银数两。土王大肆截留国家税收，数十年间如此横行竟无人敢管。林则徐接状后勃然大怒：“此咽喉要地，实边防最重之区，无田无粮，几成化外。”立判将土王所占一万亩耕地分给当地汉维农民耕种，并张出布告：“新疆与内地均在皇舆一统之内，无寸土可以自私。民人与维吾尔人均在圣恩并育之中，无一处可以异视。必须互相和睦，畛域五分。”为防有变，他还将此布告刻制成碑，“立于城关大道旁，俾众目共瞻，永昭遵守”。布告一出，各族人民奔走相告，不但有了生计，且民族和睦，边防巩固。要知道他这是以罪臣之身又多管了一件“闲事”啊！恰这时清廷赦令亦下，林则徐在万众感激和依依不舍的祝愿声中向关内走去。

已经“非分”了，还要“更加”，体现了林则徐强烈的责任感，只有那些不畏权威，敢于“越界”、为民主持公道的人，才会真正得到百姓的欢迎和爱戴。

一百五十年后，我又来细细寻觅林公的踪迹。当年的惠远城早已毁于沙俄的入侵，在惠远城里我提出一定要拜谒一下当年先生住的城南东二巷故居。陪同说，原城已无存，现在这个城是清1882年，比原城后撤了7公里重建的，这没有关系，我追寻的是那颗闪耀在中国近代史上空的民族魂，至于其载体为何无关本质。共产党夺天下前的最后一个农村指挥部，我们现在瞻仰的西柏坡村，不也是从山下撤几十里重建的吗？我小心地迈进那条小巷，小院矮墙，瓜棚豆蔓。旧时林公堂前燕，依然展翅迎远客。我不甘心，又驱车南行去寻找那个旧城。穿过一个村镇，沿着参天的白杨，再过一条河渠，一片茂密的玉米地旁留有一堵土墙，这就是古惠远城。夕阳下沉重的黄土划开浩浩绿海，如一条大堤直伸到天际。我感到了林公的魂灵充盈天地，贯穿古今。

“最后”，代表了一个时代的结束，这是一个错误的时代，一个将黑白颠倒的时代。那些不计私利、为人民做事的人，永远都会得到人心，获得最高的评价。

林则徐是皇家钦定的、中国古代最后的一位罪臣，又是人民托举出来的、近代史开篇的第一位功臣。

——一个永恒的范仲淹

山东青州为中国最古老的行政区之一。当年大禹治水后将中国分为九州，即有青州，《禹贡》图上有记。现在人们到青州来，主要是两件事，一是上山“拜寿”，二是到城里凭吊范仲淹。

开篇言明人们到青州会做的两件事。先写“拜寿”，为下文要表述的内容作铺垫。

出青州城南五里，有一山，名云门山。自山脚下遥望山顶，崖上隐隐有一寿字，这就是人们要来看的奇迹。一条石阶小路折转而上，两边一色翠柏，枝枝蔓蔓，撒满沟沟壑壑。树并不很粗，却坚劲挺拔，都生在石上。树根缘石壁而行，如闪电裂空；树干破石而出，如大纛迎风。偶有一二株树直挡路中，那是修路时不忍斫损，特意留下的，树皮已被游人摸得油光。环视四周，让人感到往日岁月的细密。片刻，我们爬到半山望寿阁，在这里小憩，山顶石壁上的大红寿字已历历在目。回望山下，街市远退，田园如织。再贾余勇，直迫山顶，这时再仰观那寿字犹如一艘多诡巨船，挟云裹雾，好像就要压到头上。同行的一个小伙子贴身字上，还没有寿下“寸”字的一竖高。这是世界上最大的寿字，是书法的精品、极品，日本的书道专家还常渡海西来顶礼膜拜呢。这是明代嘉靖三十九年(1560)青州衡王为自己祝寿时所刻，距今已四百多年。山上残雪未消，我在料峭春风中，细细端详这个奇迹。这字高7.5米，宽3.7米，也不知当初怎样写上去、刻出来，却又这样不失间架结构，点画笔意。这衡王创造了奇迹，但他当时的目的并不为艺术，正如古墓中出土的魏碑，今天我们看作书法精品，当年不过是死者身边一块普通的石头。衡王刻字希冀自己长寿百岁，同时也向老百姓摆摆皇族的威风。但是数代之后衡王府就被抄家，命不能永存，威风也早风吹雨打去。倒是这个有艺术价值的寿字，寿到如今。从寿字前左行，进一洞，洞如城门。回望门外云气蒸腾，这是云门山的由来。由门折上山巅，如鲤鱼之背，稍平，上有石阶，有亭，有庙，有佛窟。扶栏远眺，海风东来，云霭茫茫，山川河流，远城近乡，都渺渺如画，遥想当年大禹治水，从这里东去导流入海，天下才得从漫漫洪水中解救出来，有此青州。从此，人们在这里男耕女织，一代一代地繁衍生息。范仲淹曾来这里为官，李清照曾在这里隐居，衡王在这里治自己的小天地。人们在这石山上摩崖刻字，凿窟造像，嘁嘁喳喳，忙忙碌碌。唯有这山默默无言。我想，当年云门山神看着那个花钱刻字、顶礼求寿的衡王，肯定轻蔑地哼了一声便继续打坐入定了。我环山走着，看着这些从唐至明的遗迹，看着山下缭绕的云雾，真为云门山而骄傲，它蔑风雨而抗雷电，渺四野而越千年。林则徐说山："壁立千仞，无欲则刚。"它无求无欲，永存于世。

与渴求长生不老的欲望相比，"寿"字的艺术价值更趋于永恒。

点出获得永恒的一个条件：无欲，暗示下文范仲淹获得永恒的原因。

从山上下来，到青州城西去谒范公祠。这是人们为纪念北宋名臣范仲淹所修，千年来香火不绝。这祠并不大，大约就是两个篮球场大的院子。院心有一井，名范公井，传为范公所修。这井水也不一

层层铺垫之后进入正题，"香火不绝"暗扣题中的"永恒"二字，由此看，前文的叙述并不是题外之话，都是作者的用心安排。

般，清冽有加，传范仲淹公余用此水调成一种“青州白丸药”。治民痼疾，颇有奇效。如同情人的信物，这井成了后人怀念范公的依托。宋人有诗云：“甘清汲取无穷已，好似希文昔日心。”（范仲淹字希文）现在这井还水清如镜。正东有祠堂，有范公像及其生平壁画。祠堂左右供欧阳修和富弼，他们都是当年推行庆历新政时的主持。院南有竹林一片，千竿翠竹，蔚然秀地灵之气。竹后有碑廊，廊中刻有范工的名文《岳阳楼记》。院心有古木三株，为唐楸宋槐，可知这祠的久远，树之北有冯玉祥将军的隶书碑联：“兵甲富胸中，纵教他虏骑横飞，也怕那范小老子；忧乐观天下，愿今人砥砺振奋，都学这秀才先生。”这两句话准确地概括了范公的一生。范仲淹从小丧父，家境贫寒。他发愤读书，早起煮一小盆粥，粥凉后划为四块，这就是他一天的饭食，以后他科举得官，授龙图阁大学士，为政清廉，且力图革新。后来，西夏频频入侵，朝中无军事人才，他以文官身份统兵戍边，大败敌寇。西夏人惊呼“他胸中自有雄兵百万”，边民尊称为“龙图老子”。连皇帝都按着地图说：“有仲淹在，朕就不愁了。”后又调回朝中主持庆历新政的改革，大刀阔斧地除旧图新，又频繁调各地任职，亲自推行地方政治的革新。无论在边防，在朝中，在地方，他总是“进亦忧，退亦忧”。其忧国忧民之心如炽如焰。范仲淹是一个诸葛亮、周恩来式的政治家，一生主要是实践，他按自己认定的处世治国之道，鞠躬尽瘁地去做，将全部才华都投身到处理具体政务、军务中去，并不

以《岳阳楼记》的“忧乐观”为线索，来回忆范仲淹的一生。

着意为文。不是没有文才，是没有时间。皇佑三年（1051）范仲淹到青州任知府，这是他的官宦生涯也是人生旅途的最后一站，第二年即病逝了。《岳阳楼记》是他去世前七年因病从前线调内地任职时所作。正如《出师表》一样，这是一个伟人后期的作品，也是他一生思想的结晶。我能想见，一个老人在这小院中，在井亭下、竹林中是怎样地焦躁徘徊，自责自求，忧国忧民。他回忆着"人不寐，将军白发征夫泪"的戍边生活；回忆着"居庙堂之上"，伴君勤政的艰辛；回忆赈灾放粮，所见到的平民水火之苦，他总结历代先贤和自己一生的政治阅历，终于长叹一声："先天下之忧而忧，后天下之乐而乐。"这声大彻大悟的感叹如名刹大庙里的钟声浑厚沉远，震悟大千。这一声长叹悠悠千年，激励着多少志士仁人，匡正了多少仕人官宦。《岳阳楼记》并不在岳阳楼上所作，洞庭湖之大观当时也不在先生眼前。可以说这是一篇借题发挥之作。范公将他对人生、社会的理解，将他一生经历的政治波涛，将他胸中起伏的思潮，一起借洞庭湖的万千气象，倾泻而出，然后又顿然一收，总成这句名言，化为彩虹，横跨天际，光照千秋。

春风拂动唐楸宋槐的新枝，翠竹摆动着嫩绿的叶片，这古祠在岁月长河中又迈入新的一年。范公端坐祠内，默默享受这满院春光。我在院中徘徊，面对范公、欧阳公和富公的神位，默想千年古史中，如他们这样职位的官员有多少，如他们这样勤勉治事的人又有多少，但为什么只有范仲淹才教人千年

为这种"忧乐观"定性。进一步说明"永恒"所需的另一个更为重要的条件。

永记，时时不忘呢？我想，一个人只有辛苦的实践、诚实的牺牲还不行，这些只能随寿而终，只能被同时代的人理解。更重要的是，他要能创造一种精神，能提炼出一种符合民心、符合历史规律的思想，是那句“先天下之忧而忧，后天下之乐而乐”的名言，是这种进步的忧乐观使范仲淹得到了永恒。

走出范公祠，上车出城。路边闪过两个高大的石牌楼，突兀兀地在寒风中寂寞，人说这是当年衡王府的旧址，多么威风的皇族，现在只剩下这路边的牌楼和山上的寿字。遥望云门，雾霭中翠柏披拂，奇峰傲立。在山上刻字的人终究留不住，留下的是这默默无言的山；把门楼修得很高的人还是存不住，长存的是那些曾用生命去推动历史车轮的人。

作者将他在文章开头花大量篇幅写石头上的“寿”字的原因交待清楚，既照应开头，又让人自然联想到臧克家的诗句：“有的人/把名字刻在石头上想‘不朽’/有的人/情愿作野草/等待地下的火烧。”

——读柳永

柳永是中国历史上一个并不大的人物。很多人不知道他，或者碰到过又很快忘了他。但是近年来这根柳丝却紧紧地系着我，倒不是为了他的名句“杨柳岸，晓风残月”，也不为那句“衣带渐宽终不悔，为伊消得人憔悴”。只为他那人，他那身不由己的经历和那歪打正着的成就，以及由此揭示的做人成事的道理。

身不由己的经历是人生的无奈，歪打正着的成就是人生的意外，做人成事的道理就是：一个人用力刻意为之的事情也许往往并不能遂人心愿，而平心静气的随缘努力反倒可能会有另外的收获。

柳永是福建北部崇安人，他没有为我们留下太多的生平记载，以至于现在也不知道他确切的生卒年月。那年到闽北去，我曾想打听一下他的家世，找一点可凭吊的实物，但一川绿风，山水寂寂，没有一点音息。我们现在只知道他大约在三十岁时便告别家乡，到京城求功名去了。柳永像封建时代的大多数知识分子一样，总是把从政作为人生的第一目标。其实这也有一定的道理，人生一世谁不想让有限的生命发挥最大的光热？有职才能有权，才能施展抱负，改造世界，名垂后世。那时没有像现在这样成就多元化，可以当企业家，当作家，当歌星、球星，当富翁，要成名只有一条路——去当官。所以就出现了各种各样在从政大路上跋涉着的而被扭曲了的人。像李白、陶渊明那样求政不得而求山水；苏轼、白居易那样政心不顺而求文心；像王维那样躲在终南山里而窥京城；像诸葛亮那样虽说不求

那些人“被扭曲”的是本身鲜活的生命、鲜明的个性，是为了功名被迫向社会妥协、屈服，丧失掉一部分原本的畅快人生。

闻达，布衣躬耕，却又暗暗积聚内力，一遇明主就出来建功立业。柳永是另一类的人物，他先以极大的热情投身政治，碰了钉子后没有像大多数文人那样转向山水，而是转向市井深处，扎到市民堆里，在这里成就了他的文名，成就了他在中国文学史上的地位，他是中国封建知识分子中一个仅有的类型，一个特殊的代表。

通过比较写出柳永的特殊性，确定下文的论述角度。说他“仅有”，说他“特殊”，是因为柳永在政治失意之后，并没有“遁世”，而是“入世”，这种“入世”在表面上看起来是在市井当中的“堕落”，实际则是在民众当中获得了文名。

柳永大约在公元 1017 年，宋真宗天禧元年时到京城赶考。以自己的才华，他有充分的信心金榜题名，而且幻想着有一番大作为。谁知第一次考试就没有考上，他不在乎，轻轻一笑，填词道：“宝贵岂由人，时会高志须酬。”等了五年，第二次开科又没有考上，这回他忍不住要发牢骚了，便写了那首著名的《鹤冲天》：

黄金榜上，偶失龙头望。明代暂遗贤，如何向。未遂风云便，争不恣狂荡。何须论得丧。才子词人，自是白衣卿相。　　烟花巷陌，依约丹青屏障。幸有意中人，堪寻访。且恁偎红依翠，风流事、平生畅。青春都一饷。忍把浮名，换了浅斟低唱。

柳永的解嘲，是他在无奈之中给自己困境的一个出口，让一场打击变成了一个机遇。

他说我考不上官有什么关系呢？只要我有才，也一样被社会承认，我就是一个没有穿官服的官。要那些虚名有什么用，还不如把它换来喝酒唱歌。这本是一个在背处发的小牢骚，但是他也没有想一想你怎么敢用你最拿手的歌词来发牢骚呢，他这时或许还不知道自己歌词的分量。它那美丽的词句和优美的音律已经征服了所有的歌迷，覆盖了所有的官家的和民间的歌舞晚会，“凡有井水处都唱柳词”。这使我想起“文化革命”中大书法家沈尹默先生被打成“黑帮”，被逼写检查。但是他写出去的检查大字报，总是浆糊未干就被人偷去，这检查总是交代不了。柳永这首牢骚歌不胫而走传到了宫里，宋仁宗一听大为恼火，并记在心里。柳永在京城又挨了三年，参加了下一次考试，这次好不容易被通过了，但临到皇帝圈点放榜时，宋仁宗说：“且去浅斟低唱，何要浮名？”又把他给勾掉了。这次打击实在太大，柳永就更深地扎到市民堆里去写他的歌词，并且不无解嘲地说：“我是奉旨填词。”他终日出入歌馆青楼，交了许多歌妓朋友，许多歌妓因他的词而走红。她们真诚地爱护他，给他吃，给他住，还给他发稿费。你想他一介穷书生流落京城有什么生活来源？只有卖词为生。这种生活的压力，生活的体味，还有皇家的冷淡，倒使他一心去从事民间创作。他是第一个到民间去的词作家。这种扎根坊间的创作生活一直持续了十七年，直到他终于在四十七岁那年才算通过考试，得了一个小官。

但是没有放弃科举考试的行动，还是泄露了柳永心中的痛楚，而结局依旧是令人悲伤的，不过是一个小官，这和他在词作上获得的成就相比实在是太黯淡了。

歌馆青楼是什么地方啊，是提供享乐，制造消沉，拉你堕落，教你挥霍，引人轻浮，教人浪荡的地方。任你有四海之心摩天之志，在这里也要销魂蚀骨，化作一团烂泥。但是柳永没有被化掉。他的才华在这里派上了用场。成语说：脱颖而出。锥子装在衣袋里总要露出尖来。宋仁宗嫌柳永这把锥子不好，“啪”的一声从皇宫大殿上扔到了市井底层，不想俗衣破袍仍然裹不住他闪亮的锥尖,这真应了柳永自己的那句话:“才子词人,自是白衣卿相。”寒酸的衣服裹着闪光的才华。有才还得有志,多少人进了红粉堆里也就把才沤了粪。也许我们可以责备柳永没有大志,同为词人,不像辛弃疾那样:“男儿到死心如铁,看试手,补天裂。”不像陆游那样:“自许封侯在万里。有谁知,鬓虽残,心未死。”时势不同,柳永所处的时代正当北宋开国不久,国家统一,天下太平,经济文化正复苏繁荣。京城汴京是当时世界上最大的都市,新兴市民阶层迅速形成,都市通俗文艺相应发展,恩格斯论欧洲文艺复兴时说,这是需要巨人而且产生了巨人的时代。市民文化呼唤着自己的文化巨人。这时柳永出现了,他是中国历史上第一个专业的市民文学作家。市井这块沃土堆拥着他,托举着他,他像田禾见了水肥一样拼命地疯长,淋漓酣畅地发挥着自己的才华。

“奉旨填词”也好,“浅斟低唱”也罢,浮名终究是抛却了,留下了实名。平民是真心地爱柳永,柳永也拿笔写世情,平民阶层终于找到了自己的代言人。

柳永于词的贡献,可以说如牛顿、爱因斯坦于物理学的贡献一样,是里程碑式的。他在形式上把过去只有几十字的短令发展到百多字的长调。在内容上把词从宫词解放出来,大胆引进了市民生活、市民情感、市民语言,从而开创了市民所歌唱着的自己的词。在艺术上他发展了铺叙手法,基本上不用比兴,硬是靠叙述的白描的功夫创造出前所未有的意境。就像超声波探测,就像电子显微镜扫描,你得佩服他的笔怎么能伸入到这么细微绝妙的层次。他常常只用几个字,就是我们调动全套摄影器材也很难达到这个情景。比如这首已传唱900年不衰的名作《八声甘州》：

对潇潇暮雨洒江天，一番洗清秋。渐霜风凄紧，关河冷落，残照当楼。是处红衰翠减，苒苒物华休。惟有长江水，无语东流。　　不忍登高临远，望故乡渺邈，归思难收。叹年来踪迹，何事苦淹留？想佳人、妆楼凝望，误几回、天际识归舟。争知我、倚阑干处，正恁凝愁！

一读到这些句子，我就联想到第一次置身于九寨沟山水中的感觉，那时照相根本不用选景，随便一抬手就是一幅绝妙的山水图。现在你对着这词，任裁其中一句都情意无尽，美不胜收。这种功夫，古今词坛能有几人？

艺术高峰的产生和自然界的名山秀峰一样是不以人的意志为转移的。柳永自己也没有想到他身后在中国文学史上会占有这样一个重要位置。就像我们现在作为典范而临摹的碑帖，很多就是死人墓里一块普通的刻了主人生平的石头，大部分连作者姓名也没有。凡艺术成就都是阴差阳错，各种条件交汇而成一个特殊气候，一粒艺术的种子就在这种气候下自然地生根发芽了。柳永不是想当名作家而到市井中去的，他是怀着极不情愿的心情从考场落第后走向瓦肆勾栏，但是他身上的文学才华与艺术天赋立即与这里喧闹的生活气息、优美的丝竹管弦和多情婀娜的女子发生共鸣。他在这里没

这是对文首画线的句子的解说，在这里我们看到了个人对于命运的利用和反支配，不一定都是采用抗争的形式，其实只要顺势发展，找到共鸣，一样会奏出属于自己人生的华彩乐章。

有堕落。他跳进了一个消费的陷阱，却成了一个创造的巨人。这再次证明成事成才的辩证道理。一个人在社会这架大算盘上只是一颗珠子，他受命运的摆弄；但是在自身这架小算盘上他却是一只拨着算珠的手。才华、时间、精力、意志、学识、环境通通变成了由你支配的珠子。一个人很难选择环境，却可以利用环境，大约每个人都有他基本的条件，也有基本的才学，他能不能成才成事原来全在他与外部世界的关系怎么处理。就像黄山上的迎客松，立于悬崖绝壁，沐着霜风雪雨，就渐渐干挺如铁，叶茂如云，游人见了都要敬之仰之了。但是如果当初这一粒籽有灵，让它自选生命的落脚地，它肯定选择山下风和日丽的平原，只是一阵无奈的山风将它带到这里，或者飞鸟将它衔到这里，托于高山之上寄于绝壁之缝。它哭天天不应，喊地地不灵，一阵悲泣（也许还有如柳永那样的牢骚）之后也就把那岩石拍遍，痛下决心，既活就要活出个样子。它拼命地吸天地之精华，探出枝叶追日，伸着根须找水，与风斗与雪斗，终于成就了自己。这时它想到多亏我留在了这里，要是生在山下将平庸一世。生命是什么，生命就是创造。是携带着母体留下的那一点信息去与外部世界做着最大限度的重新组合，创造一个新的生命。为什么逆境能成大才，就是因为在逆境下你心里想着一个世界，上天却偏要给你另外一个世界。两个世界矛盾斗争的结果你便得到了一个超乎这两个之上的更新的更完美的世界。而顺境下，时时天遂人愿，你心里没有矛盾，没有企盼，

心中的世界是理想，另外一个世界则是现实，两个世界的矛盾代表着理想在现实中的碰壁，如果没有斗争，可能就此妥协，如果善于处理，那么就很有可能成功，得到一个更新、更完美的世界。

没有一个另外的新世界，当然也不会去为之斗争，为之创造，那就只有徒增马齿，虚掷一生了。柳永是经历了宋真宗、仁宗两朝四次大考才中了进士的，这四次共取士九百一十六人，其中绝大多数人都顺顺利利地当了官，有的或许还很显赫，但他们早已被历史忘得干干净净，但柳永至今还享此殊荣。

鸣呼，人生在世，天地公心。人各其志，人各其才，人各其时，人各其用，无大无小，贵贱无分。只要其心不死，才得其用，时不我失，有功于民，就能名垂后世，就不算虚度生命。这就是为什么历史记住了秦皇汉武，也同样记住了柳永。

——把栏杆拍遍

中国历史上由行伍出身,以武起事,而最终以文为业,成为大诗词作家的只有一人,这就是辛弃疾。这也注定了他的词及他这个人在文人中的唯一性和在历史上的独特地位。

在我看到的资料里,辛弃疾至少是快刀利剑地杀过几次人的。他天生孔武高大,从小苦修剑法。他又生于金宋乱世,不满金人的侵略蹂躏,二十二岁时他就拉起了一支数千人的义军,后又与耿京为首的义军合并,并兼任书记长,掌管印信。一次义军中出了叛徒,将印信偷走,准备投金。辛弃疾手提利剑单人独马追贼两日,第三天提回一颗人头。为了光复大业,他又说服耿京南归,并亲自南下临安联络。不想就这几天之内又变生肘腋,当他完成任务返回时,部将叛变,耿京被杀。辛大怒,跃马横刀,只率数骑突入敌营生擒叛将,又奔突千里,将其押解至临安正法,并率万人南下归宋。说来,他干这场壮举时还只是一个二十几岁的英雄少年。正血气方刚,欲为朝廷痛杀贼寇,收复失地。

先举实例,再说英雄年少,以伟绩丰功衬托,更进一步说明辛弃疾的孔武英勇和建功立业的迫切心情。

但世上的事并不能心想事成。南归之后,他手里立即失去了钢刀利剑,就只剩下一枝羊毫软笔,他也再没有机会奔走沙场,血溅战袍,而只能笔走龙蛇,泪洒宣纸,为历史留下一声声悲壮的呼喊、遗憾的叹息和无奈的自嘲。

刀和剑是在战场上向前拼杀的工具，势必会带着血雨腥风的记忆，是为杀气；与此同时，也会带着金戈铁马的奔腾，是为磅礴。

老实说，辛弃疾的词不是用笔写成，而是用刀和剑刻成的。他永以一个沙场英雄和爱国将军的形象保存在历史上和自己的诗词中。时隔千年，当今天我们重读他的作品时，仍感到一种凛然杀气和磅礴之势。比如这首著名的《破阵子》：

醉里挑灯看剑，梦回吹角连营。八百里分麾下炙，五十弦翻塞外声。沙场秋点兵。　马做的卢飞快，弓如霹雳惊。了却君王天下事，赢得生前身后名。可怜白发生。

我敢大胆说一句，这首词除了武圣岳飞的《满江红》可与之媲美外，在中国上下五千年的文人堆里，再难找出第二首这样有金戈之声的力作。虽然杜甫也写过："射人先射马，擒贼先擒王"，军旅诗人卢纶也写过："欲将轻骑逐，大雪满弓刀。"但这些都是旁观式的想象、抒发和描述。哪一个诗人曾有辛弃疾这样亲身在刀刃剑尖上滚过来的经历？"列舰层楼"、"投鞭飞渡"、"剑指三秦"、"西风塞马"、他的诗词简直是一部军事辞典。他本来是以身许国，准备血洒大漠，马革裹尸的，但是南渡后他被迫脱离战场，再无用武之地。像屈原那样仰问苍天，像共工那样怒撞不周，他临江水，望长安，登危楼，拍栏杆，只能热泪横流。

楚天千里清秋，水随天去秋无际。遥岑远目，献愁供恨，玉簪螺髻。落日留头，断鸿声里，江南游子。把吴钩看了,栏杆拍遍,无人会、登临意。

（《水龙吟》）

谁能懂得他这个游子,实际上有着亡国浪子的悲愤之心呢？这是他登临健康城赏心亭时所作。此亭遥对古秦淮河,是历代文人墨客赏心雅兴之所,但辛弃疾在这里发出的却是一声声悲怆的呼喊。他痛拍栏杆时一定想起过当年的拍刀催马,驰骋沙场,但今天空有一身力,一腔志,又能向何处使呢？我曾专门到南京寻找过这个辛公拍栏杆处,但人去楼毁,早已了无痕迹,唯有江水悠悠,似词人的长叹,东流不息。

辛词比其他文人更深一层的不同,是他的词不是用墨来写,而是蘸着血和泪涂抹而成的。我们今天读其词,总是清清楚楚地听到一个爱国臣子,一遍一遍地哭诉,一次一次地表白;总忘不了他那在夕阳中扶栏远眺、望眼欲穿的形象。

墨写的诗词,留在书本上面,可能只是一个对当时情况和情绪的记录,留下来供后人阅读、研究的文本;蘸着血和泪涂抹而成的诗词,深深感动我们,并成为我们自己生命体验的一部分。

辛弃疾南归后为什么这样不为朝廷喜欢呢？他在一首《戒酒》的戏作中说:"怨无大小,生于所爱;物无美恶,过则成灾。"这句生活小品正好刻画出他的政治苦闷。他因爱国而生怨,因尽职而招灾。他太爱国家,爱百姓,爱朝廷了。但是朝廷怕他,烦他,忌用他。他作为南宋臣民共生活了四十年,倒有近二十年的时间被闲置一旁,而在断断续续被使用的二十多年间又有三十七次频繁调动。但是每当他得到一次效力的机会,就特别认真,特别执著地去工作。本来他有碗饭吃便不该再多事,可是那颗炽热的爱国心烧得他浑身发热。四十年间无论在何地何时任何职，甚至赋闲期间，他都不停地上书，不停地唠叨，一有机会还要真抓实干，练兵、筹款、整饬政务，时刻摆出一副要冲上前线的样子。你想这能不让主和苟安的朝廷心烦？他任湖南安抚使，这本是一个地方行政长官，他却在任上创办了一支两千五百人的"飞虎军"，铁甲烈马，威风凛凛，雄镇江南。建军之初，造营房，恰逢连日阴雨，无法烧制屋瓦。他就令长沙市民，每户送瓦二十片，立付现银，两日内便全部筹足，其施政的干练作风可见一斑。后来他到福建任地方官，又在那里招兵买马。闽南与漠北相隔遥远，但还是隔不断他的忧民情、复国志。他这个书生，这个工作狂，实在太"过"了，"过则成灾"，终于惹来了许多的诽谤，甚至说他独裁、犯上。皇帝对他也就时用时弃。国有危难时招来用几天；朝有谤言，又弃而闲几年，这就是他的基本生活节奏，也是他一生最大的悲剧。别看他饱读诗书，在词中到处用典，甚至被后人讥为"掉书袋"。但他至死，也没有弄懂南宋小朝廷为什么只图苟安而不愿去收复失地。

辛弃疾作为封建时代的书生或武夫，他的人生只能由朝廷来安排。

辛弃疾名弃疾，但他那从小使枪舞剑、壮如铁塔的五尺身躯，何尝有什么疾病？他只有一块心病，金瓯缺，月未圆，山河碎，心不安。

郁孤台下清江水，中间多少行人泪。西北望长安，可怜无数山。青山遮不住，毕竟东流去。江晚正愁予，山深闻鹧鸪。

（《菩萨蛮》）

这是我们在中学课本里就读过的那首著名的《菩萨蛮》。他得的是心郁之病啊。他甚至自嘲自己的姓氏：

烈日秋霜，忠肝义胆，千载家谱。得姓何年，细参辛字，一笑君听取。艰辛做就，悲辛滋味，总是酸辛苦。更十分，向人辛辣，椒桂捣残堪吐。世间应有，芳甘浓美，不到吾家门户。

（《永遇乐》）

你看"艰辛"、"酸辛"、"悲辛"、"辛辣"，真是五内俱焚，世上许多甜美之事，顺达之志，怎么总轮不到他呢？他要不就是被闲置，要不就是走马灯似地被调动。1197 年，他从湖北调到湖南，同僚为他送行时他心情难平，终于以极委婉的口气叹出了自己政治的失意。这便是那首著名的《摸鱼儿》：

良药苦口利于病，"辛弃疾"这个名字，对于国家又何尝不是一剂良药？但是，不是所有的人都能接受苦涩的滋味，辛弃疾怀有一腔抱负在现实面前处处碰壁心中的苦水，只能独自承受。

更能消几番风雨，匆匆春又归去。惜春长，怕花开早，何况落红无数。春且住，见说道，天涯芳草无归路。怨春不语。算只有殷勤，画檐蛛网，尽日惹飞絮。　　长门事，准拟佳期又误。娥眉曾有人妒。千金纵买相如赋，脉脉此情谁诉？君莫舞，君不见，玉环飞燕皆尘土。闲愁最苦。休去倚危楼，斜阳正在，烟柳断肠处。

据说宋孝宗看到这首词后很不高兴。梁启超评曰："回肠荡气，至于此极，前无古人，后无来者。""长门事"，是指汉武帝的陈皇后遭忌被打入长门宫里。辛以此典相比，一片忠心、痴情和着那许多辛酸、辛苦、辛辣，真是打翻了五味坛子。今天我们读时，每一个字都让人一惊，直让你觉得就是一滴血，或者是一行泪。确实，古来文人的惜春之作，多得可以堆成一座纸山。但有哪一首，能这样委婉而又悲愤地将春色化入政治、诠释政治呢？美人相思也是旧文人写烂了的题材，有哪一首能这样深刻贴切地寓意国事、评论正邪、抒发忧愤呢？

但是南宋朝廷毕竟是将他闲置了二十年。二十年的时间让他脱离政界，只许旁观，不得插手，也不得插嘴。辛在他的词中自我解嘲道："君恩重，且教种芙蓉！"这有点像宋仁宗说柳永："且去浅斟低唱，何要浮名？"柳永倒是真的去浅斟低唱了，结果唱出一个纯粹的词人艺术家。辛与柳不同，你想，他是一个大碗喝酒，大块吃肉，痛拍栏杆，大声议政的人。报国无门，他便到赣东北修了一座带湖别墅，咀嚼自己的寂寞。

自己的命运是难以掌控的，但自己的人生是可以体味的。在人生的体味中，彰显生命的深度与力度。

带湖吾甚爱，千丈翠奁开。先生杖屦无事，一日走千回。凡我同盟鸥鹭，今日既盟之后，来往莫相猜。白鹤在何处，尝试与偕来。　　破青萍，排翠藻，立苍苔。窥鱼笑汝痴计，不解举吾杯。废沼荒丘畴昔，明月清风此夜，人世几欢哀。东岸绿荫少，杨柳更须栽。

（《水调歌头》）

这回真的应了他的号："稼轩"，要回乡种地了。一个正当壮年又阅历丰富、胸怀大志的政治家，却每天在山坡和水边踱步，与百姓聊一聊农桑收成之类的闲话，再对着飞鸟游鱼自言自语一番，真是“闲愁最苦”，“脉脉此情谁诉”。

说到辛弃疾的笔力多深，是刀刻也罢，血写也罢，其实他的追求从来不是要做一个词人。郭沫若说陈毅：“将军本色是诗人”，辛弃疾这个人，词人本色是武人，武人本色是政人。他的词是在政治的大磨盘里磨出来的豆浆汁液。他由武而文，又由文而政，始终在出世与入世间矛盾，在被用或被弃中受煎熬。作为封建知识分子，对待政治，他不像陶渊明那样浅尝辄止，便再不染政；也不像白居易那样长期在任，亦政亦文。对国家民族他有一颗放不下、关不住、比天大、比火热的心；他有一身早练就、憋不住、使不完的劲。他不计较“五斗米折腰”，也不怕谗言倾盆。所以随时局起伏，他就大忙大闲，大起大落，大进大退，稍有政绩，便招谤言被弃；国有危难，便又被招而任用。他亲身组练过军队，上书过《美芹十论》这样著名的治国方略。他是诸葛亮、范仲淹、贾谊一类的时刻忧心如焚的政治家。他像一块铁，时而被烧红锤打，时而又被扔到冷水中淬火。有人说他是豪放派，继承了苏东坡，但苏的豪放仅止于“大江东去”，山水之阔。苏正当北宋太平盛世，还没有民族仇、复国志来炼其词魂，也没有胡尘飞、金戈鸣来壮其词威。真正的诗人只有被政治大事（包括社会、民族、军事等矛盾）所挤压、扭曲、拧绞、烧炼、锤打时才能得到合乎历史潮流的感悟。才可能成为正义的化身。诗歌，也只有在政治之风的鼓荡下，才可能飞翔，才能燃烧，才能

即使是在现实中遭遇了冷漠，辛弃疾依旧用自己“心怀天下”的责任感和使命感，谱写出“君子固穷”的华彩乐章。

并非扬此抑彼，而是为了强调辛弃疾的政治抱负，体现他在政治上更加曲折的遭遇。

炸响，才能振聋发聩。学诗功夫在诗外，诗歌之效更在诗外。我们承认艺术本身的魅力，更承认艺术加上思想的爆发力。有人说辛词其实也是婉约派，多情细腻处不亚于柳永、李清照。

近来愁似天来大，谁解相怜？谁解相怜？又把愁来做个天。　　都将今古无穷事，放在愁边。放在愁边，却自移家向酒泉。

（《丑奴儿》）

少年不识愁滋味，爱上层楼。爱上层楼，为赋新词强说愁。　　而今识尽愁滋味，欲说还休，欲说还休。却道天凉好个秋。

（《丑奴儿》）

柳李的多情愁仅止于“执手相看泪眼”、“梧桐更兼细雨”，而辛词中的婉约言愁之笔，于淡淡的艺术美感中，却含有深沉的政治与生活哲理，真正的诗人，最善于以常人之心言大情大理，能于无声处炸响惊雷。

如果你稍作留意，即可发现古典诗词当中时常会出现“独上高楼”或“凭栏远眺”的场景。借此景所抒之情，通常为两类：一为抒思念之情，一为发人生之志。而后者又常为发人生之不得志。

我常想，要是为辛弃疾造像，最贴切的题目就是“把栏杆拍遍”。他一生大都是在被抛弃的感叹与无奈中度过的。当权者不使为官，却为他准备了锤炼思想和艺术的反面环境。他被九蒸九晒，水煮油炸，千锤百炼。历史的风云，民族的仇恨，正与邪的搏击，爱与恨的纠缠，知识的积累，感情的浇铸，艺术的升华，文字的锤打，这一切都在他的胸中、他的脑海，翻腾、激荡。它们交织在一起，如地壳内岩浆的滚动鼓胀，冲击积聚。既然这股力量一不能化作刀枪之力，二不能化作施政之策，便只有一股脑地注入诗词，化作诗词。他并不想当词人，但武途政路不通，历史歪打正着地把他逼向了词人之道。终于他被修炼得连叹一口气，也是首好词了。说到底，才能和思想是一个人的立身之本。像石缝里的一棵小树，虽然被扭曲、挤压，成不了旗杆，却也可成一条虬劲的龙头拐杖，别是一种价值。但这前提，你必须是一棵树，而不是一株草。从"沙场秋点病"到"天凉好个秋"；从决心为国弃疾去病，到最后掰开嚼碎，识得辛字含义，再到自号"稼轩"，同盟鸥鹭，辛弃疾走过了一个爱国志士、爱国诗人的成熟过程。恩格斯在论述文艺复兴时期的巨人时指出："他们几乎全都处在时代运动中，在实际斗争中生活着和活动着，站在这一方面或那一方面进行斗争，有人用舌和笔，有人用剑，有些人则两者并用。"辛弃疾就是这样一位处在时代运动之中又笔和剑两者并用的人。诗，是随便什么人就可以写的吗？诗人，能在历史上留下名的诗人，是随便什么人都可以当的吗？"一将功成万骨枯"，一员武将的故事，还要多少持刀舞剑者的鲜血才能写成。那么，有思想光芒又有艺术魅力的诗人呢？他的成名，要有时代的运动，像地球大板块的冲撞那样，他时而被夹其间感受折磨，时而又被甩在一旁冷静思考。所以积三百年北宋南宋之动荡，才产生了一个辛弃疾。

任何兼有思想光芒和艺术魅力的人，都需要走过一段光荣的荆棘之路，才能思人所未曾思，立人所不能立之志，从而获得人格的完满。

——读韩愈

韩愈为“唐宋八大家”之首，其文章写得好是真的。所以，我读韩愈其人是从读韩愈其文开始的，因为中学课本上就有他的《师说》、《进学解》。课外阅读，各种选本上韩文也随处可见。他的许多警句，如：“师者，所以传道、授业、解惑也”，“业精于勤荒于嬉，行成于思毁于随”等，跨越了一千多年，仍在指导我们的行为。

读其文必定要知其人，只有知其人才能更好地读其文，我们如果只接触文章，而不接触写文章的人，就可能会遗漏文章中所隐含着的一些关键内容。

但由文而读其人却是因一件事引起的。去年，到潮州出差，潮州有韩公祠，祠依山临水而建，气势雄伟。祠后有山曰韩山，洞前有水名韩江。当地人说此皆因韩愈而名。我大惑不解，韩愈一介书生，怎么会在这天涯海角霸得一块山水，享千秋之礼呢？

原来有这样一段故事。唐代有个宪宗皇帝十分迷信佛教，在他的倡导下国内佛事大盛，公元819年，又搞了一次大规模的迎佛骨活动，就是将据称是佛祖的一块朽骨迎到长安，修路盖庙，人山人海，官商民等，舍物捐款，劳民伤财，一场闹剧。韩愈对这件事有看法，他当过监察御史，有随时向上面提出诚实意见的习惯。这种官职的第一素质就是不怕得罪人，因提意见获死罪都在所不辞。所谓“文死谏，武死战”。韩愈在上书前思想好一番斗争，最后还是大义战胜了私心，终于实现了勇敢

韩愈上表其实为的是苍生黎民，为义不为名，正是这样的正气行为让上层疏远他，民众亲近他。

的“一递”，谁知奏折“一递”，就惹来了大祸；而大祸又引来了一连串的故事，成就了他的身后名。

韩愈是个文章家，写奏折自然比一般为官者也要讲究些。于理、与情都特别动人，文字铿锵有力。他说那所谓佛骨不过是一块脏兮兮的枯骨，皇帝您“今无故取朽秽之物，亲临观之”，“群臣不言其非，御史不举其失，臣实耻之。乞以此骨付之有司，投诸水火，永绝根本，……岂不盛哉，岂不快哉！”这佛如果真的有灵，有什么祸殃，就让他来找我吧（“佛如有灵，能作祸祟，凡有殃咎，宜加臣身”）。这真有一股不怕鬼、不信邪的凛然大气和献身精神。但是，这正应了我们现时说的，立场不同，感情不同这句话。韩愈越是肝脑涂地、陈利害表忠心，宪宗就越觉得他是在抗龙颜，揭龙鳞，大逆不道。于是，大喝一声把他赶出京城，贬到八千里外的海边潮州去当地方小官。

韩愈这一贬，是他人生的一大挫折。因为这不同于一般的逆境，一般的不顺，比之李白的怀才不遇、柳永的屡试不第要严重得多，他们不过是登山无路，韩愈是已登山顶，又一下子被推到无底深渊。其心情之坏可想而知。他被押送出京不久，家眷也被赶出长安，年仅十二岁的小女儿也被惨死在驿道旁。韩愈自己也觉得实在活得没有什么意思了。他在过蓝关时写了那首著名的诗。我向来觉得韩愈文好，诗却一般，只有这首，胸中块垒，笔底波涛，确是不一样：

但是这一大挫折又成为了人生的一大转折。

这一首诗，写出了获罪之快：从“朝”到“夕”，也写出了韩愈本身早有觉悟，在“悲”的气氛中自有一股豪气在，由此而“壮”。

一封朝奏九重天，夕贬潮州路八千。
欲为圣明除弊事，肯将衰朽惜残年。
云横秦岭家何在？雪拥蓝关马不前。
知汝远来应有意，好收吾骨瘴江边。

在这种情况下，“一己的忧愁”马上就被“对他人的关怀”所取代。

这是给前来看他的侄儿写的，其心境之冷可见一斑。但是，当他到了潮州后，发现当地的情况比他的心境还要坏。就气候水土而言这里还算富庶，由于地处偏僻，文化落后，弊政陋习极多极重。农耕方式原始，乡村学校不兴。当时在北方早已告别了奴隶制，唐律明确规定了不准没良为奴，这里却还在买卖人口，有钱人养奴成风。“岭南以口为货，其荒阻处，父子相缚为奴”。其习俗又多崇鬼神，有病不求药，杀鸡杀狗，求神显灵。人们长年在浑浑噩噩中生活，见此情景，韩愈大吃一惊，比之于北方的先进文明，这里简直就是茹毛饮血，同为大唐圣土，同为大唐子民，何忍遗此一隅，视而不救呢？用我们现在的话说，就是同在一片蓝天下，人人都该享有爱。按照当时的规矩，贬臣如罪人服刑，老老实实磨时间，等机会便是，决不会主动参政。但韩愈还是忍不住，他觉得自己的知识、能力还能为地方百姓做点事，觉得比之百姓之苦，自己的这点冤、这点苦反倒算不了什么。于是他到任之后，就如新官上任一般，连续干了四件事。一是驱除鳄鱼。当时鳄鱼为害甚烈，当地人又迷信，只知投牲畜以祭，韩愈“选材技吏民，操强弓毒矢”，大除其害。二是兴修水利，推广北方先进耕作技术。三是赎放奴

韩愈的“忍不住”是他遭贬的重要原因，但他都不是为了自己的利益而“忍不住”，而是为了百姓的利益而“忍不住”，这才会淡化了自己的苦闷，把当地百姓的疾苦放在首位。

婢。他下令奴婢可以工钱抵债,钱债相抵就给人自由,不抵者可用钱赎,以后不得蓄奴。四是兴办教育,请先生,建学校,甚至还“以正音为潮人诲”,用今天的话说就是推广普通话。不可想象,从他贬潮州到再离潮而贬袁州,八个月就干了这四件事。我们且不说这事的大小,只说他那片诚心。我在祠内仔细看着题刻碑文和有关资料。韩愈的确是个文人,干什么都要用文章来表现,也正是这一点为我们留下了如日记一样珍贵的史料。比如,除鳄之前,他先写了一篇《祭鳄鱼文》,这简直就是一篇讨鳄檄文。他说我受天子之命来守此土,而鳄鱼悍然在这里争食民畜,“与刺史抗拒,争长为雄。刺史虽懦弱,亦安肯为鳄鱼低首下心”。他限鳄鱼三日内远徙于海,三日不行五日,五日不行七日,再不行就是傲天子之命吏,“必尽杀乃止”!阴雨连绵不开,他连写祭文,祭于湖,祭于城隍,祭于石,请求天晴。他说天啊,老这么下雨,稻不得熟,蚕不得成,百姓吃什么,穿什么呢?要是我为官的不好,就降我以罪吧,百姓是无辜的,请降福给他们。(“刺史不仁,可以坐罪;惟彼无辜,惠以福也。”)一片拳拳之心。韩愈在潮州任上共有十三篇文章,除三篇短信,两篇上表外,余皆是驱鳄祭天,请设乡校,为民请命祈福之作。文如其人,文如其心。当其获罪海隅,家破人亡之时,尚能心系百姓,真是难能可贵了。

一个人为文不说空话,为官不说假话,为政务求实绩,这在封建时代难能可贵。应该说韩愈是言行一致的。他在政治上高举儒家旗帜,是个封建传坚持传统的人，传统就是他的信仰，只要这种信仰不是外在强加的，就会牢固存在于他的血液中，让他深信不疑。只有自己深信不疑，才能在面对对立面的时候，坚定自己的立场。就这种“坚持”本身来说，就是值得尊重的。

统思想道德的维护者。传统这个东西有两面性，当它面对革命新潮时，表现出一副可憎的顽固面孔。而当它面对逆流邪说时，又表现出撼山易撼传统难的威严。韩愈也是这样，他一方面反对宰相王叔文的改革；一方面又对当时最尖锐的两个社会问题，即藩镇割据和佛道泛滥，深恶痛绝，坚决反击。他亲自参加平定叛乱。到晚年时还以衰朽之身一人一马到叛军营中去劝敌投诚，其英雄气概不亚于关云长单刀赴会。他出身小户，考进士三次落第，第四次才中进士，在考官时又三次碰壁，乌纱帽得来不易，按说他该惜官如命，但是中国知识分子的传统，以国为任，以民为本，不违心，不费时，不浪费生命。他又倡导古文运动，领导了一场文章革命，他要求“文以载道”、“陈言务去”，开一代文章先河，砍掉了骈文这个重形式求华丽的节外之枝，而直承秦汉。所以苏东坡说他：“文起八代之衰，道济天下之溺。”他既立业又立言，全面实践了儒家道德。

韩愈一生致力于实践，不说空话，忠于自己的选择，也就实践了他的信仰。

当我手倚韩祠石栏，远眺滚滚韩江时，我就想，宪宗佞佛，满朝文武，就是韩愈敢出来说话，如果有人在韩愈之前上书直谏呢？如果在韩愈被贬时又有人出来为之抗争呢？历史会怎样改写？还有在韩愈到来之前潮州买卖人口、教育荒废等四个问题早已存在，地方官吏走马灯似的换了一任又一任，其任职超过八个月的也大有人在，为什么没有谁去解决呢？如果有人在韩愈之前解决了这些问题，历史又将怎样写？但是没有，什么都没有。长安大殿上的雕梁玉砌在如钩晓月下静静地等待，秦岭驿道上的风雪，南海丛林中的雾瘴在悄悄地徘徊。历史终于等来了一个衰朽的书生，他长须弓背双手托着一封奏折，一步一颤地走上大殿，然后又单人瘦马，形影相吊地走向海角天涯。

形象描写拉近我们与古人的距离，具有震撼人心的力量。

人生的逆境大约可分四种。一曰生活之苦，饥寒交迫；二曰心境之苦，怀才不遇；三曰事业受阻，功败垂成；四曰存亡之危，身处绝境。处逆境之心也分四种。一是心灰意冷，逆来顺受；二是怨天尤人，牢骚满腹；三是见心明志，直言疾呼；四是泰然处之，尽力有为。韩愈是处在第二、第三种逆境，而选择了后两种心态，既见心明志，著文倡道，又脚踏实地，尽力去为。只这一点他比屈原、李白就要多一层高明，没有只停留在蜀道叹难，江畔沉吟上。他不辞海隅之小，不求其功之显，只是奉献于民，求成于心。有人研究，韩愈之前，潮州只有进士三名，韩愈之后，到南宋时，登第进士就达一百七十二名。是他大开教育之功。所以韩祠中有诗曰："文章随代起，烟瘴几时开。不有韩夫子，人心尚草莱！"这倒使我想到现代的一件实事。1957 年反右扩大化中，京城不少知识分子被错划为右派，并发配到基层。当时王震同志主持新疆开发，就主动收容了一批。想不到这倒促成了春风度玉门，戈壁绽新绿。那年我在石河子采访，亲身感受到充边文人的功劳。一个人不管你有多大的委屈，历史绝不会陪你哭泣，而它只认你的贡献。悲壮二字，无壮便无以言悲。这宏伟的韩公祠，还有这韩山韩水，不是纪念韩愈的冤屈，而是纪念他的功绩。

我们习惯地把读书人称为知识分子，而那些科举入仕的官员并不都能被叫做知识分子。只有像韩愈这样坚守自己的理想，处处为国为民，才敢于在人人噤口时发出振聋发聩的声音，作出前人未做的实事，社会中只有这样的人才能成为知识分子，社会的良心。

李渊父子虽然得了天下,大唐河山也没有听说哪山哪河易姓为李,倒是韩愈一个罪臣,在海边一块蛮夷之地施政八月,这里就忽然山河易姓了。历朝历代有多少人希望不朽,或刻碑勒石,或建庙建祠,但哪一块碑哪一座庙能大过高山,永如江河呢?这是人民对办了好事的人永久的纪念。一个人是微不足道的,但是当他与百姓利益,与社会进步连在一起时就价值无穷,就被社会所承认。我遍读祠内凭吊之作,诗、词、文、联,上自唐宋,下迄当今,刻于匾,勒于石,大约不下百十来件。一千三百多年了,各种人物在这里将韩公不知读了多少遍。我心中也渐渐泛起这样的四句诗:

人的价值就要这样来实现。

一封朝奏九重天,夕贬潮州路八千。

八月为民兴四利,一片江山尽姓韩。

——武侯祠前的沉思

中国历史上有无数个名人，但没有谁能像诸葛亮这样引起人们长久不衰的怀念；中国大地上有无数座祠堂，但没有哪一座能像成都武侯祠这样，让人生出无限的崇敬、无尽的思考和深深的遗憾。这座带有传奇色彩的建筑，令海内外所有的崇拜者一提起它就产生一种神秘的向往。

武侯祠坐落在成都市区略偏南的闹市。两棵古榕为屏，一对石狮拱卫，当街一座朱红飞檐的庙门。你只要往门口一站，一种尘世暂离而圣地在即的庄严肃穆之感便油然而生。进门是一庭院，满院绿树披道，杂花映目，一条五十米长的甬道直达二门，路两侧各有唐代、明代的古碑一座。这绿阴的清凉和古碑的幽远先叫你有一种感情的准备，我们将去造访一位一千七百年前的哲人。进二门又一座四合庭院，约五十米深，刘备殿飞檐翘角，雄踞正中，左右两廊分别供着二十八位文臣武将。过刘备殿，下十一阶，穿过庭，又一四合院，东西南三面以回廊相通，正北是诸葛亮殿。由诸葛亮殿顺一红墙翠竹夹道就到了祠的西部——惠陵，这是刘备的墓，夕阳抹过古冢老松，叫人想起遥远的汉魏。由诸葛亮殿向东有门通向一片偌大的园林。这些树、殿、陵都被一线红墙环绕，墙外车马喧，墙内柏森森。诸葛亮能在一千七百年后享此祀地，并前配天子庙，右依先帝陵，千百

以一连串的数字营造出一种朝圣的气氛。

年来香火不绝,这气象也真绝无仅有了。

公元234年,诸葛亮在进行他一生的最后一次对魏作战时病死军中。一时国倾梁柱,民失父相,举国上下莫不痛悲,百姓请建祠庙,但朝廷以礼不合,不许建祠。于是每年清明节,百姓就于野外对天设祭,举国痛呼魂兮归来。这样过了三十年,民心难违,朝廷才允许在诸葛亮殉职的定军山建第一座祠,不想此例一开,全国武侯祠林立。成都最早建祠是在西晋,以后多有变迁。先是武侯祠与刘备庙毗邻,诸葛祠前香火旺,刘备庙前车马稀。明朝初年,帝室之胄朱椿来拜,心中很不是滋味,下令废武侯祠,只在刘备殿旁附带供诸葛亮。不想事与愿违,百姓反把整座庙称武侯祠,香火更甚。到清康熙年间,为解决这个矛盾,干脆改建为君臣合庙,刘备在前,诸葛亮在后,以后朝廷又多次重申,这祠的正名为昭烈庙(刘备谥号昭烈帝),并在大门上悬以巨匾。但是朝朝代代,人们总是称它为武侯祠,直到今天。“文化大革命”,曾经疯狂地破坏了多少文物古迹,但武侯祠却片瓦未损,至今每年还有二百万人来拜访。这是一处供人感怀、抒情的所在,一个借古证今的地方。

诸葛亮与刘备,生前一是臣一是君,尊卑待遇不同,他们死后同样也受到了不同的待遇,但是这一次不再是君贵臣轻,而是臣荣于君。为什么会这样呢?恐怕这就是真正的民心所向。老百姓只对于自己打心眼里面崇敬的对象施以敬意和香火,高层的政治压力改变不了,民间的疯狂破坏在他的面前也会收敛,这就是诸葛亮的巨大人格魅力。

我穿过一座又一座的院落,悄悄地向诸葛亮殿走去。这殿不像一般佛殿那样深暗,它为丞相治事之地,殿柱矗立,贯天地正气,殿门前敞,容万民之情。诸葛亮端坐在正中的龛台上,头戴纶巾,手持羽扇,正凝神沉思。往事越千年,历史的风尘不能遮掩他聪慧的目光,墙外车马的喧闹也不能把他从

人们在拜访武侯祠的时候寻访的除了一个人之外,还有一种对理想人格的向往。

沉思中唤醒。他的左右是其子诸葛瞻，其孙诸葛尚。瞻与尚在诸葛亮死后都为蜀汉政权战死沙场。殿后有铜鼓三面，为丞相当初治军之用，已绿锈斑驳，却余威尚存。我默对良久，隐隐如闻金戈铁马声。殿的左右两壁书着他的两篇名文，左为《隆中对》，条分缕析，预知数十年后天下事；右为《出师表》，慷慨陈词，痛表一颗忧国忧民心。我透过他深沉的目光，努力想从中发现这位东方“思想家”的过去。我看到他在国乱家丧之时，布衣粗茶，耕读山中；我看到他初出茅庐，羽扇轻轻一挥，八十万曹兵灰飞烟灭；我看到他在斩马谡时那一滴难言的浊泪；我看到他在向后主自报家产时那一颗坦然无私的心。记得小时读《三国》，总希望蜀国能赢，那实在不是为了刘备，而是为了诸葛亮。这样一位才比天高，德昭宇宙的人不赢，真是天理不容。但他还是输了，上帝为中国历史安排了一出最雄壮的悲剧。

假如他生在古周、盛唐，他会成为周公、魏徵；假如上天再给他十年时间（活到六十三岁不算老吧），他也许会再造一个盛汉；假如他少一点愚忠，真按刘备的遗言，将阿斗取而代之，也许会又建一个什么新朝。我胸中四海翻腾着这许多的“假如”，抬头一看，诸葛亮还是那样安静地坐着，目光更加明净，手中的羽扇像刚刚轻挥过一下。我不觉可笑自己的胡思乱想。我知道他已这样静坐默想了一千七百年，他知道天命不可违，英雄无法造一个时势。

一千七百年前，诸葛亮输给了曹魏，却赢了从

文章几次写到诸葛亮像，不仅仅是对实物的描写，而且还将久远历史中的人物形象生动的推到我们的面前，拉近了我们与历史人物的距离。在诸葛亮深沉明净的目光当中，自有一种信念，自有一种坚持。

此以后所有人的心。我从大殿上走下，沿着回廊在院中漫步。这个天井式的院落像一个历史的隧道，我们随手可翻检到唐宋遗物，甚至还可驻足廊下与古人、故人聊上几句。杜甫是到这祠里做客次数最多的。他的名句："出师未捷身先死，长使英雄泪满襟"，唱出了这个悲剧的主调。院东有一块唐碑，正面、背面、两侧或文或诗，密密麻麻，都与杜甫作着悲壮的酬唱。唐人的碑文说："若天假之年，则继大汉之祀，成先生之志，不难矣。"元人的一首诗叹道："正统不惭传千古，莫将成败论三分。"明人的一首诗简直恨历史不能重写了："托孤未付先君望，恨入岷江昼夜流。"南面东西两廊的墙上嵌着岳飞草书的前后《出师表》，笔走龙蛇，倒海翻江，黑底白字在幽暗的廊中如长夜闪电，我默读着"临表涕泣，不知所云"，读着"汉贼不两立，王业不偏安"，看那墨痕如涕如泪，笔锋如枪如戟，我听到了这两位忠臣良将遥隔九百年的灵魂共鸣。这座天井式的祠院一千七百年来就这样始终为诸葛亮的英气所笼罩，并慢慢积聚而成为一种民族魂。我看到一个个的后来者，他们在这里扼腕叹息、仰天长呼或沉思默想。他们中有诗人，有将军，有朝廷的大臣，有封疆大吏，甚至还有割据巴蜀的草头王。但不管是什么人，不管来自什么出身，负有什么使命，只要在这个天井小院里一站，就受到一种庄严的召唤。人人都为他的凛然正气所感召，都为他的忠义之举而激动，都为他的淡泊之志所净化，都为他的聪明才智所倾倒。人有才不难，历史上如秦桧那样的大奸也

解释文章开头武侯祠气氛庄严的原因，高度评价诸葛亮。

有歪才；有德也不难，天下与人为善者不乏其人，难的是德才兼备，有才又肯为天下人兴利，有功又不自傲。

历史早已过去，我们现在追溯旧事，也未必对“曹贼”那样仇恨，但对诸葛亮却更觉亲切。这说明诸葛亮在那场历史斗争中并不单纯地为克曹灭魏，他不过是要实现自己的治国理想，是在实践自己的做人规范，他在试着把聪明才智发挥到极限，蜀、魏、吴之争不过是这三种实验的一个载体。他借此实现了作为一个人、一个历史伟人的价值。史载公元347年，“桓温征蜀，犹见武侯时小吏，年百余岁。温问曰：‘诸葛丞相今谁与比？’答曰：‘诸葛在时，亦不觉异，自公没后，不见其比。’”此事未必可信，但诸葛亮确实实现了超时空的存在。古往今来有两种人，一种人为现在而活，拼命享受，死而后已；一种人为理想而生，鞠躬尽瘁，死而后已。一个人不管他的官位多大，总要还原为人；不管他的寿命多长，总要变为鬼；而只有极少数人才有幸被百姓筛选，历史擢拔为神，享四时之祀，得到永恒。

我在祠中盘桓半日，临别时又在武侯像前伫立一会儿，他还是那样，目光泉水般的明净，手中的羽扇轻轻启动，一动也不动……

我们学过的课文：《在罗丹艺术博物馆里》同样采用了这样的手法，通过人物肖像描写的几次出现，渲染气氛，突出中心，使文章意在言外，含意隽永，在自己的写作实践当中，不妨也试试看这种写法。

——你不能没有家

（一）

开篇点题，留有悬念。

近读一篇谈烈士后代赵一曼之子境遇的文章，暗吃一惊，阴影在胸挥之不去，并生出许多关于家的联想。

赵一曼受命到东北领导抗日工作时，孩子才出生不久。我们现在能看到的是烈士抱着孩子的那幅照片和那个著名的“遗言”：

宁儿：母亲于你没有尽到教育的责任，实在是遗憾的事情。……希望你，宁儿啊，赶快成人，来安慰你地下的母亲！

但是宁儿，就是后来的陈掖贤，成长情况并不理想。因母亲离开之后父亲又受共产国际派遣到国外工作，陈只好寄养在伯父家，他稍大一点，总有寄人篱下之感，性格内向，常郁郁不乐。解放后，生父回国，但已另有妻室，他也未能融进这个新家。陈的姑姑陈宗英（任弼时爱人）找到他，送他到人民大学外交系读书。但毕业后却未能从事外交工作，原因说来有点可笑，只因个人卫生太差，不修边幅，甚至蓬头垢面。他被分配到一所学校教书。在以后的工作中，应该说组织上对这位烈士子女还是多有照顾,但他有一个令人难以置信的致命的弱点:自己管理不了自己的个人卫生和每月几十元的工资。屋内被子从来不叠,烟蒂遍地。钱总是上半月大花,后半月借债。组织上只好派人与之同住一屋,帮助整理卫生,并帮管开支。后来甚至到了这种程度:每月工资发下,代管者先替他还债,再买饭票,再分成四份零花钱,每周给一份。但仍是管不住,他竟把饭票又兑成现钱去喝酒。一次他四五天未露面,原来是没钱吃饭,饿在床上不能动了。婚姻也不理想,结了离,离了又复,家事常吵吵闹闹,最后的结局是自缢身亡。这真是一个让人心酸的故事。

陈掖贤血统不是不好,烈士后代;组织上也不是不关照,可谓无微不至;本人智力也不差,教学工作还颇受称道。但为何竟是这样的下场呢?是最基本的生存能力、生活能力过不了关!而这个能力又不是学校、社会、组织上能包办的,它只有从小教育,而且只有通过家庭教育才能得到。赵一曼烈士在遗书中已经预感到这种没有尽到教育责任的遗憾。这种情况如果烈士九泉之下有知,一颗母爱之心不知又会受怎样的煎熬。

揭示陈掖贤无力独立生活的根源所在:缺乏关键的家庭教育,突出了家的重要性,点明主旨。

(二)

一个人品德和能力的养成有三个来源,学校的知识灌输、社会的实践磨炼和家庭的熏陶培养。家庭是这链条上的第一环。人一落地是一张白纸,先

但是当今社会却把教育的重心放在学校,忽略了家庭教育的重要性。事实上,学校一年的教育恐怕都抵不上父母一天的言传身教。

由家庭教育来定底色。家庭教育与学校、社会教育最大的不同是：无条件的"爱"，以爱来暖化孩子，煨弯、定型。学校教育有前提，讲纪律、讲成绩；社会教育有前提，讲原则，讲利害。家庭里的爱，特别是母爱是没有原则和前提的，爱就前提，是铺天盖地、大包大容的爱。这种博大、包容的爱比社会上同志、朋友式的爱至少多出两个特点。

父母可以毫无顾忌地点明孩子的缺点，帮助他改正。而到了社会上，就不能指望有这样无私坦荡、不求回报的人来严格要求自己。

一是绝对的负责。父母的一切行为动机都是为了孩子，没有隔阂、猜疑，不计教育成本。大人是以牺牲自己的心态来呵护孩子，就像一只老母鸡硬是要用自己的体温把一颗冰冷的蛋焐成一只小鸡，并且一直保护到它独立。我们经常看到一个小孩子不吃饭，父母会追着哄着去喂饭；不加衣服，父母追着去给他添衣。有不懂事的孩子说："我不吃难道你饿呀？"确实，父母肚子不饿，但心中疼。同时又因为有了这种无私的负责的态度，才敢进行最彻底的教育，不必保留，不用多心，坚决引导孩子向最好的标准看齐，随时涤除他哪怕是最小的毛病，甚至用打骂的手段，所谓打是亲骂是爱。我们常有这样的体会，在成人社交场合看到某人吃相不雅，举止太俗时，就暗说：家教不好。但说归说，这时谁也不肯去行教育责任，指破他的缺点了。因身份不便，顾虑太多。皇帝的新衣只有在皇帝小时候由他妈去说破，既已成帝，谁还敢言呢？有些毛病必须在家庭教育中去克服，有些习惯必须在家庭环境中去培养，错过这个环境、氛围，永难再补。

两个特点是因果关系，文章因此具有层次感。

二是无微不至的关怀。因为有了动机上的无

私、负责，才会有效果上的无微不至。孩子彻底生活在一个自由王国中，他所有的潜能都可得到淋漓尽致地发挥，就像一颗种子，在春季里，要阳光有阳光，要温度有温度，要水分有水分，尽情地发芽扎根。孩子有什么想法不会看人脸色而止步，不会自我束缚而罢休。甚至撒娇、恶作剧也是一种天性的舒展。这样，他的全部天才基因都会完整地保留下来，将来随着外部条件的到来，就可能长成这样那样的大家、人才，甚至伟人。但是一进入社会教育，哪怕是最初的幼儿园教育都是某种程度的修理、裁剪、规范统一，是规范教育，不是舒展教育、创造教育。家庭教育中的无微不至、充分自由、潜移默化将一去不再。这就是为什么很多孩子一说去幼儿园就大哭不止。当然，人总得从家庭教育升到学校教育阶段，但绝不能缺少家庭教育。

父母在严格要求孩子的同时，也进行无私的奉献，在个性发展上给他们完全的自由，保护他们健康成长。

其实，家庭给人的温暖和关爱，以及由此产生的特殊的教育作用还不止于孩童阶段，它将一直伴随到人的终生。表现为夫妻间、兄弟姐妹间、子女与老人间的坦诚指错、批评、交流、开导、帮助等，这都是任何社会集体里所办不到的。我们细想一下，一个人成家之后在亲人面前又不知改了多少缺点，得到多少鼓励，学到了多少东西。因为家庭成员的合作克服了多少生活及事业上的难题。现在社会上有很多继续教育机构，但常忽略了这个终身家庭教育机构，一个独身的人或寄人篱下的人将失去多少继续教育的机会。这么想来，人真的不能没有个家。

陈掖贤的悲剧不仅在于幼年失去母亲，更是在于一生缺少家庭的关心和帮助，无法真正在生活上健全独立，文中再次点题。

马克思说，人是各种社会关系的总和。当一个人少了最基本的社会关系——家庭关系，少了家庭教育、家庭温暖，他至少不是一个完整的社会人，不是一个很幸福的人。佛教哲学讲结缘。在人生的众多缘分中，情缘是最基本的，因情缘而进一步结成家庭就有了血缘，进而使民族、社会得到延续。一个人没有爱过人或被人爱，就少了一大缘，是一悲哀；有爱而无家，又少了第二大缘，又是一悲哀。一个社会如果没有家庭这个细胞，它将无缘发展。虽然，曾有志士仁人说过："匈奴不灭，何以家为"的壮语，但那是特殊情况，甘愿牺牲小家为了天下人都能有一个安定的家。辛亥革命烈士林觉民牺牲前在其著名的《与妻书》中说"充吾爱汝之心，助天下人爱其所爱，所以敢先汝而死"。赵一曼烈士对儿子说"你长大成人后，希望不要忘记你的母亲是为祖国而牺牲的"。乱世舍小家是为救国家；盛世则要思和小家而固大家。历史上也确实有过放大无家思想的实验，但都以失败告终。如太平天国，分成男营、女营，夫妻不得团聚；人民公社搞大食堂，取消小家庭的温馨；"文革"前的干部分配制度造成千万个家庭的两地分居。近读一则资料，1930 年国民党"立法院"甚至讨论过要不要家庭的问题。可见任何政党都有过左的行为，当然都成了历史的泡沫。最新的一份社会调查显示，人们对幸福指数的认同要素，第一是经济，第二是健康，第三是家庭，然后才是职业、社会、环境等。现在出现的老人空巢家庭，农村留守儿童，都是变革中我们不愿看到的"家"字牌悲剧。但有三分奈

正是因为小家的安定才能让他们产生"牺牲小家为大家"的胸怀。

"小家"是"大家"的基础，教会人爱人和担负责任。放弃"小家"最终会导致"大家"的溃散。当今社会的很多问题，都是因为在"小家"中处理不善才在社会上显露出来的，只有重视家庭教育，给孩子一个完整温暖的家，才能保证他们在将来的人生道路上获得真正的幸福。

何，谁愿作无家之人？恩格斯说家庭就像一个苹果，切掉一半就不再是苹果。独身、单亲、离异、留守、空巢、无子女都不能算是一个完善的家庭。当年林则徐说烟若不禁，政府将无可充之银、可征之丁。如果都由这样的家庭组成社会，国家将无可育之才、可用之才。社会要增加多少本该可在家庭圈子里消化的矛盾。《西厢记》说，愿天下有情人终成眷属，我则为天下计，愿情缘血缘总相续，小家大家皆欢喜。

——单元链接

正确处理好“大家”和“小家”的关系，是本单元几篇文章的重点所在。中国历史上有许多为“大家”舍“小家”的人物，值得我们把他们的事迹铭记。建议大家结合阅读历史人物传记、回忆录和他们的相关作品，加深对人物内心的理解。

第二单元 / 无处不在的美

“美”是一个永恒的话题，我们被各种各样的美所环绕着：容貌的美、精神的美、自然的美、生命的美、艺术的美……

“美”也是一个宽泛的话题，“美”也是一个抽象的话题，但是“美”又平凡得无处不在。

让我们进入“美”的内核，体会“美”的本质。

——乱世中的美神

欢乐和忧愁的瞬间分割，在李清照的身上体现得太明显。一个人怎么样会从欢乐的世界迅速跌向愁苦的深渊的呢？诗人其实是一个时代最敏感的良心，她的欢乐和痛苦都不仅仅是她一个人的欢乐和痛苦，要了解她就要把眼光投向李清照生活的那个时代……

李清照是因为那首著名的《声声慢》被人们所记住的。那是一种凄冷的美，特别是那句“寻寻觅觅，冷冷清清，凄凄惨惨戚戚”，简直成了她个人的专有品牌，彪炳于文学史，空前绝后，没有任何人敢于企及。于是，她便被当作了愁的化身。当我们穿过历史的尘烟咀嚼她的愁情时，才发现在中国三千年的古代文学史中，特立独行、登峰造极的女性也就只有她一人。而对她的解读又“怎一个愁字了得”。

其实李清照在写这首词前，曾经有过太多太多的快乐。

李清照于宋神宗元丰七年（1084 年）出生于一个官宦人家。父亲李格非进士出身，在朝为官，地位并不算低，是学者兼文学家，又是苏东坡的学生。母亲也是名门闺秀，善文学。这样的出身，在当时对一个女子来说是很可贵的。官宦门第及政治活动的濡染，使李清照视界开阔，气质高贵。而文学艺术的熏陶，又让她能更深切细微地感知生活，体验美感。因为不可能有当时的照片传世，我们现在无从知道她的相貌。但据这出身的推测，再参考她以后诗词所流露的神韵，她该天生就是一个美人坯子。李清照几乎从一懂事，就开始接受中国传统文化的审美训练。又几乎是同时，她一边创作，一边评判他人，研究文艺理论。她不但会享受美，还能驾驭美，一下就跃上一个很高的起点，而这时她还是一个待字闺中的少女。

请看下面这三首词：

[**浣溪沙**]绣面芙蓉一笑开，斜飞宝鸭衬香腮。眼波才动被人猜。一面风情深有韵，半笺娇恨寄幽怀，月移花影约重来。（宝鸭：发型。）

[**浣溪沙**]淡荡春光寒食天，玉炉沉水袅残烟，梦回山枕隐花钿。海燕未来人斗草，江梅已过柳生绵，黄昏疏雨湿秋千。（沉水：香名；斗草：一种游戏。）

[**点绛唇**]蹴罢秋千，起来慵整纤纤手。露浓花瘦，薄汗轻衣透。见有人来，袜刬金钗溜，和羞走。倚门回首，却把青梅嗅。（袜刬，不穿鞋。）

这样温情脉脉的细节描写，正是诗人沉浸在最单纯、最平和的幸福生活中的写照。

一个天真无邪的少女，秀发香腮，面如花玉，情窦初开，春心萌动，难以按捺。她躺在闺房中，或者傻傻地看着沉香袅袅，或者起身写一封情书，然后又到后园里去与女伴斗一会儿草。

官宦人家的千金小姐，享受着舒适的生活，并能得到一定的文化教育，这在千年封建社会中并不奇怪。令人惊奇的是，李清照并没有按常规初识文字，娴熟针绣，然后就等待出嫁。她饱览了父亲的所有藏书，文化的汁液将她浇灌得不但外美如花，而且内秀如竹。她在驾驭诗词格律方面已经如斗草、荡秋千般随意自如。而品评史实人物，却胸有块垒，大气如虹。

唐开元天宝间的安史之乱及被平定是中国历史上的一个大事件，后人多有评论。唐代诗人元结作有著名的《大唐中兴颂》，并请大书法家颜真卿书刻于壁，被称为双绝。与李清照同时的张文潜，是"苏门四学士"之一，诗名已盛，也算个大人物，曾就这道碑写了一首诗，感叹："天遣二子传将来，高山十丈摩苍崖。谁持此碑入我室，使我一见昏眸开。"这诗转闺阁，入绣户，传到李清照的耳朵里，她随即和一首道："五十年功如电扫，华清花柳咸阳草。五坊供俸斗鸡儿，酒肉堆中不知老。胡兵忽自天上来，逆胡亦是奸雄才。勤政楼前走胡马，珠翠踏尽香尘埃。何为出战则披靡，传置荔枝多马死。尧功舜德本如天，安用区区记文字。著碑铭德真陋哉，乃令神鬼磨山崖。"你看这诗哪像是出自一个闺中女子之手。铺叙场面，品评功过，慨叹世事，不让浪漫豪放派的李白、辛弃疾。李父格非初见此诗不觉一惊。这诗传到外面更是引起文人堆里好一阵躁动。李家有女初长成，笔走龙蛇起雷声。少女李清照静静地享受着娇宠和才气编织的美丽光环。

而大气的文笔，正是证明了李清照的目光不是仅仅局限在花前月下的生活享受，而是拥有着大气的胸怀和历史的眼光，饱读诗书，堪称女中丈夫。

爱情是人生最美好的一章。它是一个渡口，一个人将从这里出发，从少年走向青年，从父母温暖的翅膀下走向独立的人生，包括再延续新的生命。因此，它充满着期待的焦虑，碰撞的火花，沁人的温馨，也有失败的悲凉。它能奏出最复杂，最震撼人心的交响。许多伟人的生命都是在这一刻放出奇光异彩的。

当李清照满载着闺中少女所能得到的一切幸福，步入爱河时，她的美好人生又更上一层楼，为我们留下了一部爱情经典。她的爱情不像西方的罗密欧与朱丽叶，也不像东方的梁山伯与祝英台，不是那种经历千难万阻，要死要活之后才享受到的甜蜜，而是起步甚高，一开始就跌在蜜罐里，就站在山顶上，就住进了水晶宫里。夫婿赵明诚是一位翩翩少年，两人又是文学知己，情投意合。赵明诚的父亲也在朝为官，两家门当户对。更难得的是他们二人除一般文人诗词琴棋的雅兴外，还有更相投的事业结合点——金石研究。在不准自由恋爱，要靠媒妁之言、父母之意的封建时代，他俩能有这样的爱情结局，真是天赐良缘，百里挑一了。就像陆游的《钗头凤》为我们留下爱的悲伤一样，李清照为我们留下了爱情的另一端——爱的甜美。这个爱情故事，经李清照妙笔的深情润色，成了中国人千余年来的精神享受。

就是因为一切的开端都太顺利，太美好，太令人羡慕，所以不能再往上发展的事态跌落下来，就会造成悲剧。

请看这首《减字木兰花》：

卖花担上，买得一枝春欲放。泪染轻匀，犹带彤霞晓露痕。　　怕郎猜道，奴面不如花面好。云鬓斜簪，徒要教郎比并看。

这是婚后的甜蜜，是对丈夫的撒娇。从中也透出她对自己美丽的自信。

李清照的诗词是大气的，有小儿女的甜蜜，但她又不会把眼光局限于此。

再看这首送别之作《一剪梅》：

红藕香残玉簟秋，轻解罗裳，独上兰舟。云中谁寄锦书来？雁字回时，月满西楼。花自飘零水自流，一种相思，两处闲愁。　此情无计可消除，才下眉头，却上心头。

离愁别绪，难舍难分，爱之愈深，思之愈切，另是一种甜蜜偷偷地咀嚼。

更重要的是，李清照绝不是一般的只会叹息几句"贱妾守空房"的小妇人，她在空房里修炼着文学，直将这门艺术炼得炉火纯青，于是这种最普通的爱情表达竟变成了夫妻间的命题创作比赛，成了他们向艺术高峰攀登的记录。

请看这首《醉花阴 重阳》：

薄雾浓云愁永昼，瑞脑销金兽。佳节又重阳，玉枕纱橱，半夜凉初透。　东篱把酒黄昏后，有暗香盈袖。莫道不消魂，帘卷西风，人比黄花瘦。

就文学造诣来说，赵明诚的确不如李清照，但是夫妻间的唱和终归只是一种游戏，就算比出了高下，也只是日常玩笑，丝毫没有功利色彩，所以才造成了李清照此类作品本身的纯文学美，自然、清丽、不造作，也就没有了争相攀比的浮躁之气。

这是赵明诚在外地时，李清照寄给他的一首相思诗。彻骨的爱恋，痴痴的思念，借秋风黄花表现得淋漓尽致。史载赵明诚收到这首词后，先为情所感，后更为词的艺术力所激，发誓要写一首超过妻子的词。他闭门谢客，三日得词五十首，将李词杂于其间，请友人评点，不料友人说只有三句最好："莫道不消魂，帘卷西风，人比黄花瘦。"赵自叹不如。这个故事流传极广,可想他们夫妻二人是怎样在相互爱慕中享受着琴瑟相和的甜蜜。这也令后世一切有才有貌却得不到相应质量爱情的男女感到一丝的悲凉。李清照自己在《金石录后序》里追忆那段生活时说:“余性偶强记,每饭罢,坐归来堂,指堆积书史,言某事在某卷第几页第几行,以中否胜负,为饮茶先后。中即举杯大笑,至茶倾覆怀中,反不得饮而起。”这是何等的幸福,何等的欢乐,怎一个“甜”字了得。这蜜一样的生活,滋养着她绰约的风姿和旺盛的艺术创造力。

但上天早就发现了李清照更博大的艺术才华。如果只让她这样去轻松地写一点闺怨闲愁,中国历史、文学史将会从她的身边白白走过。于是宇宙爆炸,时空激荡,新的人格考验,新的命题创作一起推到了李清照的面前。

宋王朝经过一百六十七年“清明上河图”式的和平繁荣之后,天降煞星,北方崛起了一个游牧民族。金人一锤砸烂了都城汴京(开封)的琼楼玉苑,还掠走了徽、钦二帝,赵宋王朝于公元 1127 年匆匆南逃,开始了中国历史上国家民族极屈辱的一页。李清照在山东青州的爱巢也树倒窝散,一家人开始过漂泊无定的生活。南渡第二年,赵明诚被任为京城建康的知府,不想就在这时发生了一件国耻又蒙家羞的事。一天深夜,城里发生叛乱,身为地方长官的赵明诚不是身先士卒指挥戡乱,而是偷偷用绳子缒城逃走。事定之后,他被朝廷撤职。李清照这个柔弱女子,在这件事上却表现出大节大义,很为丈夫临阵脱逃而羞愧。赵被撤职后夫妇二人继续沿长江而上向江西方向流亡，一路难免有点别扭，略失往昔的鱼水之和。当行至乌江镇时，李清照得知这就是当年项羽兵败自刎之处，不觉心潮起伏，面对浩浩江面，吟下了这首千古绝唱：

乌江亭前的千古绝唱，暗刺的是南宋朝廷的偏安，不知国耻。

生当作人杰，死亦为鬼雄。
至今思项羽，不肯过江东。

丈夫在其身后听着这一字一句的金石之声，面有愧色，心中泛起深深的自责。第二年(1129)赵明诚被召回京复职，但随即急病而亡。

人不能没有爱，如花的女人不能没有爱，感情丰富的女诗人就更不能没有爱。正当她的艺术之树在爱的汁液浇灌下茁壮成长时，上帝无情地斩断了她的爱河。李清照是一懂得爱就被爱所宠、被家所捧的人，现在一下被困在了干涸的河床上，她怎么能不犯愁呢？

失家之后的李清照开始了她后半生的三大磨难。

李清照的磨难之一，是家庭离散的悲剧。再婚又离婚，关键的原因就是再也找不到生活上相依、精神上相知的人。

第一大磨难就是再婚又离婚，遭遇感情生活的痛苦。

赵明诚死后，李清照行无定所，身心憔悴。不久嫁给了一个叫张汝舟的人。对于李清照为什么改嫁，史说不一，但一个人生活的艰辛恐怕是主要原因。这个张汝舟，初一接触也是个彬彬有礼的君子，刚结婚之后张对李照顾得也还不错，但很快就露出原形，原来他是想占有李清照身边尚存的文物。这些东西李视之如命，而且《金石录》也还没有整理成书，当然不能失去。在张看来，你既嫁我，你的身体连同你的一切都归我所有，为我支配，你还会有什么独立的追求？两人先是在文物支配权上闹矛盾，渐渐发现志向情趣大异，真正是同床异梦。张汝舟先是以占有这样一个美妇名词人自豪，后渐因不能俘获她的心，不能支配她的行为而恼羞成怒，最后完全撕下文人的面纱，拳脚相加，大打出手。华帐前，红烛下，李清照看着这个小白脸，真是怒火中烧。曾经沧海难为水，心存高洁不低头。李清照视人格比生命更珍贵，哪里受得这种窝囊气，便决定与张分手。但在封建社会女人要离婚谈何容易。无奈之中，李清照走上一条绝路，鱼死网破，告发张汝舟的欺君之罪。

原来，张汝舟在将李清照娶到手后十分得意，就将自己科举考试作弊过关的事拿来夸耀。这当然是大逆不道。李清照知道，只有将张汝舟告倒治罪，自己才能脱离这张罗网。但依宋朝法律，女人告丈夫，无论对错输赢，都要坐牢两年。李清照是一个在感情生活上绝不凑合的人，她宁肯受皮肉之苦，也不受精神的奴役。一旦看穿对方的灵魂，她便表现出无情的鄙视和深切的懊悔。她在给友人的信中说："猥以桑榆之晚景，配兹驵侩之下材。"她是何等刚烈之人，宁可坐牢也不肯与"驵侩"之人为伴。这场官司的结果是张汝舟被发配到柳州，李清照也随之入狱。我们现在想象李清照为了婚

但是对于现实的无情，李清照选择的并不是消极地流泪哀怨，而是运用自己的力量进行反抗，不要苟且，不惜两败俱伤。

姻的自由，在大堂之上，昂首挺胸，其坚毅安详之态真不亚于项羽引颈向剑时那勇敢地一刎。可能是李清照的名声太大，当时又有许多人关注此事，再加上朝中友人帮忙，李只坐了九天牢便被释放了。但这在她心灵深处留下了重重的一道伤痕。

今天男女之间分离结合是合法合情的平常事，但在宋代，一个女人，尤其是一个读书女人的再婚又离婚就要引起社会舆论的极大歧视。在当时和事后的许多记载李清照的史书中都是一面肯定她的才华，同时又无不以“不终晚节”、“无检操”、“晚节流荡无归”记之。节是什么，就是不管好坏，女人都得跟着这个男人过，就是你不许有个性的追求。可见我们的女诗人当时是承受了多么大的心理压力。但是她不怕，她坚持独立的人格，坚持高质量的爱情，她以两个月的时间快刀斩乱麻，甩掉了张汝舟这个“驵侩”的包袱，便全身心地投入到《金石录》的编写中去了。现在我们读这段史料，真不敢相信是发生在近千年以前宋代的事，倒觉得李清照像是一个“五四”时代反封建的新女性。

生命对人来说只有一次，那么爱情对一个人来说有几次呢？大概最美好的，最揪心彻骨的也只有一次。爱情是在生命之舟上做着的一种极危险的实验，是把青春、才华、时间、事业都要赌进去的实验。只有极少的人第一次便告成功，他们像中了头彩的幸运者一样，一边窃喜着自己的侥幸，美其名曰“缘”；一边又用同情、怜悯的目光审视着其余芸芸众生们的失败，或者半失败。李清照本来是属于这一类型的，但上苍欲成其名，必先夺其情，苦其心。于是就把她赶出这幸福一族，先是让赵明诚离她而去，再派一个张汝舟来试其心志。她驾着一叶生命的孤舟迎着世俗的恶浪，以破釜沉舟的胆力做了好一场恶斗。本来爱情一次失败，再试成功，甚而更加风光者大有人在，司马相如与卓文君就是。李清照也是准备再攀爱峰的，但可惜她没有翻过这道山梁。这是一个悲剧。一个女人心中爱的火花就这样永远地熄灭了，这怎么能不令她沮丧，叫她不犯愁呢？

没有现实的悲苦，也就无法成全留名于历史的李清照。

李清照的第二大磨难是，身心颠沛流离，四处逃亡。

与皇帝的流亡逃跑相比，李清照的流亡实在是对于一种希望的追赶，虽有诸多不便，但是从来未有过为一己之私的仓皇失措。但是她所选择的希望，她所托付的对象，并不像她想象中那样可靠。由此产生的失望和无依感才让她身心交瘁。

1129 年 8 月，丈夫赵明诚刚去世，9 月就有金兵南犯。李清照带着沉重的书籍文物开始逃难。她基本上是追随着皇上逃亡的路线，国君是国家的代表啊。但是这个可怜可恨的高宗赵构并没有这个觉悟，他不代表国家，就代表他自己的那条小命。他从建康出逃，经越州、明州、奉化、宁海、台州，一路逃下去，一直漂泊到海上，又过海到温州。李清照一孤寡妇人眼巴巴地追寻着国君远去的方向，自己雇船、求人、投亲靠友，带着她和赵明诚一生搜集的书籍文物，这样苦苦地坚持着。赵明诚生前有托，这些文物是舍命不能丢的，而且《金石录》也还没有出版，这是她一生的精神寄托。她还有一个想法就是这些文物在战火中靠她个人实在难以保全，希望追上去送给朝廷，但是她始终没能追上皇帝。她在当年 11 月流浪到衢州，第二年 3 月又到越州。

这期间，她寄存在洪州的两万卷书，两千卷金石拓片又被南侵的金兵焚掠一空。而到越州时随身带着的五大箱文物又被贼人破墙盗走。1130 年 11 月，皇上看到身后跟随的人太多不利逃跑，干脆就下令遣散百官。李清照望着龙旗龙舟消失在茫茫大海中，就更感到无限的失望。就按封建社会的观念，国家者国土、国君、百姓。今国土让人家占去一半，国君让人家撵得抱头鼠窜，百姓四处流离。国已不国，君已不君，她这个无处立身的亡国之民怎么能不犯大愁呢？李清照的身心在历史的油锅里忍受着痛苦的煎熬。

大约是在避难温州时，她写下这首《添字采桑子》：

窗前谁种芭蕉树？阴满中庭。阴满中庭，叶叶心心，舒卷有余情。　　伤心枕上三更雨，点滴霖霪。点滴霖霪，愁损北人，不惯起来听。

“北人”是什么样人呢？就是流浪之人，是亡国之民，李清照正是这其中的一个。中国历史上的异族入侵多是由北而南，所以“北人”逃难就成了一种历史现象，也成了一种文学现象。“愁损北人，不惯起来听”，我们听到了什么呢？听到了祖逖中流击水的呼喊，听到了陆游“遗民泪尽胡尘里，南望王师又一年”的叹息，听到了辛弃疾“可堪回首，佛狸祠下，一片神鸦社鼓”的无奈，更又仿佛听到了“我的家在松花江上”那悲凉的歌声。

1134年，金人又一次南侵，赵构又弃都再逃。李清照第二次流亡到了金华。国运维艰，愁压心头。有人请她去游附近的双溪名胜，她长叹一声，无心出游：

风住尘香花已尽，日晚倦梳头。物是人非事事休，欲语泪先流。闻说双溪春尚好，也拟泛轻舟。只恐双溪舴艋舟，载不动，许多愁。

《武陵春》

李清照在流亡途中行无定所，国家支离破碎，到处物是人非，这愁就是一条船也载不动啊。这使我们想到杜甫在逃难中的诗句“感时花溅泪，恨别鸟惊心”。李清照这时的愁早已不是“一种相思，两处闲愁”的家愁、情愁，现在国已破，家已亡，就是真有旧愁，想觅也难寻了。她这时是《诗经》的《黍离》之愁，是辛弃疾“而今识尽愁滋味”的愁，是国家民族的大愁，她是在替天发愁啊。

李清照的愁，是家愁，更是国愁，愁的是山河破碎金瓯缺，愁的是国家无能人民困苦。她心中的焦虑远胜过高高在位的君主。民知耻而君不知耻，这该带给有责任感和民族意识的人们多大的愁苦呀。

李清照是恪守“诗言志，歌咏言”古训的。她在词中所歌唱的主要是一种情绪，而在诗中直抒的才是自己的胸怀、志向、好恶。因为她的词名太甚，所以人们大多只看到她愁绪满怀的一面。我们如果参读她的诗文，就能更好地理解她的词背后所蕴含的苦闷、挣扎和追求，就知道她到底愁为哪般了。

古人对诗词所表达的内容有着严格的区分，我们要全面了解一个人，亦要全面阅读他的作品，不可发偏颇之论。

1133年高宗忽然想起应派人到全国去探视一下徽、钦二帝，顺便打探有无求和的可能。但听说要入虎狼之域，一时朝中无人敢应命。大臣韩肖胄见状自告奋勇，愿冒险一去。李清照日夜关心国事，闻此十分激动，满腹愁绪顿然化作希望与豪情，便作了一首长诗相赠。她在序中说："有易安室者，父祖皆出韩公门下，今家世沦替，子姓寒微，不敢望公之车尘。又贫病，但神明未衰弱。见此大号令，不能妄言，作古、律诗各一章，以寄区区之意。"当时她是一个贫病交加，身心憔悴，独身寡居的妇道人家，却还这样关心国事。不用说她在朝中没有地位，就是在社会上也轮不到她来议论这些事啊。但是她站了出来，大声歌颂韩肖胄此举的凛然大义："愿奉天地灵，愿奉宗庙威。径持紫泥诏，直入黄龙城。""脱衣已被汉恩暖，离歌不道易水寒。"她愿以一个民间寡妇的身份临别赠几句话："闾阎嫠妇亦何如，沥血投书干记室"，"不乞隋珠与和璧，只乞乡关新信息"，"子孙南渡今几年，飘零遂与流人伍。欲将血泪寄山河，去洒东山一抔土。"

浙江金华有南北朝时因沈约曾题《八咏诗》而得名的一座名楼，李避难于此，登楼遥望这残存的半壁江山，不禁临风感慨：

千古风流八咏楼，江山留与后人愁。
水通南国三千里，气压江城十四州。

《题八咏楼》

我们单看这诗的气势，这哪里像一个流浪中的女子所写啊。倒像一个亟待收复失地的将军或一个忧国伤时的臣子。那一年我到金华特地去凭吊这座楼。时日推移,楼已被后起的民房拥挤在一处深巷里,但依然鹤立鸡群,风骨不减当年。一位看楼的老人也是个李清照迷,他向我讲了几个李清照故事的民间版本,又拿出几页新搜集的手抄的李词送给我。我仰望危楼,俯察巷陌,深感词人英魂不去,长在人间。李清照在金华避难期间,还写了一篇《打马赋》。“打马”本是当时的一种赌博游戏,李却借题发挥,在文中大量引用历史上名臣良将的典故,状写金戈铁马,挥师疆场的气势,谴责宋室的无能。文末直抒自己烈士暮年的壮志:

“木兰横戈好女子,老矣不复志千里。但愿相将过淮水!”

从这些诗文中可以看见,她真是“位卑未敢忘忧国”,何等地心忧天下,心忧国家啊。“但愿相将过淮水”,这使我们想起祖逖闻鸡起舞,想到北宋抗金名臣宗泽病危之时仍拥被而坐大喊:过河! 这是一个女诗人,一个“闾阎嫠妇”发出的呼喊啊! 与她早期的闲愁闲悲真是相差十万八千里。这愁中又多了多少政治之忧,民族之痛啊。

后人评李清照常常观止于她的一怀愁绪,殊不知她的心灵深处,总是冒着抗争的火花和对理想的呼喊。她是因为看不到出路而愁啊! 她不依奉权贵,不违心做事。她和当朝权臣秦桧本是亲戚,秦桧的夫人是她二舅的女儿,亲表姐。但是李清照与他们概不来往,就是在她的婚事最困难的时候,她

正是因为对于理想的坚持,才会在现实脱离理想的时候,无限悲愁。

宁可去求远亲也不上秦家的门。秦府落成，大宴亲朋，她也拒不参加。她不满足于自己“学诗漫有惊人句”，而“欲将血泪寄山河”，她希望收复失地，“径持紫泥诏，直入黄龙城”。但是她看到了什么呢？是偏安都城的虚假繁荣，是朝廷打击志士、迫害忠良的怪事，是主战派和民族义士们血泪的呼喊。1141 年，也就是李清照五十八岁这一年，岳飞被秦桧下狱害死。这件案子惊动京城，震动全国，乌云压城，愁结广宇。李清照心绪难宁，我们的女诗人又陷入更深的忧伤之中。

李清照遇到的第三大磨难是超越时空的孤独。

感情生活的痛苦和对国家民族的忧心，已将她推入深深的苦海，她像一叶孤舟在风浪中无助地飘摇。但如果只是这两点，还不算最伤最痛，最孤最寒。本来生活中婚变情离者，时时难免；忠臣遭弃，也是代代不绝。更何况她一柔弱女子又生于乱世呢？问题在于她除了遭遇国难、情愁，就连想实现一个普通人的价值，竟也是这样的难。已渐入暮年的李清照没有孩子，守着一孤清的小院落，身边没有一个亲人，国事已难问，家事怕再提，只有秋风扫着黄叶在门前盘旋，偶尔有一两个旧友来访。她有一孙姓朋友，其小女十岁，极为聪颖。一日孩子来玩时，李清照对她说，你该学点东西，我老了，愿将平生所学相授。不想这孩子脱口说道：“才藻非女子事也。”李清照不由得倒抽一口凉气，她觉得一阵晕眩，手扶门框，才使自己勉强没有摔倒。童言无忌，原来在这个社会上有才有情的女子是真正多余啊。而她却一直还奢想什么关心国事、著书立说、传道授业。她收集的文物汗牛充栋,她学富五车,词动京华,到头来却落得个报国无门,情无所托,学无所专,别人看她如同怪异。李清照感到她像是落在四面不着边际的深渊里,一种可怕的孤独向她袭来,这个世界上没有一个人能读懂她的心。她像祥林嫂一样茫然地行走在杭州深秋的落叶黄花中,吟出这首浓缩了她一生和全身心痛楚的、也确立了她在中国文学史上地位的《声声慢》:

家庭中找不到知音,政治上找不到知音,到了学术上依旧找不到知音。李清照的眼光是超越了那个时代的,正是因为这种超越,让她找不到知音。她所珍爱的世界,在外人看来一钱不值,也许李清照生错了时代,但是这个时代如果没有李清照,又会有多少遗憾。

寻寻觅觅,冷冷清清,凄凄惨惨戚戚。乍暖还寒时候,最难将息。三杯两盏淡酒,怎敌它,晚来风急。雁过也,正伤心,却是旧时相识。　　满地黄花堆积,憔悴损,如今有谁堪摘。守着窗儿,独自怎生得黑。梧桐更兼细雨,到黄昏,点点滴滴。这次第,怎一个愁字了得!

是的,她的国愁、家愁、情愁,还有学业之愁,怎一个愁字了得!

李清照所寻寻觅觅的是什么呢?从她的身世和诗词文章中,我们至少可以看出,她在寻觅三样东西。一是国家民族的前途。她不愿看到山河破碎,不愿"飘零遂与流人伍","欲将血泪寄山河"。在这点上她与同时代的岳飞、陆游及稍后的辛弃疾是相通的。但身为女人,她既不能像岳飞那样驰骋疆场,也不能像辛弃疾那样上朝议事,甚至不能像陆、辛那样有政界、文坛朋友可以痛痛快快地使酒

李清照所要寻觅的东西,可以和她的"愁"联系起来看。正是因为寻觅不到,才会有这样的如同无边丝雨的愁绪。

骂座，痛拍栏杆。她甚至没有机会和他们交往，只有独自一人愁。二是寻觅幸福的爱情。她曾有过美满的家庭，有过幸福的爱情，但转瞬就破碎了。她也做过再寻觅幸福的梦，但又碎得更惨，甚至身负枷锁，锒铛入狱。还被以“不终晚节”载入史书，生前身后受此奇辱。她能说什么呢？也只有独自一人愁。三是寻觅自身价值。她以非凡的才华和勤奋，又借着爱情的力量，在学术上完成了《金石录》巨著，在词艺上达到了空前的高度。但是，那个社会不以为奇，不以为功，连那十岁的小女孩都说“才藻非女子事”，甚至后来陆游为这个孙姓女子写墓志时都认为这话说得好。以陆游这样热血的爱国诗人，也认为“才藻非女子事”，李清照还有什么话可说呢？她只好一人咀嚼自己的凄凉，又是只有一个愁。

李清照是研究金石学、文化史的，她当然知道从夏商到宋，女子有才藻、有著作的寥若晨星，而词艺绝高的也只有她一人。都说物以稀为贵，而她却被看作异类，是叛逆，是多余。她环顾上下两千年，长夜如磐，风雨如晦，相知有谁？鲁迅有一首为歌女立照的诗：“华灯照宴敞豪门，娇女严妆侍玉尊。忽忆情亲焦土下，佯看罗袜掩泪痕。”李清照是一个被封建社会役使的歌者，她本在严妆靓容地侍奉着这个社会，但忽然想到她所有的追求都已失落，她所歌唱的无一实现，不由得一阵心酸，只好“佯说黄花与秋风”。

“女子”与“才”的结合，在今天并无何不可，在封建时代却成为了李清照悲剧的根源，让她既得不到男性的认同，也得不到女性的理解。

李清照的悲剧就在于她是生在封建时代的一

个有文化的女人。作为女人，她处在封建社会的底层，作为一个知识分子，她又处在社会思想的制高点，她看到了许多别人看不到的事情，追求着许多人不追求的境界，这就难免有孤独的悲哀。本来，三千年封建社会，来来往往有多少人都在心安理得，随波逐流地生活。你看，北宋仓皇南渡后不是又夹风夹雨，称臣称儿地苟延了一百五十二年吗！尽管与李清照同时代的陆游愤怒地喊道："公卿有党排宗泽，帷幄无人用岳飞"，但朝中的大人们不是照样做官，照样花天酒地吗？你看，虽生乱世，有多少文人不是照样手摇折扇，歌咏岁月，琴棋书画了一生吗？你看，有多少女性，就像那个孙姓女子一般，不学什么辞藻，不追求什么爱情，不是照样生活吗？但是李清照却不，她以平民之身，思公卿之责，念国家大事；以女人之身，求人格平行，爱情之尊。无论对待政事、学业还是爱情、婚姻，她决不随波，决不凑合，这就难免有了超越时空的孤独和无法解脱的悲哀。她背着沉重的十字架，集国难、家难、婚难和学业之难于一身，凡封建专制制度所造成的政治、文化、道德、婚姻、人格方面的冲突、磨难都折射在她那如黄花般瘦弱的身子上。一如她的名字所昭示的，"明月松间照，清泉石上流"。李清照骨子里所追求的是一种人格上的超群、脱俗，这就难免像屈原一样"众人皆醉我独醒"，难免有超现实的理想化的悲哀。有一本书叫《百年孤独》，李清照是千年孤独，环顾女界无同类，再看左右无相知，所以她才上溯千年到英雄霸王那里去求相通，"至今

正是因为李清照所追求的理想十分高远，求常人所不能求，所以这样的孤独是难以避免的。她的才华虽然在当时得到肯定和推崇，却得不到真正的理解和支持，盛名之下无限冷清。对于这样的才女，其实又有多少人真正懂得呢？这是李清照心中的悲哀，也是这个时代的悲哀。

思项羽，不肯过江东”。还有，她不可能知道，千年之后，到封建社会气数将尽时，才又出了一个与她相知相通的女性——秋瑾，秋瑾回首长夜三千年，也长叹了一声：“秋风秋雨愁煞人！”

如果李清照像那个孙姓女孩或者鲁迅笔下的祥林嫂一样，是一个已经麻木的人，也就算了；如果李清照是以死抗争的杜十娘，也就算了。她偏偏是以心抗世，以笔唤天。她凭着极高的艺术天赋，将这漫天愁绪又抽丝剥茧般地进行了细细地纺织，化愁为美，创造了让人们永远享受无穷的词作珍品。李词的特殊魅力就在于它一如作者的人品，于哀怨缠绵之中有执著坚韧的阳刚之气，虽为说愁，实为写真情大志，所以才耐得人百年千年地读下去。郑振铎在《中国文学史》中评价说：“她是独创一格的，她是独立于一群词人之中的。她不受别的词人的什么影响，别的词人也似乎受不到她的影响。她是太高绝一时了，庸才作家是绝不能追得上的。无数的词人诗人，写着无数的离情闺怨的诗词；他们一大半是代女主人翁立言的，这一切的诗词，在清照之前，直如粪土似的无可评价。”于是，她一生的故事和心底的怨愁就转化为凄清的悲剧之美，她和她的词也就永远高悬在历史的星空。

李清照在乱世当中落魄，却在精神上始终高贵，她不会把命运的折磨转化成埋怨的语言，而是在困境中坚韧地承受，留待后世人慢慢品味这悲凉中的美丽。

随着时代的进步，李清照当年许多痛苦着的事和情都有了答案，可是当我们偶然再回望一下千年前的风雨时，总能看见那个立于秋风黄花中的寻寻觅觅的美神。

李清照的美，美在容貌，美在才情，美在追求理想，决不与现实的污秽苟同的人格，因此能成为乱世中的美神。

——这热辣辣的生命之美

一般来说，好风景给人的是陶醉，是沉思。但我一到印度南部的班加罗尔，却被这里的风景激动得直想狂呼高歌。

班加罗尔的风景，全在街上的花和树。我们平时说花，不外桌上瓶里的插花，窗前盆里的鲜花，还有花圃里精心侍弄的花，田野里烂漫绚丽的花，可这里却是轰然一树的花，满街满城的花，而且是一色火红的花。一出机场，迎面就是几株叫不上名的大树，满树不是绿叶，全是火红的花朵。车子进了城就在花树搭成的胡同里钻行。后来我才辨清，这红花树主要有两种，一是我国南方也有的木棉树，花很大，且常年四季地开；一种是火把树，类似国内的绒线树，有叶，很细碎，花却是特别硕大，红肥绿瘦，反显不出树叶。怎么可以想象，街上合抱粗的巨木擎天而立，不是绿叶扶疏，而是红花万朵，在明媚的阳光下如火苗狂舞，直拥到五六层楼的窗前；又如红绸飘落，直垂到路边，扫着车顶和行人的头。向来赏花，人为主，花为次，花是人手中的玩物，眼中的小景。请供一枝在案头，玉色闲情相共品。而现在，反次为主，这花上下半空，前后一街，将人结结实实地裹在其中。席卷天地八方来，红花热血共沸腾。好像一个酒徒，平时能有一两杯好酒已庆幸不已，现在一下被推到酒海里游泳，醉了，醉了，醉

红色暗指“火辣辣”，花朵暗指“生命”，这种充满热情的花的海洋，怎么能不叫人为之高歌、为之沉醉呢？

得不知东南西北。

成树的红花之外，还有一种藤类的明丽亚花常爬在墙头，紫色的花朵如小儿的拳头，枝叶茂密，曲蚱纷挂，往往几十米、上百米地盖过墙头，密密匝匝，叠翠压锦。论其色彩，珠光宝气，明媚照人，其姿态却如蓬蒿弃野，生灭由之。每见此景，我不觉生一种惋惜之感，这样的花朵要是在国内就是案头一枝也足可斗室生辉，要是公园里能有一株也会叫游人流连驻足的。而在这里却随意委弃，开得这样浪费，可见好花之多，多到抛金撒银的地步。

红花之外便是绿树，树个个大得惊人。苦楝树一伸臂就护住半块蓝天，棕榈树矗立着就是一座旗杆，大榕树的根接地通天，要是照一个特写镜头，你准以为是一片小树林子。总之，一棵树就是一个停车场，就是一个绿色的庭院。一行树就是一条蜿蜒的堤坝，就是一座逶迤的山脉。树浓荫蔽日，层绿无边。人在树下，如在一座神秘的教堂里一样。对中国大地上的绿色我本就十分留意，天山风雪中松柏的凝绿，华北平原上春风杨柳的新绿，江南池塘荷叶的碧绿，但是，无论我头脑中的哪种绿都无法形容眼前这异国巨木的绿。这是在北纬十二度的骄阳下被烘烤着的泛着光闪闪亮晶晶的油绿。举目之中所觉的已不是颜色，而是一种释放着的能量了。

红花绿树这样肆意地生长，代表的是一种极其旺盛的生命力，也就是作者说的“能量”。

这许多从未谋面的树中有一种阿育王树最引我注意。阿育王(273—232)本是第一个统一了印度的国王，其历史地位相当于我国的秦始皇。他为记功而立的阿育王柱，柱头四面雕着四个雄狮，一直保存至今，印度的国徽就是以它作图案的。现在这种树取了他的名也真够匹配。我一踏上印度的土地就被这种树的神威所感召。在维多利亚博物馆的大院里有两行阿育王树，树干挺立如柱，树冠庞然如山，树叶密不透风，一团神秘的墨绿透出古老、深沉、庄严。树旁是碧波荡漾的水池，再远处是藏有历史见证的博物馆大厅。我仰头看这擎着蓝天的神树，仿佛阿育王在半空中正注视着他的臣民。草木之物能长出人情神威来也真是天地之灵了。我在班加罗尔街头见到的阿育王树却别是一种风度，树冠一离地面，就被修成一座铁塔，昂首直立，而枝条却披拂而下，长长的叶片闪着亮亮的新绿，像一个威武的壮士披着新制的铠甲。原来这是一种倒栽的阿育王树，类似中国的倒栽柳，不过没有那种婀娜，倒有一种英武之气。这树也是有灵性的吗？如古人所说牡丹富贵，菊花隐逸，那么，这阿育王树便够得上雄浑博大了。

作者读出了草木的灵性，体味到了人的品性，这是这一方水土特有的生命之美。

到班加罗尔的第二天，我们就驱车到迈索尔，又有幸看到了城市之外的田野中的树景。路边时而扑来芒果、菠萝蜜树，树上垂着累累的果实，而远处密密的椰子林却看不到边。这奇怪的树种，直到快摸着天时才顶出几片大叶，而叶腋间就是一堆西瓜大的果。这果一年四季不停地熟，人们爬上树摘掉，不久一仰头它又长了出来。仿佛是上帝在天际向人民无声而又无休止地赐赠。中间有一次我们停车休息，路边是如墙如堵的椰子林，2.5 卢比一个椰子，椰农弯刀一挥，削去椰壳的顶盖，插进一根吸管，椰汁甘甜沁人。车子正好停在一株巨大的火把树下，我手捧阴凉嫩绿的椰果，仰视这株红色的伞盖，美味美景并收心中，真不知造物者为什么特别恩宠这片土地。生命之力，在这里是如泉水般地四处涌流。

在印度的日子里，无时不在与红花绿树相伴，出门车在树下钻行，进宾馆先献你一个花环，访问完再捧上一束鲜花。一天，我深夜归来，桌上插着一束红玫瑰，茶几上放着水果篮和一洗手小钵，钵中可人的清水上飘着三片殷红的花瓣。灯下，对着这三瓣主人的心香，我独坐沉思，竟不愿上床了。我本无心，这红花绿叶却枝枝叶叶拂不去，直追客人到梦中。我想红花绿树是专为来装扮我们这个世界的，造物者之所以选了这两种颜色，是因为它代表着生命。你看所有的动物、植物，哪个能离了血红素和叶绿素呢？难怪红花绿树这样叫人激动。它是热辣辣的生命将自己奔腾不息的力，借了红绿两色来显示给我们的呵。生命不息，花树就永远伴随着我们。

揭示红绿二色所代表的是生命，由此可以让人联想到中国传统红绿相配的热闹同样也是源于此。只有热爱自己的生命才会发现生命之美，才会发现这个世界的美丽。

我明白了，当我们爱红花绿树时，其实是在爱自己的生命。

——跨越百年的美丽

1998 年是居里夫人发现放射性元素镭一百周年。

一百年前的 1898 年 12 月 26 日,法国科学院人声鼎沸,一位年轻漂亮、神色庄重又略显疲倦的妇人走上讲台,全场立即肃然无声。她叫玛丽·居里,她今天要和她的丈夫皮埃尔·居里一起在这里宣布一项惊人发现,他们发现了天然放射性元素镭。本来这场报告,她想让丈夫来作,但皮埃尔·居里坚持让她来讲,因为在此之前还没有一个女子登上过法国科学院的讲台。玛丽·居里穿着一袭黑色长裙,白净端庄的脸庞显出坚定又略带淡泊的神情,而那双微微内陷的大眼睛,则让你觉得能看透一切,看透未来。她的报告使全场震惊,物理学进入了一个新时代,而她那美丽庄重的形象也就从此定格在历史上,定格在每个人的心里。

直接对居里夫人的面容进行描写,写出了居里夫人美得端庄,美得高贵。

居里夫人一直是我崇拜的少数名人中的一个。如果说到女性的名人她就更是非第一莫属了,余后大概还有一个中国的李清照。我大约是在上中学时读到介绍居里夫人的小册子,从此她坚毅的形象便在我脑海里永难拂去。以后我几乎搜读了所有关于她的传记。一个人的伟大不外乎两个方面,一是他对社会作出的贡献,二是他的人格,他的精神,对居里夫人来说,这两个方面她都具备,而且超群绝伦,值得我们永远的怀念和学习。

关于放射性的发现,居里夫人并不是第一人,但她是关键的一人。在她之前,1896 年 1 月,德国科学家伦琴发现了 X 光,这是人工放射性;1896 年 5 月,法国科学家贝克勒尔发现铀盐可以使胶片感光,这是天然放射性。这都还是偶然的发现,居里夫人却立即提出了一个新问题,其他物质有没有放射性?物质世界里是不是还有另一块全新的领域?别人在海滩上捡到一块贝壳,她却要研究一下这贝壳是怎样生、怎样长、怎样冲到海滩上来的,别人摸瓜她寻藤,别人摘叶她问根。是她提出了放射性这个词。两年后,她发现了钋,接着发现了镭,冰山露出了一角。为了提炼纯净的镭,居里夫妇搞到一吨可能含镭的工业废渣。他们在院子里支起了一口锅,一锅一锅地进行冶炼,然后再送到化验室溶解、沉淀、分析。而所谓的化验室是一个废弃的、曾停放解剖用尸体的破棚子。玛丽终日在烟熏火燎中搅拌着锅里的矿渣,她衣裙上、双手上,留下了酸碱的点点烧痕。一天,疲劳至极,玛丽揉着酸痛的后腰,隔着满桌的试管、量杯问皮埃尔:“你说这镭会是什么样子?”皮埃尔说:“我只是希望它有美丽的颜色。”经过三年又九个月,他们终于从成吨的矿渣中提炼出了 0.1 克镭。它真的有极美丽的颜色,在幽暗的破木棚里发出略带蓝色的荧光。它还会自动放热,一小时放出的热能溶化等重的冰块。

用简单的比喻,写出了居里夫人与他人相比,在学术上研究的深度,以及由此取得的成就和地位。

相对于辞典里对名人做解说的词条,我们更愿意读到这样的场景。执著与坚强、快乐与信心,就是渗透于生活细节的点点滴滴。科学研究追求的极致就是抛弃功利目的,为了一种纯粹的美丽。

旧木棚里这点美丽的淡蓝色荧光,是用一个美丽女子的生命和信念换来的。这项开辟科学新纪元的伟大发现好像不该落在一个女子头上。千百年来，漂亮就是一个女人的最高荣誉，最大资本，只要有幸得到这一点，其余便不必再求了。莫泊桑在他的名著《项链》中说："女人并无社会等级，也无种族差异；她们的姿色、风度和妩媚就是她们身世和门庭的标志。"居里夫人是属于那一类很漂亮的女子，她的肖像如今挂遍世界各国的科研教学机构，我们仍可看到她昔日的风采。但是她偏偏没有利用这一点资本，她的战胜自我也恰恰就是从这一点开始的。当她还是个小学生时就显示出上帝给她的优宠，漂亮的外貌已足以使她讨得周围所有人的喜欢。但她的性格里天生还有一种更可贵的东西，这就是人们经常加于男子汉身上的骨气。她坚定、刚毅，有远大、执著的追求。为了不受漂亮的干扰，她故意把一头金发剪得很短，她对哥哥说："毫无疑问，我们家里的人有天赋，必须使这种天赋由我们中的一个表现出来！"她中学毕业后在城里和乡下当了七年家庭教师，积攒了一点学费便到巴黎来读书。当时大学里女学生很少，这个高额头、蓝眼睛、身材修长的漂亮的异国女子，很快成了人们议论的中心。男学生们为了能更多地看她一眼，或有幸凑上去说几句话，常常挤在教室外的走廊里，她的女友甚至不得不用伞柄赶走这些追慕者。但她对这种热闹不屑一顾，她每天到得最早，坐在前排，给那些追寻的目光一个无情的后脑勺。她身上永远裹着一层冰霜的盔甲，凛然使那些"追星族"不敢靠近。她本来住在姐姐家中，为了求得安静，

引用莫泊桑小说中的语句，其实是为了引出居里夫人的与众不同，她用自己的行动证明"坚定"、"刚毅"才是女人最应该具有的品质，只有通过自强不息的努力奋斗，才能获得众人的尊重。

便一人租了间小阁楼，一天只吃一顿饭，日夜苦读。晚上冷得睡不着，就拉把椅子压在身上，以取得一点感觉上的温暖。这种心无旁骛、悬梁刺股、卧薪尝胆的进取精神，就是一般男子也是很难做到的啊。宋玉说有美女在墙头看他三年而不动心；范仲淹考进士前在一间破庙里读书，晨起煮粥一碗，冷后划作四块，是为一天的口粮。而在地球那一边的法国，一个波兰女子也这样心静，这样执著，这样地耐得苦寒。她以二十五岁的妙龄，面对追者如潮而不心动。她只要稍微松一下手，回一下头，就会跌回温软的怀抱和赞美的泡沫中，但是她有大志，有大求，她知道只有发现、创造之花才有永开不败的美丽。所以她甘愿让酸碱啃蚀她柔美的双手，让呛人的烟气吹皱她秀美的额头。

为了在创造之中获得真正永恒的美丽，居里夫人放弃了容貌之美，甚至让研究工作毁坏了外貌的美丽。联系前文她主动剪去头发的行动，可以看出居里夫人迈向自己人生之路的自信。

本来玛丽·居里完全可以换另外一种活法。她可以趁着年轻貌美如现代女孩吃青春饭那样，在钦羡和礼赞中活个轻松，活个痛快。但是她没有，她知道自己更深一层的价值和更远一些的目标。成语“浅尝辄止”是指人对外部世界的认识，殊不知有多少人对自己也常是浅知辄止，见宠即喜。数年前一位母亲对我说她刚上初中的女儿成绩下降，为什么？答曰：“知道爱美了，上课总用铅笔杆做她的卷卷头。”美对人来说是一种附加，就像格律对诗词也是一种附加。律诗难作，美人难为，做得好惊天动地，做不好就黄花委地。玛丽·居里让全世界的女子都知道，她们除了“身世”和“门庭”之外，还有更重要的东西。

1852年斯托夫人写了一本《汤姆叔叔的小屋》，导致了美国南北战争的爆发，林肯说是一个小妇人引发了一场解放黑奴的大革命。比斯托夫人约晚五十年，居里夫人发现了镭，也是一个小妇人引发了一场革命，科学革命。它直接导致了后来卢瑟夫对原子结构的探秘，导致了原子弹的爆炸，导致了原子时代的到来。更重要的是这项发现的哲学意义。哲学家说事物无时无刻不在变；西方哲人说，人不能两次踏进同一条河流；公元1082年东方哲人苏东坡赤壁望月长叹道："盖将自其变者而观之，则天地曾不能以一瞬；自其不变者而观之，则物与我皆无尽也。"现在，居里夫人证明镭便是这样"不能以一瞬"而存在的物质，它会自己不停地发光、放热、放出射线，能灼伤人的皮肤，能穿透黑纸使胶片感光，能使空气导电，它刹那间是自己又不是自己。哲理就渗透在每个原子的毛孔里。玛丽·居里几乎在完成这项伟大自然发现的同时也完成了对人生意义的发现。她也在不停地变化着，当工作卓有成效的同时，镭射线也在无声地侵蚀着她的肌体。她美丽健康的容貌在悄悄地隐退，她逐渐变得眼花耳鸣，苍白乏力。而皮埃尔不幸早逝，社会对女性的歧视更加重了她生活和思想上的沉重负担。但她什么也不管，只是默默地工作。她从一个漂亮的小姑娘，一个端庄坚毅的女学者，变成科学教科书里的新名词"放射线"，变成物理学的一个新计量单位"居里"，变成一条条科学定理，她变成了科学史上一块永远的里程碑。"自其不变者

有意地两次提到"小妇人"，显然是借他人之矛攻他人之盾。被当时（包括今天）许多人轻视的妇女，做出了巨大的成就，这样的事实是对传统观念的颠覆。

居里夫人从年轻美貌到因为实验损害到了健康和容貌，到最后在学术上获得了极高的成就，具有一种里程碑式的美丽。年轻的美丽容颜是很容易逝去的，而这种矗立于学术殿堂中的美丽，则会在人类历史上留下不灭的痕迹。

而观之”,她得到了永恒。“长恨春归无觅处,不知转入此中来”,就像化学的置换反应一样,她的青春美丽换位到了科学教科书里,换位到了人类文化的史册里。

居里夫人的美名从她发现镭那一刻起就流传于世,迄今已经百年,这是她用全部的青春、信念和生命换来的荣誉。她一生共得了十项奖金、十六种奖章、一百〇七个名誉头衔,特别是两次诺贝尔奖。她本来可以躺在任何一项大奖或任何一个荣誉上尽情地享受,但是她视名利如粪土,她将奖金赠给科研事业和战争中的法国,而将那些奖章送给六岁的小女儿去当玩具。上帝给的美形她都不为所累,尘世给的美誉她又怎肯背负在身呢?凭谁论短长,漫将浮名换了精修细研。她一如既往,埋头工作到六十七岁离开人世,离开了她心爱的实验室。直到她死后四十年,她用过的笔记本里,还有射线在不停地释放。爱因斯坦说:“在所有的世界著名人物当中,玛丽·居里是唯一没有被盛名宠坏的人。”她实事求是,超形脱俗,知道自己的目标,更知道自己的价值。在一般人要做到这两个自知,排除干扰并终生如一,是很难很难的,但居里夫人做到了。她让我们明白,人有多重价值,是需要多层开发的。有的人止于形,以售其貌;有的人止于勇,而呈其力;有的人止于心,而有其技;有的人达于理,而用其智。诸葛亮戎马一生,气吞曹吴,却不披一甲,不佩一刃;毛泽东指挥军民万众,在战火中打出一个新中国,却从不受军衔,不背一枪。大音希声,大道

化用了柳永的诗句:“漫将浮名,换了浅斟低唱。”使人产生了联想:两个了不起的人都是功成名就者,都走过了漫漫艰辛长路。然而柳永是不得已而为之,玛丽·居里则是志向鲜明地孜孜以求。

无形，大智之人，不耽于形，不逐于力，不持于技。他们淡淡地生活，静静地思考，执著地进取，直进到智慧高地，自由地驾驭规律，而永葆一种理性的美丽。

居里夫人就是这样一位挺立在智慧高地的伟人。

在这里，“美丽”两个字的意义得到了进一步的提升，成为了一种充满智慧的理性之美。正是因为这个原因，居里夫人的美才可以跨越百年。

——追寻那遥远的美丽

快二十年了，总有一个强烈的向往，到青海去一趟，这不只是因为小学地理上就学到的柴达木、青海湖的神秘，也不只是因为近年来西北开发的热闹。另有一个埋藏于心底的秘密，是因为一首歌，那首《在那遥远的地方》，还有它的作者，像一个幽灵似的王洛宾。

大概是上天有意折磨，我几乎走遍了神州的每一个省，每一处名山大川，就是青海远不可及，机不可得。直到今年夏末，才有缘去朝圣。当汽车翻过日月山口的一霎间，我像一条终于跳过龙门的鲤鱼，像一个千磨万难之后到达西天的唐僧。日月山口是当年藏王亲迎文成公主的地方。山下是一马平川，绿草如茵，起起伏伏地一直漫到天边，我不由想起了“天似穹庐，笼罩四野”的古老民歌。远处有一汪明亮的水，那就是青海湖，是配来映照这蓝天白云的镜子。我们的车像撒欢的马驹，追着天边的云朵，路边闪过金色的彩带，那是一片片正在开花的油菜。微风掠过草面，送来一阵远古的苍茫。那首歌就诞生在这里，青海湖边这片被称为金银滩的草原。

这里地处偏远，在空间上是“遥远”的，而日月山口所蕴含的悠久历史，更是在时间上非常“遥远”。

这里的草不像新疆的草场那样高大茂密，也不像内蒙古的草场那样在风沙中透出顽强，它细密而柔软，蜷伏在地上，如毯如毡，将大地包裹得密密实实，不见黄沙不见土，除了水就是浓浓的绿。而这绿底子上又不时钻出一束束金色的柴胡和白绒绒的香茅草，远望金银相错，如繁星在空。这就是金银滩的由来。草地上虫草、人参果、秦艽等中药材随处可见。牛羊漫过天边，帐篷旁闪过姑娘的彩裙，牧人悠然挥鞭带着他的歌声翻过山梁。老鹰发现了什么在低空一圈圈地盘旋。这真是金银一般的草场。当年二十六岁的王洛宾云游到这里，只因那个十七岁的卓玛姑娘用鞭子轻轻地抽了他一下，含羞拍马远去，他就痴望着天边那一团火苗似的红裙，脑际闪过一个美丽的旋律——在那遥远的地方。

美丽的地方催生美丽的情怀。

天才之作总是合天时地利之灵气，妙手偶得。如王羲之的《兰亭序》，如罗丹的《思想者》。据说《蓝色多瑙河》是约翰·施特劳斯在餐桌上灵感一来，随手写在袖口上的，还差一点被妻子洗掉。卓玛确有其人，是一个牧主的女儿。当时王洛宾在草原上采风，无意间捕捉到这个美丽的倩影，这倩影绕心三日，挥之不去，终于幻化为一首美丽的歌，就永远定格在世界文化史上。试想，王洛宾生活在大都市北平，走过全国许多地方，天下何处无美人，何独于此生灵感？是这绿油油的草，草地上的金花银花，草香花香，还有这湖水，这牧歌，这山风，这牛羊，万种风物万般情全在美人一鞭中。卓玛一辈子也没有想到她那轻轻的一鞭会抽出一首世界名曲。

美丽的情怀最终演化为美丽的歌。

当后人听着这首歌时，总想为它注释一个具体的爱情故事，殊不知这里不但没有具体的爱，就是在作者的实际生活中也永没有找到过歌唱着的甜蜜。王洛宾好像生来就负有一种使命，总是去追寻美丽，美丽的旋律、美丽的女人，还有美丽的情感。庖丁解牛，只见其理而不见其牛；利令智昏，只见物，而不知物边还有人。王洛宾是美令智昏，乐令智昏，他认为生活甚至生命就是美丽的音乐。他一入社会就直取美的内核，而不知这核外还有许多坚硬的甚至丑陋的外壳。所以他一生屡屡受挫，他活了八十多岁，有三年是坐国民党的监狱，有十五年是坐共产党的监狱，又有十五年的时间是被控制使用，直到1982年六十九岁时，才正式平反，恢复正常人的生活，1992年七十九岁时，中央电视台首次向社会介绍他的作品。这时，全社会才知道那许多传唱了半个世纪的名曲原来都是出自这个白胡子老头儿。国内许多媒体，还有中国香港、新加坡纷纷为他举办各种晚会。我曾看过一次盛大的演出，在名曲《掀起你的盖头来》的伴奏下，两位漂亮的姑娘牵着一位遮着红盖头的“新娘”慢慢踱到舞台中央，她们突然揭去“新娘”的盖头，水银灯下站着一个老人，精神矍铄，满面红光。他那把特别醒目的胡须银白如雪，而手里捏着的盖头殷红似血。全场响起有节奏的掌声。人们唱着他的歌，许多观众的眼眶里已噙满泪花。这时，离他的生命终点只剩下两三年的时间。

由此足见王洛宾的单纯，只有这种单纯才能发现美、捕捉住美、再造美，将瞬间的美变成历史的永恒。而这样的人难免对周围的危险没有戒心，最容易受到伤害。

这一段肖像描写极见神韵。王洛宾满脸的红光暗示着他平反后恢复正常人生活的喜悦和幸福，然后如雪的胡须又暗示了将要走到生命的尽头。人们感动于他的歌，认同于他表达的美，只是这样的美丽被发现得太晚，被理解得太晚，长久以来都距离我们过于遥远。

王洛宾的生命是以歌为主线的，信仰、工作，甚至生活中的衣食住行都成了歌的附属，就像一棵树干上的柔枝绿叶。1937年，他到西北，这本是一次采风，但他被那里的民歌所迷，就留下不走了。他在马步芳和共产党的军队里都服过役，为马步芳写过歌，也为王震将军的词配过曲，他只知音乐而不知其余。甚至他已成了一名解放军的军人，却忽发奇想要回北京，就不辞而别。正当他在北京的课堂上兴奋地教学生唱歌时，西北来人将这个开小差的逃兵捉拿归案。我们现在读这段史料真叫人哭笑不得，他是逃兵吗？是，又不是。他像草原上一只渴急的黄羊，见到一点水光，就拼命地向这唯一的目标冲去，至于路边的石块荆棘，他全没有看见。在音乐的感召下，他是一个勇敢的先锋，而对音乐之外的一切，他却是一个傲慢的逃兵。不，他不是逃离，而是不屑一顾，他真的是“艺令智昏”，“乐令智昏”。甚至在劳改服刑时他宁可用维持生命的一个小窝头，去换取人家唱一曲民间小调。他也曾灰心过，有一次他仰望厚墙上的铁窗，抛上一根绳，挽成一个黑洞似的套圈，就要通向另一个世界时，一声悠扬的牧歌，轻轻地飘过铁窗。他分明看到了铁窗外的白云红日，嗅到了原野上湿润的草香。他终于没有舍得钻进那个死亡隧道，三两下扯掉了死神递过来的接引之绳。音乐，民间音乐才真正是他生命的守护神。我们至今不知道这是哪一位牧人的哪一首无名的歌，这也是一“卓玛的鞭子”，又一回轻轻地抽在了王洛宾的心上。这一鞭，为我们抽回来一只会唱歌的老山羊，一个伟大的音乐家。

在王洛宾的心中，对于音乐的追求已经超越了荣辱和生死，他从艺术出发的“昏”是相对于世人从利益出发的“清醒”的对照。

为了寻找那种遥远的感觉，我们进入金银滩后选了一块最典型的草场，大家席地而坐，在初秋的艳阳中享受这草与花的温软。不知为什么，一坐到这草毯上，就人人想唱歌。我说，只许唱民歌，要原汁原味的。当地的同志说，那就只有唱情歌，青海的《花儿》简直就是一座民歌库，分许多“令”（曲牌），但内容几乎清一色歌唱爱情。一人当即唱道：

尕妹送哥石头坡，
石头坡上石头多。
不小心拐了妹的脚，
这么大的冤枉对谁说。

这是少女心中的甜蜜。又一人唱道：

黄河沿上牛吃水，
牛影子倒在水里。
我端起饭碗想起你，
面条捞不到嘴里。

这是阿哥对尕妹急不可耐的思念。又一人唱道：

民歌在表达少男少女的爱情时，坦白、热情、充满着生活的质感，是民间最新鲜的空气，直接抒发心灵，受到人们的喜爱。

菜花儿黄了，
风吹到山那边去了。
这两天把你想死了，
不知道你到哪儿去了。
黄河里的水干了，
河里的鱼娃见了。

不见的阿哥又见了，
心里的疙瘩又散了。

一个多情少女正为爱情所折磨，忽而愁云满面，忽而眉开眼笑。

秦时明月汉时关。卓玛的草原，卓玛的牛羊，卓玛的歌声就在我的眼前。现在我才明白，我像王洛宾一样鬼使神差般来到这里，是这遥远的地方仍然保存着的清纯和美丽。六十四年前，王洛宾发现了它，六十四年后它仍然这样保存完好，像一块闪着莹光不停放射着能量的元素；像一座巍然挺立、为大地输送着浓浓乳汁的雪山。青海湖边向来是传说中仙乐缈缈西王母仙居的地方，现在看来这传说其实是人们对这块圣洁大地的歌颂和留恋，就像西方人心中的香格里拉。

我耳听笔录，尽情地享受着这一份纯真。城里人无论是正襟危坐在音乐厅里听歌，还是躺在自己家的沙发上看电视，都不可能有此时此刻的味道。现代灯光音响设备的发达使舞台更加花花绿绿，但和这比只是一些纸糊的楼阁。真爱真情从来是和真山真水连在一起的，只有田野里的风，才能拂动心灵深处的火苗。从来没有听说过水泥马路上会飘出什么美丽的情歌。人们只有被野风所熏染，被生活所浸透，被真爱所驱使时，才会有真正的歌，那种不是为了表演，只为解脱自己的歌。

真诗在民间。

我们盘坐草地，手持鲜花，遥对湖山，放浪形骸，击节高唱，不觉红日压山。当我记了一本子，灌因为王洛宾本人拥有的并不是甜蜜的爱，这种心情反映在作品中，自然表现为盼望、崇敬、忧伤而不是甜蜜。

了满脑子，准备踏上归途时，突然想到一个问题，怎么这么多歌声里倾诉的全是一种急切的盼望、憧憬，甚至是望而不得的忧伤。为什么就没有一首来歌唱爱情结果之后的甜蜜呢？

晚上青海湖边淅淅沥沥下起今年的第一场秋雨。我独卧旅舍，静对孤灯，仔细地翻阅着有关王洛宾的资料，咀嚼着他甜蜜的歌和他那并不甜蜜的爱。

闯入王洛宾一生的有四个女人。第一位是他最初的恋人罗珊，俩人都是洋学生。一开始，他们从北平出来，卿卿我我，甜甜蜜蜜，但一经风雨就时聚时散，若即若离，最终没能结合。王洛宾承认她很美，但又感到抓不住，或者不愿抓牢。他成家后，剪掉了贴在日记本上的罗珊的玉照，但随即又写“缺难补”三个字。可想他心中是怎样的剪不断，理还乱。直到1946年王洛宾已是妻儿满堂，还为罗珊写了一首歌：

在王洛宾的心中，幸福总是和自己有着距离，痛苦也只是来源于自己的想象，好像是被人剥夺了幸福和痛苦的权利，这比身心沉浸在无边的痛苦之中还要痛苦。

你是我黑夜的太阳，
永远看不到你的光亮。
偶尔有些微光呢，
也是我自己的想象。
你是我梦中的海棠，
永远吻不到我的唇上。
偶尔有些微香呢，
也是我自己的想象。
你是我自杀的刺刀，

永远插不进我的胸膛，
偶尔有些微疼呃，
也是我自己的想象。
你是我灵魂的翅膀，
永远飘不到天上，
偶尔有些微风呃，
也是我自己的想象。

意大利名曲《我的太阳》中的那位女郎是一个灿烂的太阳，而王洛宾的这个太阳却朦朦胧胧只是偶尔有些微光，有时又变成了梦中的海棠。留在心中的只是飘忽不定，彩色肥皂泡似的想象。

第二位便是那个轻轻抽了他一鞭的卓玛，他们相处了只有三天，王洛宾就为她写了那首著名的歌。回眸一笑甜彻心，瞬间美好成永远。卓玛不但是他的太阳，还是他的月亮：她那粉红的笑脸好像红太阳，她那美丽动人的眼睛好像晚上明媚的月亮。为了那“一鞭情”，他甚至愿意变做一只小羊，永远跟在她的身旁。但是也只跟了三天，此情此景就成了遥远的回忆。

遥远的美丽是一种遗憾的追念，王洛宾依旧抓不住。

第三位是他的正式妻子，比他小十六岁的黄静，结婚六年后就不幸去世。

第四位，是他晚年出名后，前来寻找他的台湾女作家三毛。三毛的性格是有点执著和癫狂的。他们相处了一段后三毛突然离去，当时在社会上曾引起一阵轰动，一阵猜测。我们现在看到的是王洛宾在三毛去世之后为她写的一首歌《等待》：

都是为寻找美而历经坎坷的人。在一个人已经逝去，另一个人还在追念的时候，更显出惆怅。

你曾在橄榄树下等待又等待，
我在遥远的地方徘徊再徘徊。
人生本是一场迷藏的梦，
为把遗憾赎回来。
每当月圆时，
我对着那橄榄树独自膜拜。
你永远不再来，我永远在等待，
越等待，我心中越爱。

为什么会这样？

四个人中，只有黄静与他实实在在的结合，但他却偏偏为三个遥远处的人儿各写了一首动情的歌。大约每个人的心灵深处都有一块遥远的圣地，都是一个鲜花盛开的金银滩。这滩里埋植着理想、幸福，也有遗憾和惆怅。就像前面“花儿”里唱着的那个姑娘心里的甜蜜的冤枉，和小伙子连面条都捞不到嘴里的慌张。每个人的心都是一首李商隐的无题诗。

第二天我们驰车续行。雨还在下，飘飘洒洒，若有若无。草地被洗得油光嫩绿。我透过车窗看远处的草原俨然是一个童话世界。雨雾中不时闪出一条条金色的飘带，那是黄花盛开的油菜；一方方红的积木，那是牧民的新居；还有许多白色的大蘑菇，那是毡房。这一切都被洇浸得如水彩，如倒影，如童年记忆中的炊烟，如黄昏古寺里的钟声。我不能满足这种朦胧的意境，身体前倾，头贴车窗，想努力捕捉到它，看清它的纹路、肌理。但每当那田、那房扑到车旁时，便又一下失去了它的倩美，甚至我还分明看到被风雨打得七倒八歪的田禾和院前小路上的泥泞。草原秋雨细如雾,美丽遥看近却无。这大自然的写意正像古人所说的如“蓝田日暖,良玉生烟,可望而不可置于眉睫之前。”就这样,我一次次地抬头远望,一次次地捕捉那似有似无的蜃楼。脑际又隐隐闪过五彩的鲜花,美妙的歌声还有卓玛的羊群。

我突然想到这自然世界和人的内心世界在审美上是多么相通。你看遥远的东西是美丽的,因为长距离为人们留下了想象的空间,如悠悠的远山,如沉沉的夜空;朦胧的东西是美丽的,因为它舍去了事物粗糙的外形而抽象出一个美的轮廓,如月光下的凤尾竹,如灯影中的美人;短暂的东西是美丽的,因为它只截取最美的一瞬,如盛开的鲜花,如偶然的邂逅;逝去的东西也是美丽的,因为它留给我们永不能再的惆怅,也就有了永远的回味,如童年的欢乐,如初恋的心跳,如破灭的理想。陈毅论国画艺术有诗云:“大师撮其神,一纸皆留住。”王洛宾真不愧为音乐大师,对于天地间和人心深处的美丽,做到“提笔撮其神,一曲皆留住。”他偶至一个遥远的地方轻轻哼出一首歌,一下子就幻化成一个叫我们永远无法逃脱的光环,美似穹庐,笼盖古今,直到永远。

“遥远”之所以美丽,是因为空间和时间与我们有着距离,不能随便接近。这种美沉积在人们内心深处,让人想着它的美好。而对于王洛宾而言,他所追求的美,其实并不在现实生活当中,而是超越了生活的。这就让他不容易被当时的世界所理解,在追求美的道路上历经艰难。但正是这种对不可及的美丽的追求,让多年以后的我们得到了美的享受。

——三十年的草原　四十年的歌

内蒙古歌手在民族宫大剧院演出了一场“内蒙族长调歌曲演唱会”，主题是保护草原，遏制沙化。大幕未启，节目单发下来，上面赫然印着一位老歌的名字；哈扎布。我心中猛然一惊，真的他还在世！

对于一个完全不了解的老人有这样深刻的印象，正是因为叶圣陶所描述的哈扎布美丽的歌声。

我没有见过哈扎布，也没有听过他的歌。记住这个名字是因为叶圣陶的一首诗《听蒙古族歌手哈扎布歌唱》。1968 年我大学毕业分配到内蒙古工作，一到当地先搜集资料，有一本名人游内蒙古的诗文集，其中有叶老这首诗。开头两句就是印象极深，至今仍能背出：“他的歌韵味醇厚/像新茶，像陈酒。/他的歌节奏自然、像松风，像溪流。”我读这诗已是三十多年前，这三十多年间再未听说过哈扎布的名字，更没有想到今天还能听到他的歌。

因为是呼唤保护环境，恢复生态，晚会的气氛略有点压抑。老歌手是最后出台的，主持人介绍说他今年整八十岁。他着一件红底暗花蒙古袍，腰束宽带，满脸沧桑，一身凝重。歌手们一字排开拱列两旁。他唱的歌名叫《苍老的大雁》，嗓音略带暗哑、是典型的蒙古族长调。闭上眼睛，一种天老地荒、苍苍茫茫的情绪袭上我心。过去内蒙古闻名海内外，是因它美丽的草原、美丽的歌声。我三十年前在那里当记者，曾在草原上驰过马，躺在草窝里仰望蓝天白云，静听那远处飘来的，不是为了演唱而唱的歌。当时一些传唱全国的著名歌词现在还能记得。“鞭儿击碎了晨雾，羊儿低吻着香草”，那时无论如何也不会想到，这种美丽几十年后就要消失，近几年沙尘暴频起草原，直捣北京。去年，北京一家大报曾发表了一整版今昔对比的照片，并配通栏大标题：“昔日风吹草低见牛羊，今天老鼠跑过见脊梁”。今晚，我闭目听歌，不觉泪涌眼眶。新茶陈酒味不再，松涛无声水不流。当年叶老因歌而起的意境已不复存在，剧场一片清寂。我仿佛看见一只苍老的大雁，在蓝天下黄沙上一圈圈地盘旋，在追忆着什么，寻找着什么。坐在我身后的是一位至今仍在草原上当记者的同志，他悄悄地说了一句：“心里堵得慌。”

是什么让人在歌声中产生了这样难受的情绪？是人类对于环境的破坏，导致了曾经在现实里面随处可见的美丽，最后只能在歌声中出现，成为了传说中的故事。亲身经历过这样一场转变的人，都没有办法对这一切释怀。

晚会后回到家里深夜难眠，我起身找到三十多年前的笔记本，叶老的诗还赫然其上：

他的歌韵味醇厚，
像新茶，像陈酒。
他的歌节奏自然，
像松风，像溪流。
每个字都落在人心坎上，
叫人默默颔首，
高一点低一点就不成，
快一点慢一点也不就，
唯有他那样恰好刚够，
才叫人心醉神怡，尽情享受。
语言不通又有什么关系，

但听歌声就能知情会意。
无边的草原在歌声中涌现,
草嫩花鲜,仿佛嗅到芳春气息,
静静的牧群这儿是,那儿也是,
共进美餐,昂头舔舌心欢喜。
跨马的健儿在歌声中飞跑,
独坐的姑娘虽然远别离,
你心我心情如一,
海枯石烂毋相忘,
誓愿在天鸟比翼,在地枝连理。
这些个永远新鲜的歌啊,
真够你回肠荡气。

叶老虽然听不懂蒙古语,但是现实的美景可以作为理解歌声的最好注脚,所以才能转化成语言再一次感动梁衡先生。

他的歌韵味醇厚,
像新茶,像陈酒。
他的歌节奏自然,
像松风,像溪流。
莫说绕梁,简直绕心头。
更何有我,我让歌占有。
弦停歌歇绒幕垂,
竟没想到为他拍手。

但是现在,这种美景已经不复存在,叶老的诗歌反而成了我们理解哈扎布老人歌声的注脚。

当年叶老虽听不懂蒙语,但他真切地听到了其中的草嫩花鲜,静静的牧群,还有回肠荡气的爱情。我查了一下叶老写诗的日期:1961 年 9 月,距今正好四十年。我抄这诗也过了三十年。三十年、四十年来,当我们惊喜地看着城市里的水泥森林疯长时，却没想到草原正在被剥去绿色的衣裳，无冬无夏，羞辱地裸露在寒风与烈日中。

没有绿色哪有生命？没有生命哪有爱情？没有爱情哪有歌声？若叶老在世，再听一遍哈扎布的歌，又会为我们写一首怎样深沉的诗？归来吧，我心中的草原，还有叶老心中的那一首歌。

——晋祠

出太原西南行五十里，有一座山名悬瓮。山上原有巨石，如瓮倒悬。山脚有泉水涌出，就是有名的晋水。在这山下水旁，参天古木中林立着百余座殿、堂、楼、阁、亭、台、桥、榭。绿水碧波绕回廊而鸣奏，红墙黄瓦随树影而闪烁，悠久的历史文物与优美的自然风景，浑然一体，这就是古晋名胜晋祠。

西周时，年幼的成王姬诵即位，一日与其弟姬虞在院中玩耍，随手拾起一片落地的桐叶，剪成玉圭形，说："把这个圭给你，封你为唐国诸侯。"天子无戏言，于是其弟长大后便来到当时的唐国，即现在的山西做了诸侯。《史记》称此为"剪桐封弟"。姬虞后来兴修水利，唐国人民安居乐业。后其子继位，因境内有晋水，便改唐国为晋国。人们缅怀姬虞的功绩，便在这悬瓮山下修一所祠堂来祀奉他，后人称为晋祠。

晋祠之美，首先是来源于其悠久的历史，可以供人们发幽古之思。

晋祠之美，在山美、树美、水美。

这里的山，巍巍的如一道屏障，长长的又如伸开的两臂，将这处秀丽的古迹拥在怀中。春日，黄花满山，径幽而香远；秋来，草木郁郁，天高而水清，无论何时拾级登山，探古洞，访亭阁，都情悦神爽，古祠设在这绵绵的苍山中，恰如淑女半遮琵琶，娇羞迷人。

这里的树，以古老苍劲见长。有两棵老树，一曰周柏，一曰唐槐。那周柏，树干劲直，树皮皲裂，冠顶挑着几根青青的疏枝，偃卧于石阶旁，宛如老者说古；那唐槐，腰粗三围，苍枝屈虲，老干上却发出一簇簇柔条，绿叶如盖，微风拂动，一派鹤发童颜的仙人风度。其余水边殿外的松、柏、槐、柳，无不显出沧桑几经的风骨，人游其间，总有一种缅古思昔的肃然之情。也有造型奇特的，如圣母殿前的左扭柏，拔地而起，直冲云霄，她的树皮却一齐向左边拧去，一圈一圈，纹丝不乱，像地下旋起了一股烟，又似天上垂下了一根绳。其余有的俨如老妪负水，有的挺如壮士托天，不一而足。祠在古木的荫护下，显得分外幽静、典雅。

这里的水，多、清、静、柔。在园内信步，那里一泓深潭，这里一条小渠。桥下有河，亭中有井，路边有溪，石间有细流脉脉，如线如缕；林中有碧波闪闪，如锦如缎。这么多的水，又不知道是从哪里冒出来的，叮叮咚咚，只闻佩环齐鸣，却找不到一处泉眼，原来不是藏在殿下，就是隐于亭后。更可爱的是水清得让人叫绝。无论多深的渠、潭、井，只要光线好，游鱼、碎石，丝纹可见。而水势又不大，清清的波，将长长的草蔓拉成一缕缕的丝，铺在河底，挂在岸边，合着那些金鱼、青苔、玉栏倒影，织成了一条条的大飘带，穿亭绕榭，冉冉不绝。当年李白至此，曾赞叹道："晋祠流水如碧玉，百尺清潭泻翠娥。"你沿着水去赏那亭台楼阁，时常会发出这样的自问：怕这几百间建筑都是在水上漂着的吧！

晋祠之美，还来源于她秀丽的自然环境，可以供人们沉醉于山水之间。

然而，最美的还是祖先留给我们的古代文化。

这里保存着我国古建筑的“三绝”。

一是圣母殿。这是全祠的主殿，是为虞侯的母亲邑姜所修的。建于宋天圣年间，重修于宋崇宁元年(1102)，距今已有九百来年，殿外有一周围廊，是我国古建筑中现在能找到的最早实例。殿内宽七间、深六间，极宽敞，却无一根柱子。原来屋架全靠墙外回廊上的木柱支撑。廊柱略向内倾，四角高挑，形成飞檐。屋顶黄绿琉璃瓦相扣，远看飞阁流丹，气势雄伟。殿堂内宋代泥塑的圣母及42尊侍女，是我国现存宋塑中的珍品。她们或梳妆、洒扫，或奏乐、歌舞，形态各异。人物形体丰满俊俏，面貌清秀圆润，眼神专注，衣纹流畅，匠心之巧，绝非一般。

晋祠之美，最重要的还是来源于古人留存下来的优秀的建筑文化。“最早”和“仅有”写出了自豪和骄傲的情绪。

二是殿前柱上的木雕盘龙。这是我国现存最早的盘龙殿柱。雕于宋元祐二年(1087)。八条龙各抱定一根大柱，怒目利爪，周身风从云生，一派生气。距今虽近千年，仍鳞片层层，须髯根根，不能不叫人叹服木质之好与工艺之精。

三是殿前的鱼沼飞梁。这是一个方形的荷花鱼沼，却在沼上架了一个十字形的飞梁，下由三十四根八角形的石柱支撑，桥面东西宽阔，南北翼如。桥边栏杆、望柱都形制奇特，人行桥上，随意左右，如泛舟水面，再加上鱼跃清波，荷红映日，真乐而忘归，这种突破一字桥形的十字飞梁，在我国现存的古建筑中是仅有的一例。

以圣母殿为主的建筑群还包括献殿、牌坊、钟鼓楼、金人台、水镜台等，都造型古朴优美，用工精巧。全祠除这组建筑之外，还有朝阳洞、三台阁、关帝庙、文昌宫、胜瀛楼、景清门等都依山傍水，因势砌屋，或架于碧波之上，或藏于浓阴之中，糅造化与人工于一体。就是园中的许多小品，也极具匠心。比如这假山上本有一挂细泉垂下，而山下却立了一个汉白玉的石雕小和尚，光光的脑门，笑眯眯的眼神，双手齐肩，托着一个石碗，那水正注在碗中，又溅到脚下的潭里，却总不能满碗。和尚就这样，一天一天，傻呵呵地站着。还有清清的小溪旁，突然跑来一只石雕大虎，两只前爪抓着水边的石块，引颈探腰，嘴唇刚好埋入水面，那气势好像要一吸百川。你顺着山脚，傍着水滨去寻吧。真让你访不胜访，虽几游而不能尽兴。历代文人墨客都看中了这个好地方，至今山径石壁、廊前石碑上，还留着不少名人题咏。有些词工句丽，书法精湛，更为湖光山色平添了许多风韵。

这一一演过的典故，就是人在历史舞台上面与自然界建立的联系，只有自然和人类活动融合在一起的风景，才会有如此耐人寻味的美丽。

这晋祠从周唐叔虞到任立国后自然又演过许多典故。当年李世民就从这里起兵反隋，得了天下。宋太宗赵光义，曾于太平兴国四年(979)在这里消灭了北汉政权，从而结束了中国历史上五代十国的分裂局面。1959年陈毅同志游晋祠时兴叹道："周柏唐槐宋献殿，金元明清题咏遍。世民立碑颂统一，光义于此灭北汉。"

晋祠就是这样，以她优美的身躯来护着这些珍贵的历史文化。她，真不愧为我国锦绣河山中一颗璀璨的明珠。

——单元链接

“美”是一种境界，审“美”是一种能力，需要阅读相关理论书籍来培养，建议阅读：朱光潜：《谈美》，安徽教育出版社 1997 年版；宗白华：《美学与艺境》，人民出版社 1987 年版；李泽厚：《美学三书》(《美的历程》、《美学四讲》、《华夏美学》)，安徽文艺出版社 1999 年版。

理解了“美”，就理解了生命。

第三单元 / 行走中的思索

我们在自然当中行走,发现自然界有很多品格值得人类学习,自然与人类有着紧密的联系。

我们在城市当中行走,发现异国城市中有很多现象,可以对我们的人生有所启示。

读万卷书的同时就是要行万里路,在思索中我们可以获得人生真谛。

——人与石头的断磨

人类文明开始的时候，石头就与人建立起了紧密的联系，人们利用它改造自然，也利用它来表达自己内心的情感。

中国人对于石头的感情远久而又亲切。在没有生命、没有人类前，地球上先有石头。人类开始生活，利用它为工具，是为石器时代。大约人们发现它最硬，可用之攻其他物件，便制出石斧、石刀、石犁。就是不做加工，投石击兽也是很好的工具。等到人类有了文字后，需要记载，需要传世，又发现此物最经风雨，于是有了石碑，有了摩崖石刻，有了墓碑墓志。只是刻字达意还不满足，又有了石刻的图画、人像、佛像，直到大型石窟。这冰冷的石头就这样与人类携手进入文明时代。历史在走，人情、文化、风俗在变，这载有人类印痕的石头却静静地躺在那里。它为我们存了一份真情、真貌，不管我们走得多远，你一回头总能看到它深情的身影，就像一位母亲站在山头，目送远行的儿子，总会让我们从心底泛出一种崇高，一缕温馨。

人们喜欢将附着了人性的石头叫石文化。这种文化之石又可分为两类。一类是人们在自然界搜集到的原始石块，不需任何加工。因其形、其色、其纹酷像某物、某景、某意，暗合了人的情趣，所谓奇石是也。这叫玩石、赏石，是天工为主。还有一类是人们取石为料，于其上或凿、或刻、或雕、或画，只将石作为一种记录文明、传承文化、寄托思想情感的载体。这叫用石，是人工为主。这也是一种石文化，石头与人合作的文化。我们这里说的是后一种。

一

石头与人的合作，首先是帮助人生存。当你随便走到哪一个小山村，都会有一块石头向你讲述生产力发展的故事。去年夏天我到晋冀之交的娘子关去，想不到在这太行之巅有一股水量极大的山泉，而山泉之上是一盘盘正在工作着的石碾。尽管历史已进入21世纪，头上飞过高压线，路边疾驰着大型载重车，这石碾还是不慌不忙地转着。碾盘上正将当地的一种野生灌木磨碎，准备出口海外，据说是化工原料。我看着这古老的石碾和它缓缓的姿态，深感历史的沧桑。毋庸讳言，人类就是从山林水边、从石头洞穴里走出来的。人之初，除了两只刚刚进化的手，一无所有。低头饮一口山泉，伸手拾一块石头，掷出去击打猎物，就这样生存。人们的生活水平总是和生产力水平一致的。石器是人类的第一个生产力平台。

从石器时代走来的人类，利用石头制造出了劳动工具和生活用具，也开始了真正属于人类的生活。

随着人类的进步，石头也越来越多地渗透到生活中的角角落落。可以说衣食住行，没有一样能离开它。在儿时的记忆里就有河边的石窟洞、石板路，还有河边的洗衣石，院里的捶布石。大到石柱石础，小到石钵石碗，甚至还有可以装在口袋里的石火镰。但印象最深的是山村的石碾石磨。石碾子是用来加工米的，一般在院外露天处。你看半山坡上、老槐树下，一排土窑洞，窗棂上挂着一串红辣椒，几串黄玉米。一盘石碾，一头小毛驴遮着眼罩，在碾道上无休止地走着圈子。石磨一般专有磨房，大约因为是加工面粉，怕风和土，卫生条件就尽量讲究些。民以食为天，这第一需要的米面就这样从两块石头的摩擦挤压中生产出来，支撑着一代又一代人的生命。其实，再这之前还有几道工序，春天未播种前，要用石滚子将地里的土坷垃压碎，叫磨地。庄稼从地里收到场上后，要用石碌碡进行脱粒，叫碾场。小时最开心的游戏就是在柔软的麦草上，跟在碌碡后面翻跟斗。前几天到京郊的一个村里去，意外地碰到一个久违的碌碡，它被弃在路旁，半个身子陷在淤泥里，我不禁驻足良久，黯然神伤，我又想起一次在山区的朋友家吃年夜饭，那菜、那粥、那馍，都分外的香。老农解释说："因为是石头缝里长出来的粮食，又是石磨磨出来的面，就比土里长的电磨加工的要香。"我确信这一点，大部分城里人是没有享过这个福的。当人们将石器送到历史博物馆时，我们也就失去了最初从它那里获得的那分纯情和那一种享受。正如你盼着快点长大，你也就失去了儿时的无忧和天真。

当石器退出历史舞台的时候，人类与石器之间的紧密联系也会从现实生活当中淡出，对于使用新工具的人类来说，石头逐渐变得陌生起来。

生产力的发展变化，在石头上所体现的最好标志就是，一块石头由加工其他产品的工具变成被其他工具加工的产品。

二十年前，我第一次到福建出差，很惊异路两边的电线杆竟是一根根的石条，面对这些从石地层里切挖出来的"产品"，真是不可思议。又十年后我到绍兴,当地人说有个东湖你一定要看。我去后大吃一惊,这确实是个湖,碧波荡漾,游船如梭,湖岸上数峰耸立,直逼云天。但是待我扶着危栏,蜿蜒而上到达山顶时,才知道这里原来并不是湖,而是一处石山。当年秦始皇统一天下后,全国遍修驿道,需要大量石条,这里就成了一个采石场。现在的山峰正是采石工地上留下的“界桩”。看来当时是包工到户,一家人采一段。那“界桩”立如剑,薄如纸,是两家采石时留下的分界线,有的地方已经洞穿成一个大窗户,刚才看到的湖面,是采过石后的大坑。一根一根石条就从石山的肚子里,脚跟下抽出来,“沧海变桑田”是指大自然的伟力,这时我更感悟到人的伟力,是人硬将这一座座石山切掉,将石窝掏尽,泉涌雨注,就是湖成海了。后来我又参观了绍兴的柯岩风景,那也是一个古采石场。不过不是湖,而是一片稻田,如今已成了公园。园中也有当年采石留下的“界桩”,是一柱傲立独秀的巨石,高近百米,石顶还傲立着一株苍劲的古松。可知当年的石工就从那个制高点,一刀一刀像切年糕一样将石山切剁下来。这些石料都去做了铺路的石板或宫殿的石柱。我们的祖先就是这样以血肉之手,以最原始的工具在石缝里拼生活啊。前不久我看过一个现代化的石料厂,是从意大利进口的设备,将一块块如写字台大小的石头固定在机座上,上面有七把锯片同时拉下,那比铁还硬的花岗岩就像木头一样被锯成薄如书本、大如桌面的石片。石沫飞溅,一如木渣落地。流水线尽头磨洗出

人类的力量壮大起来之后,石头也成为了人类向自然索取资源的一部分。以前神秘伟大的自然,在人类的智慧面前不再令人恐惧,反而是人类的力量似乎要凌驾于自然之上。

来的成品花色各样，光可照人，将送到豪华宾馆去派上用场。远看料场上摆放着的石头，茫茫一片，像一群正在等待屠宰加工的牛羊，我一时倒心软起来。这就是数千年前用来修金字塔、修长城、建城堡的坚不可摧的石头吗？

经济学上说，生产力是人类征服自然、改造自然的能力，它包括人、工具和劳动对象。这石头居然三民其二，你不能小看它对人类发展的贡献。

二

石头给人情感上的印象是冰冷生硬，有谁没有事会去抚摸或拥抱一块冰冷的石头呢？但正如地球上北端有一个国家名冰岛，那终年被冰雪覆盖着的国土下却时时冒出温泉，喷发火山。这冰冷的石头里却蕴藏着激荡的风云和热烈的思想。

写在竹简、布帛、纸张上面的文字，很容易就会在乱世当中被毁坏，但是刻在石头上的文字，虽然也受着风雨侵蚀，却在漫长的历史发展中保留了下来，把那些文字传给了后代。

我第一次从石头上读政治，是 1994 年 1 月初到桂林。谁都知道，桂林是个山水绝佳之地，我也是本着这分心情去寄情自然、赏心娱性的。当游至龙隐崖时，主人向我介绍一块摩崖石刻，因文字仰刻在洞顶，虽经八百年，却得以逃脱人祸、水患。细读才知是有名的《元祐党籍碑》。说是碑，实际上就是一个黑名单，在这明媚的湖光山色中猛见这段历史公案，不由心头一紧，身子一下落入历史的枯井，这碑的书写者是在中国历史上可入选奸臣之最的蔡京。宋朝自赵匡胤夺权得位之后，跌跌撞撞共三百三十七年，好像就没有干出什么光荣的大业，倒是演绎了一部忠奸交织图，并且大都是奸胜于忠。宋神宗年间国力贫弱，日子实在混不下去了，朝廷便起用新党王安石来变法。神宗死后，改年号元祐，反对变法的旧党得势；等到宋徽宗即位，新党势力又抬头。蔡京正在这时得宠，他便借机将自己的政敌统统打入旧党名单。名为元祐奸党。并且于崇宁四年(1150)讨得皇帝旨，亲自书写成碑，遍立全国各地，要他们永世不得翻身。把黑名单刻在石头上，这是蔡京的发明。

在这块黑硬阴冷的石刻前，我不禁毛骨悚然。细读碑文，黑名单共三百〇九人，其中有许多名人大家，如司马光、文彦博、苏东坡、秦观、黄庭坚等。这些人不说政见政绩，就说他们的诗书文章，也就是一代巨星。蔡本人也算是个大文人，书与画亦很出色，当初他就是靠着这个才得以接近徽宗。但他一旦由文而政，大权在手，整起人来却如此心狠。更难得他在政治斗争中又能很会使用石头这个工具。当初中国猿人刚学会以石击兽猎食求生时，万没有想到几十万年后的政坛官僚会以石来上悦君王，下制政敌。更难得这蔡京上下两手都很纯熟。当他要取悦君王，以求进身时，用的是天然无字之石。蔡京经仔细观察，发现宋徽宗极好玩石，他就让心腹在南方不惜代价，广搜奇石。为求一石跋山涉水，挖坟掘墓，搜人庭院。有大石运京不便，沿途就征用民船，拆桥毁路，这便是历史上有名的“花石纲”之祸。这事连徽宗也觉得有点心虚，蔡京就说：“陛下要的都是山野之物，是没有人要的东西，有何

石头记载了政治斗争的实际情况，虽一时的评价会扭曲是非善恶，但沉默无言的石头会忠实地保留下这些记录，留给后人评判。

不可？”真会给主子找台阶下。当他要对付政敌时，用的是有字的石头。他看了石头的经久耐磨，要刻书其上，让政敌万世不得翻身。不想后人又将此碑重刻，以作为历史的反面教员。

石本无罪，只是俗世的贪念和凡心强加给了它太多的烦恼。

因为有了这次由石悟史的经历，以后我就经意石头上的野史。

封建时代普天之下莫非王土，这石头当然首先要为皇家服务。中国历史上文治武功较突出的秦皇汉武、唐宗宋祖、明太祖、清康熙乾隆七位名君，除汉武、宋祖外，我见过他们其余五人留下的石头。今泰山脚下的岱庙里有秦始皇二十八年东巡时的刻石，北宋时还有一百三十六字，现只剩下九个字了。现太原晋祠存有唐太宗李世民亲笔书的一块《记功铭》，四面为文。我得一拓片，展开有一面墙之大，甚是壮观。那个乞丐出身的朱元璋很有意思，他与陈友谅大战于鄱阳湖，正不分上下时得一疯人周颠指点而胜，朱得江山后亲自撰文，在鄱阳湖边的庐山最高处为之立碑。现在御制诗文极多，这是世人皆知的。中国几乎任何一处著名的风景点或庙宇里都能看到他们的碑刻，但大多是“到此一游”之类。

千古不朽，现在看来，这是那些一心想要通过刻石来把自己的事迹流传后世的人的一种妄想。真正不朽的人，名字都是镌刻在人们的心里，而不是在那巨大的石头上的。

石头记事，确实可以千古不朽。于是就生出另一面的故事，有钱有势的就想尽量刻大石、多刻石。但是如果你的名和事不配这个不朽、不配流芳百世呢？那就适得其反，留下了一分尴尬，又为历史平添了一点笑话。这石愈大，就尴尬愈大，笑话愈大。山东青州有一座云门山，石壁 上刻有一巨大的寿字,就是1.78米的小伙子,也没有寿下的“寸”字高。游人在山下,昂首就可看到。原来当年这里曾是朱元璋的后代衡王的封地,他在嘉靖三十九年为筹办自己的祝寿庆典特意搞了这么一个“寿”字工程。但是如今除了山上的寿字和山下孤零零的一个空牌楼,衡王府连只砖片瓦也找不到了。衡王这个人如不专门查史,也是没人知道。寿字倒是长寿至今,那是因为它的书法价值和旅游的用途,衡王却一点光也沾不了。

河北正定2002年才出土的一块残碑,也是对立碑人的最大讽刺。这碑我们现在已不能称之为碑了,因为它已断为三截。但是大得出奇,只驮碑的赑屃就比一辆小汽车还大。这是目前国内多处碑林中未曾见过的巨制。奇怪的是,如此辉煌的记功碑既不是出自大汉盛唐,也不是出于宋元明清,据查它出自中国历史上一个短暂纷乱的小王朝——五代时的后晋。从碑身可以看出字迹清晰,石色未经风雨洗磨,碑立好不久便入土为安了,而且碑文中所有涉及碑主人的名字多处都被剔毁。经考证,碑主是一个小军阀,是此地的节度使,乱世之际他手里有几个兵也就做起了开国称帝的梦,并且预先刻好了记功清颂之碑,不想梦未成就祸临头了,他被杀身,碑也被活埋。这段公案直到一千多年后,正定县修路时,才在现代挖掘机的咔嚓一声中重见天日。于是我想到,这厚厚的土地下埋藏着多少不朽的石头和石头上早已朽掉了的人物。

在千年不动的磐石面前,人类的速朽又何尝不是一个笑话呢?

上面说的是流传至今的成碑,还有一种未及成形的夭折之碑。我见到最大的夭折碑是南京阳山的特大“碑材”。现在较多的说法是朱棣篡位称帝后准备为父亲朱元璋修孝陵时所采的石材。它实在太大了，从初步形成的情况看，碑座长29.5米，宽12米，高17米，重约16 250吨，碑首长22米，高10米，宽10.3米，重6 118吨。碑身长51米，宽14.2米，厚4.5米，重约8 800吨。总计合3万多吨。据传，当时为开采此石，用数千工匠，每人每天限出碎石3斗3升，不完即死。山下新坟遍野，至今仍有村名“坟头”。当时用的是笨方法，先将石料与山体凿缝剥离，然后架火猛烧，再以冷水泼在石面，热胀冷缩，一层层地激起碎石，至今石上还有火烤烟熏的痕迹，千万人、千万时的劳动还是敌不过自然的伟力，人们虽可勉强将这个庞然大物从山体上剥离，但如何运进城去却是个难题，于是它就这样永远地躺在了山脚下。如今现代化的高速公路从碑石下穿过，这巨石就如一头远古时的恐龙或者猛犸象，终日瞪着好奇的眼睛看着来往的车流。

明明是非法无道德的残忍，却要用一种碑刻的形式来表现他的合法和道德，最后只能够产生出一个怪胎，无法掩盖罪孽。

如果你读不懂这块三万吨的巨石，就请先读读明史，读读朱棣。朱棣是朱元璋的第四个儿子。本来轮不到他来做皇帝，他也早被封为燕王，住地就是现在的北京，但他起兵南下，夺了他侄儿的帝位，然后迁都北京。朱棣很有雄才大略，平定北方，打击元朝残余势力，也很有功，但人极残忍。他窃位后自知不合法，便施高压，收拾异己。他要名士方孝孺为他起草即位诏，方不从。他就以刀割其口，又株连十族。共八百七十三人。兵部尚书铁铉不从，就割其耳鼻，又烹而使之食，问："甘否？"铉答："忠臣之肉有何不甘"，大骂而死。他将政敌或杀或充军，他们的妻女则送军内转营奸宿。不可想象，在中国已经历了唐宋成熟时期的封建文明之后，还有这样一个残暴的最高统治者。但他又装得很仁慈，一次到庙里去，一个小虫子落在身上，他忙叫下人放回树叶，并说："此虽微物，皆有生理，毋轻伤之。"朱棣既有野心和实力夺帝位，又要表现出仁孝，表示合法。于是他就想到为父亲的陵寝立一块最大的石碑。这或许有赎罪和安慰自己灵魂的一面，但正好表现了他的霸气和凶残，这是一块多么复杂的石头。中国历史上三百三十四个皇帝中，叔夺侄位，迁都易地，另打锣鼓重开张的就是朱棣一人。这块有三万吨之重，非碑非石，后人只好叫做"碑材"的也只有这一例。它像神话中的人头兽身怪，是兽向人嬗变中的定格。

残碑、碑材、无字碑，终究还是脱不了一个"碑"字，"树碑立传"是人死后永远无法割舍的声名情结，任谁叱咤风云，都无法从这块石头上绕过去。

如果说，正定大残碑是一个未登皇位的人梦中龙座，阳山大碑材就是一个已登皇位者，为自己想立又没有立起来的贞节牌坊。而许许多多有诗有文的御碑，则是胜者之皇们摇头晃脑、假模假样的道德文章。武则天倒是聪明。在她的陵前只有一块无字碑。她让后人去评，去想。但这也有点作秀，是另一种立传碑。"菩提本无树"，要是真洒脱又何必要一块加工过的石头呢？唐太宗说以史为镜，史镜的一种形式就是石头，后人从石镜里照出了所有弄石人的心肝嘴脸，就是那些偷偷的小动作和内心深处的小把戏也分毫毕现。

课文中未收录的可参看《古文观止》。

总结第一部分。对于人类执意要留下的铭刻，石头本身并没有拒绝，它只是客观地留住了历史的痕迹。扼腕于墓道也好，嘲笑其辱人贱行也好，全都留待后人评说。

当然，石头既是山野之物，又可随时洗磨为镜，便就谁也可以用来照人照世、表达思想、褒贬人物了。上面说的是宫廷之碑，民间也有许多著名的碑刻成了我们历史文化的里程碑。如我们在中学课本里学过的《五人墓碑记》等，其激越的思想、感人的故事与坚强的石头一起经过历史的风雨，仍然闪烁着理性的光芒。成都武侯祠有岳飞书《出师表》石刻，一笔一画如横出剑戟，一点一捺又如血泪落地。石头客观公平，忠也记，奸也记，全留忠奸在青石。胡适说“中国文学史何尝没有代表时代的文学，但是我们不应该向那古文史里去找。应该向旁行斜出的不肖文学里去找寻。”了解中国的政治史也应该除二十四史外，到路边或旧宅的古石块上去找寻。在我看过蔡京《元祐党籍碑》之后八年再到桂林，却意外地见到一块惩贪官碑，碑文为：“浮加赋税，冒功累民。兴安知事，吕德慎之纪念碑。民国五年冬用闰日公立。”指名道姓，为贪官立碑，彰显其恶，以戒后人，全国大概仅此一例。其作用正如朱元璋将贪官剥皮填草立于衙堂之侧。我当记者时，在家乡山西还碰到一起为清官立碑的事。从前山西晋城产一种稀有兰草，岁岁进贡。然此地崇山峻岭，崖高林密，年年因采贡品死人。就是那年我们上山时也还无路可通，要手足并用，攀岩附藤而上，有一任县令实在不忍百姓受苦，便冒欺君之罪，谎报因连年天旱此草已绝迹，请免岁贡。从此当地人逃此苦役，百姓为其立碑。封建时代人们盼清官，所以就留下不少这类的刻石。现在武夷山的文庙里还保存有一块宋太宗赐立各郡县的《戒石铭》:“尔俸尔禄,民脂民膏,小民易虐,上天难欺。”还有那块被朱镕基推崇引用的《官箴碑》:“吏不畏吾严,而畏吾廉;民不服吾能,而服吾公。公则民不敢慢,廉则吏不敢欺。公生明,廉生威。”此石原为明代一州官的自警碑,到清代被一后继者从墙里发现,又立于署衙之侧以自警,再到朱镕基之口,是一根廉政接力棒,现存西安碑林。

大约人从有了思想,就一天也没有停止过利用石头来表达它。权贵们总是想把石头雕成一根永恒的权杖;洁身自好者就用它来磨一面正形的镜子;而老百姓则将它用作代言的嘴巴。无论岁月怎样热闹地更替,人类演化出多少缤纷的思想,上帝却只用一块石头就将这一切静静地收藏。

三

前面说过,没有哪一个人愿意怀抱一块冰冷的石头。但是,这石头确确实实每时每刻都在人类的怀抱里温暖着,一代代传递着。于是“人石三分”,那石面石纹里就都浸透着人文的痕迹。人们不知不觉中,除了将石头用作生产、生活的工具外,还将它用作记录文明、传承文化的载体。就文化的本意来说,它是社会历史活动的积累。为了使辛苦积累的东西不至失去在露天,体势宏大,有较好的宣示功能,所以以石记史、以石为文就代代不绝。

石头原本没有温度,但人类留在石头上的痕迹却给了石头人性的温度。

人以文化心理刻石大概有这样几种类型:

宗教般的虔诚给我们留下了许多石刻，但震撼我们的是石刻所散发出来的艺术魅力。

一是为了表达崇拜、宣扬精神。最典型的是佛教的石窟、石刻和摩崖造像。

敦煌、麦积山、云冈、龙门、大足，佛教一路西来，站站都留下巨型石窟。这都要积数代人的力量才能成。像乐山大佛那样，将一座山刻成一个大佛，用了九十年的时间，这需要何等惊人的毅力，而且必须有社会的氛围，这只有宗教的信仰力才能办到。泰山后面有一道沟，竟将一部《金刚经》全刻在流水的石面上，每个字有桌面之大，这沟就因此名“经石峪”。但也有的是为了宣扬其他。冯玉祥好读书，他住庐山时有心有所悟，就将《孟子》的一整段话，叫人刻在对面的石壁上。经石峪和庐山我都去过了，身临文化的山谷之中，俯读经文，佛心澄静；仰观圣言，壮志不已，你会感到一股石头文化特有的磅礴之力。古人凿山为佛的场景我无法亲历，但现代人一件借石表忠的事我倒是亲自体味过。20 世纪 80 年代初，我在山西当记者，一天沁水县（作家赵树理的家乡）的书记来找我，说他那里出了一件奇事，也不知该不该宣扬？我到现场一看，原来是一位老村干部为毛主席修了一座纪念堂。堂不足奇，奇的是他硬是在一块巨石上用手抠出了这座“堂”。当时毛主席去世不久，这位深感其恩的老村干部，决心以个人之力为伟人建一座堂，而且暗发宏愿，必须整石为屋。他遍寻附近的山头，终于在村对面山上找见一块巨石，就一卷行李、一口小锅住在山上。他一锤一錾，每天打石不止，积年余之力，居然挖出一座有四米直径之大的圆房子。老人将毛泽东的像端挂正中。他又觉得山太秃，想引来奇花异草，依稀知道有一本记载植物的书叫《本草纲目》，就向卫生部写信，卫生部居然还寄来了许多种子，我去时山上已一片青翠。当时正好农村推行改革政策，村里就将这山承包给了老人。当初，人们都说这老人是疯子，现在羡慕不已。这种借坚石而表诚心的方式中外同一。上个月我从泰国归来，那里有一座佛城，巨大的佛殿里，八百多块花岗石碑，全部刻满经文。这则全靠国家的力量。

他们用精神超越自我能力的极限，活出了人生的境界。

第二种是为了给后人积累知识、传递信息。那一年我到镇江，在焦山寺卑林里见到一方石头，上面刻有一幅地图，名《禹迹图》，是大禹治水、天下初定后的版图。这幅石地图用横竖线组成五千八百三十一个方格，每格合百里，比例为1∶4200万，上面有山川河流及五百五十一个地理名称。这是我见到的最久远的地图，它刻于宋绍兴十二年(1142)，英国人李约瑟说这是世界上最杰出的古地图。现在河北保定原清直隶总督的大院内保存着十六幅《御题棉花图》刻石。1765年(乾隆三十年)，时任总督的方观承考察北方的棉花种植生产流程后，亲手绘制了十六幅工笔绢画，图后配有说明文字，呈送乾隆皇上御览。乾隆仔细研究过后，于每幅图上题诗一首。这回皇上写的诗也还文风淳朴，有亲农爱民之情，比如第二幅的《灌溉》；"土厚由来产物良，却艰致水异南方。辘轳汲井分畦溉，嗟我农民总是忙。"皇帝亲自题诗勒石承认农民

某种程度上，石头就是一部书、一段历史。

的辛苦,恐怕在中国历史上也仅此一例。这图文并藏的十六幅石刻永远留在了直隶总督衙门,为我们保存了中国农业科技史的重要资料。人们考证,最早的木版连环画大约可以追溯到明万历年间,而这《棉花图》很可能就是第一本刻在石头上的连环画。最近我到甘肃麦积山又有新的发现,这里存有一块刻于北魏时期的释迦牟尼成佛过程的浮雕碑,应该是更古老的石刻连环画。现在长江大坝已经蓄水,有谁能想到百米水下将要永远淹没一段石上的文化。原来的涪陵城的江面上有一道石梁,水枯时现,水丰时没,古人就用它刻记水文的变化。石长一千六百米,一千一百年来竟刻存了一百六十三段,三万余字的记录,还有飞鱼图案,考古学家习惯将地表数米厚的土壤称为文化层。人们一代一代,耕作于斯,歇息于斯,自然就于这土层中沉淀了许多文化。那么,突出于地表的石头呢,自然就更要首当其冲地记录文化,它不仅是文化层,更是文化之碑、历史之柱。

刻在石头上的数据精确而又沉默不语,就好像是历史长河奔腾过程中沉积下来的沙石,成为过去的人留给未来人的礼物。

第三重是人们无意中在石上留下的关于艺术、思想和情感的痕迹。

司马迁说:“桃李不言,下自成蹊”,在无言的石头面前,岂止是“成蹊”,人们常常是诚惶诚恐地膜拜。山东平度的荒山上至今还存有一块著名的《郑文公碑》,被尊为魏碑的鼻祖。每年来这荒野中朝拜的人不知有多少。那年我去时,由县里一个姓于的先生陪同,他说日本人最崇拜这碑,每年都有书道团来认祖。真的是又鞠躬,又跪拜。一次两位老者以手扶碑，竟热泪盈眶，提出要在这碑下睡一夜。于先生大惊，说在这里过夜还不被狼吃掉？这“碑”虽叫碑，其实是山顶石缝中的两块石头。先要大汗淋漓爬半天山路，再手脚并用攀进石缝里，那天我的手就被酸枣刺划破多处。我来的前两年刘海粟先生也来过，但已无力上山，由人扶着坐在椅上，由山下用望远镜向山上看了好一会儿。其实是什么也看不见的，只是了一个心愿。现在，这山因石出名，成了旅游点，修亭铺路，好不热闹。

人对石的崇拜，是因为那石上所浸透着的文化汁液。石虽无言，文化有声。记得徐州汉墓刚出土，最让我感动的是每个墓主人身边都有一块十分精美的碑刻，今天都可用作学书法的范本。但这在当时就是一个普普通通的丧葬配件，平常得如同墓中的一把土。许多现在已被公认的名帖，其实当年就是这样一块墓中普通的只是用来干别的事情的石头，本与书法无关。如有名的《张黑女碑》，人们临习多年，赞颂有加，至今却不知道何人所写。就像飞鸟或奔跑的野物会无意中带着植物的种子传向远方，人们在将石头充作生活用品和生产工具时，无意中也将艺术传给了后人。

那些留在石头上的情感原来并非刻意的显露，只是自然地把自己内心的情绪表达出来而已。殊不知就是因为这样，这种感情具有了真实而不伪饰的特点，没有想过不朽，反而成为了真正的不朽。

那一年我到青海塔尔寺去，被一块普通的石头大大感动。说它普通，是因为它不同于前面谈到的有字之石。它就是一块路边的野石，其身也不高，约半米；其形也不奇，略瘦长，但真正是一块文化石。当年宗喀巴就是从这块石头旁出发进藏学佛。他的老母每天到山下背水时就在这块石头旁休息，西望拉萨，盼儿想儿。泪水滴于石，汗水抹于石，背靠小憩时，体温亦传于石。后来，宗喀巴创立新教派成功，塔尔寺成了佛教圣地，这块望儿石就被请到庙门口。现在当地虔诚的信徒们来朝拜时，都要以他们特有的生活习惯来表达对这块石头的崇拜。有的在其上抹一层酥油，有的撒一把糌粑，有的放几丝红线，有的放一枚银针，时间一长，这石的原形早已难认，完全被人重新塑出了一个新貌，真正成了一块母亲石。就是毕加索、米开朗琪罗再世，也创作不出这样的杰作。那天我在石旁驻足良久，细读着那在一层层半透明的酥油间游走着的红线和闪亮的银针。红线蜿蜒曲折如山间细流，飘忽来去又如晚照中的彩云。而错落的银针，发出淡淡的轻光，刺着游子们的心微微发痛。这是一块伟大的圣母石。它也是一面镜子，照见了所有母亲的慈爱，也照出了所有儿女们的惭愧。这时不分信仰，不分语言，所有的中外游人都在这块普通的石头前心灵震颤，高山仰止。

随着石头用途的不断改变，人与石头之间的关系在现实世界逐渐疏远的同时，又在心灵世界慢慢靠近。人与石头之间的关系，终究是无法割舍的。

当石头作为生产工具时，是我们生存的起码保证；当石头作为书写工具时，是我们传承文明的载体；而当石头作为人类代代相依、忠贞不贰的伴侣时，它就是我们心灵深处的一面镜子。无论社会如何进步，天不变，石亦不烂；石头将与人相厮相守到永远。

——奉献给死者的艺术

上飞机前还有一小时的机动时间，我坚持要去看看莫斯科的公墓，看看那个特殊的文化角落。

特殊之一：不像中国的坟墓，反像平常的庭院。并没有刻意渲染悲伤的气氛，而是让一切归于平淡。

去得匆匆，竟连大门口是什么样子也未及细看，只记得是一条很宽的街，高大的门，门对面好大一片树林，绿涛翻滚着，无闹市的喧嚣，有郊野的清风，气氛是一种淡淡的寂静。一进门，甬道两旁分列着一排排的常青松柏，松柏下是死者整整齐齐的眠床。这里没有中国公墓常见的土堆，也无供骨灰的灵堂，只有绿树护着青石，青石衬着鲜花，猛一看像一个清净的公园或谁家的庭院。

我向一个靠近路边的墓葬走去。墓盖是一面极光洁的花岗石板，石板中央伸出两只大手，也是花岗石雕成，粗壮的腕部，有力的骨节，立时叫人起一种坚实的联想。这两只手轻轻地合拢着，捧着一块三角形的大红宝石。我一时不解了。这组颇具匠心的雕塑，就算是墓碑吗？那么这下面安息着一个怎样特殊的人呢？我在墓前肃立良久，细细揣度着，那双手从石中冲出时的强劲与合拢时的轻柔，那花岗石的纯黑与宝石的鲜红，幻化成一种多层复合的美，将人引向一个深邃的意境。向导过来告诉我，这里安眠着的是一位著名的心脏外科专家，他一生用自己灵巧而有力的手拯救过无数人的生命。噢，我一下明白了，一个人死后，人们用这种含蓄的特殊之二：没有平常的墓碑，每一个人的生命都用与众不同的方式进行最后的表达，死亡不再是冷冰冰的东西，而是充满了艺术的激情。石头在这里，成为了艺术倾泻自己感情的最好媒体，死者在乎的并不是自己的名字刻在历史之上，而是要把这种对生活的爱保留在那些与众不同的墓碑之上。

这是对死者的尊重，更是对生命的热爱。

手法来表达他的生平与事业，表达生者对死者的纪念。最哀切的事情却用最艺术的手法来表达。这是一种多么平静、超脱而又理智的举动啊。我们说长歌当哭，他们却更祭以艺术。

我慢慢地往里去，一股强劲的艺术魅力如磁石般地吸引着我。这哪是什么墓地，简直是画廊。所不同的是这里每一件艺术品下还有一个曾是活泼泼的人，那是这件艺术的根，是它的主题。墓碑全部是清一色的黑花岗石，打磨得极光亮，熠熠照人如一面银镜。有的只简单地在这石面上刻出死者的头像，轻轻的又淡淡的如一幅随意素描。说是清淡，那不过是艺术的质感，这石与锤造就的作品自然是风雨不去、历久如新的。有的凿成浮雕，死者的形象微微突起在石板、石块或石柱上，若隐若现，好像在天国那边透过云雾回望人间。更多的则是半身胸像和各种含义深刻的组合雕塑。但这偌大的墓地无两块式样相同的墓碑。生者不肯抹杀死者的个性，也决计要表现出自己的匠心。一位叫依留申的飞机设计师，他的墓碑是一个圆柱形与凹面的组合。圆柱上雕有他的胸像，胸前有三个醒目的大勋章。那块凹面石块立衬在石柱后面，表示无垠的天穹，天穹上还有些飞机的航行轨迹。看着这一组近在咫尺、盈缩如许的石雕，我顿然如驰骋蓝天，并感受到一种凌云的壮志。有一位海军将领，他的墓盖上只有一只大铁锚，黑锚金链，屹然挺立，风打浪涌，不动丝纹。有一组更特殊的墓碑，石柱上横着一个大箭头，上面浮雕着六个人的头像。这只箭头正穿云过雾急急飞行。原来这六个人是一个派到国外的救援小组,不幸同机遇难。

松柏中有一组男女雕像吸引了我。不用说这是一个合葬墓了,令人吃惊的是两人全是裸体。男子略向前俯身,依在一石上。右臂弯回,手中握着一柄铁锤,女子偎在他的身后,手执一条轻纱,款款地飘在身后。两人都目视前方,但我切实地感到他们的心是那样的相连相通,是一个不可分的整体。最纯真大方的爱是用不着一点遮掩的。原来这对夫妻,男的是雕刻家,女的是一位芭蕾舞演员,都是搞艺术的。我想这组作为墓碑的石雕一定是他们生前设计好,嘱后人这样创作的。试想以我们的传统观念谁愿在自己的墓前留一个裸体像呢?又有谁敢将自己的亲友雕成一个裸体立于墓上呢?但艺术家自有艺术家的思考。世间虽有山水的磅礴、花草的艳丽,但哪一种美能比得上人体蕴藏的灵感呢?而这种人类的共性之美,并不是随便哪一个形象都可以表达的,只有那些个别的极富外美条件的人体才可充分表现这种内蕴的美感。这两位艺术家,一个终生为人们塑造这种能表达内蕴之美的外形,另一个则所幸天地钟秀其身,就矢志以自己美的外形去表现人类美的灵魂。总之,他们一生都沉浸在对人体美的追求、创造中。正当他们的事业处于顶峰之时,突然上帝要召他们而去,这是多大的遗憾啊。我好像听见他们在弥留之际请求上帝答应他们再给世上留下点东西。上帝说只许一件,这就是墓碑。于是他们就将自己的一生浓缩在这块

本心纯真坦然,何须外物遮掩?

石头上。他们要将自己美丽的躯体展示在这里，用这力、这柔、这情，留给后人永恒的美。什么才能久而不朽呢？石头。什么才能跨越生命的“代沟”，无言地表达感情与思想呢？艺术。于是这石头的艺术便成了死者与生者在墓前吻别的信物。

这也是人与石头的一种厮磨。

当匆匆的一小时参观行将结束的时候，我没忘记这普通公墓里还有一位不普通的人物——赫鲁晓夫。他的墓在公墓前后大院之间的甬道旁，占地不大。我没想到这样一个曾为超级大国一号领袖的人物，死后却屈身路旁。当他和光明一别之时，就来这里与民同乐了。而他的墓碑从艺术角度说也真有个性。那是由三个黑白方格相扣而成的石雕，在最上一格中放着赫鲁晓夫的人头雕像。赫在位时的一件惊世之举就是将斯大林遗体迁出列宁墓，而他现在却被置于公墓堆中。历史人物的功过且由历史学家去评说，但艺术家自有自己的见解。据说，这个墓碑的设计者曾受过赫鲁晓夫的批评，但他并不是从个人好恶出发，而是客观地认为赫这个人是功过参半，所以就用黑白两色夹一人头。而赫的家属也接受了这个方案。我站在那里好一会儿，端详着这件艺术家送给政治家的礼物。

特殊之三：生前显赫的领袖并没有在死后依旧获得殊荣，而是和所有的人平等地处在墓园当中，接受人们对他身后的客观评价。

在回去的车上，我自然联想到国内的墓葬风气。一次在南方旅行，老远就见到青山上一片片的白，像长了秃疮一样。那是新修的水泥墓。像这样铲去青松翠柏，铺上冰冷的水泥，且不说破坏水土，于死者又有何益呢？建筑向来标志着当时当地的社会文化。我想起一位建筑师朋友说的话：世界上的建筑可以分为三类:给人住的,给神住的,给鬼住的。那么通过神鬼之居的庙堂、陵墓同样可以窥见社会文明的一斑。封建帝王可以独占金字塔或十三陵那样大的地下宫殿,而刚才参观的这个苏联公墓无论贵贱,每人交一笔租金,占地一方,限期十二年。这几年我们国内不少人富了,人住的房子非常现代化,却又按最陈旧的规矩去盖庙修墓安抚鬼神。看来有了钱,没有文化、没有新观念还是难超越自我。能懂得向死者献上一件富有审美价值的雕塑,生者与死者之间能以艺术方式倾心交流思想,交流感情,这个民族的文化素养就不会很低了。

这些所谓的"特殊",其实正是相对于我们的丧葬习惯而言的。只有与自然和谐、与生命和谐的墓葬,才是我们应该赞扬和景仰的,而是否能够用艺术的方式面对死亡,也体现了一个民族的素养。

——九华山悟佛

到九华山已是下午，我们匆匆安顿好住处便乘缆车直上天台。缆车缓缓而行，脚下是层层的山峦和覆满山坡、崖脚的松柏、云衫、桂花、苦楝，最迷人的是那一片片的翠竹，黄绿的竹叶一束一束，如凤尾轻摆，在黛绿的树海中摇曳，有时叶梢就探摸到我们的缆车，更有那些当年的新竹，竹干露出茁壮的新绿，竹尖却还顶着土色的笋壳，光溜溜地，带着一身雅气直向我们脚底刺来。

天台顶是一平缓的山脊，有巨石，石间有古松，当路两石相挤，中留一缝，石壁上有摩崖大字“一线天”。侧身从石缝中穿过，有豁然一平台。台对面有奇峰突起，旁贴一巨石，跃然昂首，是九华山一名景“老鹰爬壁”。壁上则有松八九棵，抓石而生，枝叶如盖，登台俯望山下，只见松涛竹海，风起云涌。偶有杜鹃花盛开于万绿丛中如火炽燃。遥望山峰连绵弯成一弧，如长臂一伸，将这万千秀色揽在怀中。远处林海间不时闪出一座座白色的或黄色的房子，是些和尚庙或者尼姑庵。我心中默念：好一湾山水，好一湾竹树。

九华山的风景秀丽，作者本来就是慕名而来，山间的风景更是激起了作者巡访名山、感受佛教文化的游兴。

流连些时候，我们踏着一条青石小路走下山来，这时薄暮已渐渐浸润山谷，左手是村落小街，右手是绿树深掩着的山涧，唯闻水流潺潺，不见溪在何处。山风习习，宁静可人，大家从都市走来，每个人都感觉到了一种久违的静谧，谁也不说话，只是默默地享受。这时左边一个小院里突然走出一个老人，手持一个簸箕，着一身尼姑青衣，体形癯瘦，满脸皱纹，以手拦住我们道："善人啊，菩萨保佑你们全家平安，快请进烧灶香。"我一抬头才发现这是一个尼姑庵，大家好奇，便折身跟了进去。老妇人高兴得嘴里不住地念道："好人啊，贵人啊，菩萨保佑你们升官发财。"这其实就是一间普通的民房，外间屋里供着一尊观音像，设一只香炉，一个蒲团。墙脚堆满一应农家用具，观音被挟持其中。我探身里屋，是一个灶房。我们向功德箱里丢了几张票子，便和老妇人聊了起来。老人六十九岁，原住山下，来这里已七年。家里现有两个儿子、两个孙子。我说："现在村里富了，你为什么不回去抱孙子？"她说："儿媳骂得凶，说我出来了就别想再回去。""儿子来不来看你？""不来。他让我修行，说怎么都行，就是不许剃发。"老妇人指指自己稀疏的白发，一再解释。"香火好吗？""哪有什么香火？你不请，人就不进来。"我看一眼院子，有水井、桶杖之类，可想她一人生活的艰难。同行的两位女同志欷歔不已，我也心中悒悒。下山时我便更留意街上的情景。整个山镇全是大大小小的取了各种名字的庙庵、精舍、茅蓬。许多还是新盖的，墙都刷成刺目的白色或黄色，门口贴副带佛味的对联，大门内供尊佛像，隐约香烟缭绕。原来这里的人世代以佛为生，人家竟以佛事相传。过一中等"精舍"，一着僧衣者立于门前与人闲话。我稍一搭讪，他便热烈地

九华山上林立的"私庙"，遇到入山之人就上前热烈招引和介绍，这样的行为，打破了登山者享有的安静心境，破坏了名山的自然美感。

介绍开来。原来这大大小小的庙庵全山竟有七百多家,有的是正规管理的庙,而绝大部分都是起个名字就称佛,摆台香炉就迎客的“私”庙。宛如城里人,将自己临街的门窗打开,就是个小店。下山后我在招待所里谈及此事,一个当地人说:“嘿!你还不知道,有的干脆就是两口子,白天男人穿上僧衣,女人穿上尼姑服,各摆一个功德箱,晚上并床睡觉,打开箱子数钱。”我一时语塞,不由得联想起刚才那老妇人一再自我表白“儿子不让我剃发”,大约怕我们以之为假。

以“庙”与“店”相比,写出了“私庙”重在商业性,而不在宗教性。

第二天一早,我们即去拜谒这山上的名刹祇园寺。一进庙,见和尚们匆匆奔走,如有军情。一队老僧身披袈裟折入大雄宝殿,几个年轻一点的跑前跑后,就像地方上在开什么大会或者搞什么庆典。更奇怪的是一些世俗男女也匆匆进入一个客堂,片刻后又出来,男的油发革履之间裹一件僧袍,女的则缠一袭尼衣,唯露朱唇金坠和高跟皮鞋,僧俗各众进入大雄宝殿后,前僧后俗站成数排。只见前侧一执棒老僧击木鱼数下,殿内便经声四起,嗡嗡如隐雷。那些披了僧袍尼衣的俗民便也两手合十跟着动嘴唇。大殿两侧有条凳,是专为我们这些更俗一些的旁观游客准备的。我拣条凳子坐下,同凳还有两位中年妇女,一个掩不住地激动,怯生生又急慌慌地拉着那位同伴要去入列诵经,那一位却挣开她的手不去。要去的这位回望一眼佛友,又睁大眼睛扫视一下这神秘、庄严又有几分恐惧的殿堂,三宝大佛端身坐在半空,双目微睁,俯瞰人间。她终于经不住这种压力，提起宽大的尼袍，加入了那二等诵经的行列。我便挪动一下身子，乘机与留下的这位聊了起来。我说："你为什么不去?"她说："人家是为自己的先人做道场，我去给他念什么经。""这个道场要多少钱?""少说也得有几十万。这是一家新加坡的富商，为自己所有的先人做超度，念《大悲咒》。""便宜一点也行，出十元钱写个死者的牌位，可在殿里放7天。"她顺手指指大殿的左后角，我才发现那里有一堆牌位叠成的小山。我说："看样子你是在家的居士吧。"她说才入佛门，知之不多。问及身上的尼姑黑袍，她说是在庙上买来的，三十五元一件，凡入这个大殿的信徒，必须穿僧衣，庙上有供应。我这才明白，刚才那帮俗家弟子为什么要到客堂里去，专门来一次金蝉脱壳。这有点像学校里统一制作校服，是规矩但也是一笔可观的生意。

"私庙"如此，"名刹"也不能免俗。有钱无钱，在宣扬"众生平等"的佛家居然也有了天渊之别，处处谈钱，让佛门净地也沾上了铜臭的污秽。

从祇园寺出来我们拾级而上，去看山顶上的百岁宫，实际上是一个山洞。相传明代有一无暇和尚来此修行，积二十八年刺舌血写得一部《华严经》，活到一百一十岁坐化，肉身三年不腐，门徒奇之，以金裹身，存之至今。因为是真身所在，这里香火更旺。我们到时这里也正大做道场，问及价目，曰每场二十万元。山顶风景无他，只是大兴土木，满地砖木沙石，碍眼碍脚。庙门前空地上几个石匠正在叮叮当当地刻功德碑。路边小店起劲地放着念经的录音带，高声叫买木鱼、念珠之类的法物。梵音与市声齐飞，游客共香客一体。我们缓缓下山，走

那些叫卖声、乞讨声渗透着商业的气息和坦然面对不劳而获收入的心态，不由得让人产生了深深的忧虑。

几步就会碰到扛着木头或担着砖瓦的山民,这些苦力不时停下来将木料拄地,擦着汗水。但是他们不肯静下来休息,而是向每一个擦身而过的游客伸出手:“菩萨保佑,行个好,给个茶水钱。钱给了修庙人比买了香火还灵。”一种矛盾的心理立即攥住了我的心,见苦而不救,有违人心;鼓励乞讨,又助长歪风。这种层层的堵截使人大为扫兴,那些佛心重、心肠软者更是被弄得十分尴尬,只要给了一个就会有两个、三个上身。我立即想起在印度访问时的情景,回国后愤而写了一篇《到处伸出一双乞讨的手》,想不到今天在国内的圣地名山又重陷那时的窘境。但我的心还是硬不起来,就与一个扛着木头的山民聊了起来,知道他们的工钱是每扛百斤可得4.3元,是够苦的,便顺手掏了一张票子,那人的脸立即笑得像一朵花。可是我并没有一丝做了善事的喜悦。下山后又接着看了地藏王殿,这是九华山的主供菩萨,主管阴间轮回之事,殿内经声嗡嗡,木鱼声声。门口有一位边吃饭边当值的小僧,我问这里可做道场?他翻我一眼说:“这是地藏王亲自住的地方,他专管超度,怎么会不做?”很怪我的无知。问及价码,七百元到二十万元不等。下山时我们从九华街穿过,路过两间存蓄所,见柜上都有和尚在存钱。从背后望去,其双手举在柜上,头向前探,腰板就拔得更直,僧袍也更显得挺括岸然。

把钱财施舍给别人,并不是对人真正的帮助,所以这样的给予不能带给作者任何的喜悦。唯有对于心灵的鼓励,才能将人引向善良和崇高。

和尚贪“利”,佛教变味。

中午吃饭时我心里总是不悦。中国四大佛教名山,前三个五台、峨眉、普陀,我早已去过,唯有九华心仪已久,不想今天却得了一个铜味极浓的印象。钱这个东西像流水,赚钱聚财如挖渠。有人挖工业之渠,借产品赚钱;有人挖农业之渠,借菜粮赚钱;有人挖商业之渠,借流通赚钱,另有书报、娱乐、旅游、饮食甚至赌博、色情,皆因个人所好而设专渠。这个世界上是处处挖渠,处处设坑,借高水低流之势,把你口袋里的那一点积蓄都要吸引过来,聚而敛之。但今天令我吃惊的是,向以慈悲、普度、舍身、苦行为本的佛,也自己或允许别人在这方圆百公里的九华山腹地引了这么多的渠,挖了这么大的坑。你看那山上卖香的,路边卖佛的,九华街上卖饭开店的,遍山开庙开庵的,拦路行乞的,据说还有经营墓地的。我突然感到昨天在山顶所陶醉的一湾山村,一湾翠竹,竟是一湾欲海。在薄暮时分茂林修行间所用心体会的淙淙细泉,原来都向着这个大海流了过来。我们仿佛不是来游山、不是来欣赏山水的美,而是被人招来送钱的,宛如河面上随波逐流的一片落叶。

照应开头,写出作者心中的失落。

午饭后我怀着怅然若失的心情下山。车到山口,闪过一湾翠竹和一棵枝叶如冠遮着半天的大树。树下露出一座黄墙青瓦的古寺。这也是一座上了九华名刹榜的大庙,叫甘露寺,同时也是九华山佛学院。肃穆之象不由我驻车凭吊。正当中午,僧人午休,整座大庙寂然如灭,使人顿生忽入空门之感。大殿上杳无一人,唯几炷香袅袅自燃,几排坐禅的蒲团静列成行。佛祖端坐半空,目澄如水,静观大千。殿柱上挂有戒牌,上书《九华山佛学院坐禅规则》:“进禅堂心平气和,万缘放下……”廊

对比之下,真伪立判,文章有了波折层次。“真佛”是消除欲望的清虚境界。

柱上有《僧伽壁训》:“为僧首要老实,接物必重慈悲……”右侧为饭堂,十数排桌凳,原木原色,古拙简朴。桌上每隔二尺之远反扣两个碗,清洁照人。墙上有许多戒条都是“当思一餐不易、一粒难得”之语。饭厅之侧有平台,上植花木,红花绿叶。一小树干上悬一偈牌,上书:“绿竹黄花即佛性,炎日皓月照禅心。”我顿觉佛无处不在。我们这样穿堂入室在大庙中随意行走,偶遇一二僧人也目不斜视,既不怕我们为偷为盗,也不把我们喜作上门的财神,心情比在山上时愉悦多了。返到大殿,我虽不信佛,还是双手合十对着佛像拜了三拜,口中说道:“这才是真佛。”

本应该佛音弥漫的九华山现被商业意识和金钱头脑侵蚀着,这样的例子其实并不只有九华山一处。当我们一味地向自然和世界要求产出和回报的时候,当我们把一切事情的出发点都建立在经济利益之上的时候,我们终将失去道德中的廉耻感和心灵的栖息之地。

从庙里出来继续下山,车子弯过一弯又一弯,峰峦叠翠,竹影绵绵。我想佛教到底是高深莫测,处处随缘,可以是立见现钱的摇钱树,也可以是一本悟不透的哲学书。你可以马上掏钱换一个安慰,换一个虔诚;也可以无限追求,以情以性悟那四大皆空、永无止境的佛理佛心。

——吴县四柏

一千九百多年前,东汉有个大司马叫邓禹的在今天苏州吴县栽了四棵柏树。经岁月的镂雕陶冶,这树竟各修炼成四种神态。清朝皇帝乾隆来游时有感而分别命名为“清”、“奇”、“古”、“怪”。

以树喻人,正是在自然身上投注了人的感情,把人想要宣扬的美好的东西,通过树的姿态表达出来。

最东边一棵是“清”。近二千年的古树,不用说该是苍迈龙钟了。可她不,数人合抱的树干,直直地从土里冒出来,像一股急喷而上的水柱,连树皮上的纹都是一条条的直线,这样一直升到半空中后,那些柔枝又披拂而下,显出她旺盛的精力和犹存的风韵。我突然觉得她是一位长生的美人,但她不是那种徒有漂亮外貌的浅薄女子,而是满腹学识,历经沧桑。要在古人中找她的魂灵,那便是李清照了。你看那树冠西高东低,这位女词人正右手抬起,扶着后脑勺,若有所思。柔枝拖下来,风轻轻拂着,那就是她飘然的裙裾。“险韵诗成,扶头酒醒,别是闲滋味”。

“清”是一种挺拔的姿态,出淤泥而不染,美得端庄。

西边一棵曰“奇”。庞然树身斜躺着,若水牛卧地,整个树干已经枯黑,但树身的南北两侧各劈挂下一片皮来,就只那一片皮便又生出许多枝来,枝上又生新枝,一直拖到地上,如蓬蒿,如藤萝,像一团绿云,像一汪绿水,依依地拥着自己的命根——那截枯黑的树身。就像佛家说的,她又重新转生了一回,正开始新的生命。黑与绿,老与少,生

“奇”是一种生命的奇迹,由死转生,像一个生命的循环。

与死，就这样相反相成地共存。你初看她确是很怪的，但再细想，确又有可循的理。

北边一棵为“古”。这是一种左扭柏，即树纹一律向左扭，但这树的纹路却粗得出奇，远看像一条刚洗完正拧水的床单，近看树表高低起伏如沟岭之奔走蜿蜒，贮存了无穷的力。树干上面是突起的肿节，像老人的手和脸，顶上却挑出一些细枝，算是鹤发。而她旁边又破土钻出了一株小柏，柔条新叶，亭亭玉立。那该是她的孙女了。我仔细端详这柏，她古得风骨不凡，令人想起那些功勋老臣，如周之周公，唐之魏徵。

“古”是一种历史的沧桑，历经千年，成为沧海桑田的见证。

还有一棵名“怪”。其实，它已不能算“一棵”树了，不知在这树出土的第几个年头上，一个雷电，将她从上至下劈为两半，于是两片树身便各赴东西。他们仰卧在那里相向怒目，像是两个摔跤手同时跌倒又各不服气，正欲挣扎而起。长时间的雨淋使树心已烂成黑朽，而树皮上挂着的枝却郁郁葱葱，缘地而走。你细找，找不见他们的根是从哪里入土的，根就在这两片裸躺着的树上。白居易说原上草是“野火烧不尽”，这古柏却“雷电击又生”。她这样倔，这样傲，令人想起封建士大夫中与世不同的郑板桥一类的怪人。

“怪”是一种求生的欲望，直面打击，活出另外一个精彩的自己。

这四棵树挤在一起，一共占地也不过一个篮球场大小，但却神志迥异地现出这四种形来，实在是大自然的杰作。那“清”柏，想是扎根在什么泉眼上，水脉好，土气旺，心情舒畅。那“古”柏，大约根须被挤在什么石缝岩隙间，未出土前便经过一番苦斗，出土后还余怒未尽。那“奇”、“怪”二柏便都是雷电的加工，不过雷刀电斧砍削的部位，轻重不同，她们也就各奇各怪。真是天雕地塑，岁打月磨，到哪里去找这样有生命的艺术品呢？而且何止艺术本身，你看她们那清、奇、古、怪的神态，那深扎根而挺其身的功力，那抗雷电而不屈的雄姿，那迎风雨而昂首的笑容，那虽留一皮亦要支撑的毅力，那身将朽还不忘遗泽后代的气度，这不都是哲理、思想与品质的含蓄表现吗？大自然本身就是一部博大的教科书，我们面对她常常是一个小学生。我想应该让一切善于思考的人来这树下看看，要是文学家，他一定可以从中悟到一些创作的规律，《唐诗》、《聊斋》、《山海经》、《西游记》不是各含清、奇、古、怪吗？要是政治家，他一定会由此联想到包公那样的清正，贾谊那样的奇才，伯夷、叔齐那样的古朴，还有扬州八怪等那些被社会扭曲了的怪人。就是一般的游人吧，到此也会不由地停下脚步，想上半天。云南石林里那些冰冷的石头都会引起人的种种联想，何况这些有生命的古树呢？她们是牵着一条历史的轴线，从近二千年以前的大地上走来的啊！

我们在植物身上看到的是旺盛的生命力，是面对严酷的外界环境时突现出来的优秀品格，人在自诩为天地万物的支配者的时候，应该低下头来看看沉默的自然对于生命和历史所给出的答案。

——到处都伸出乞讨的手

我们的付出是要建立在对方还懂廉耻和善良的基础上的。

大凡给予有两种，一是对对方付出劳动的补偿，是平等的交换；二是对对方的爱或怜，是愉快的奉献或捐助。当对方既无付出劳动，又无可爱可怜之处时，你无端地付出倒是对自己自尊心的践踏了。

——题记

尽管我们受到了特殊的礼遇，尽管这里的风光是平生从未见过的美，但是在将离开印度时我们几个人都发誓不愿再来第二次了。我们实在受不了那一双双总是在你面前晃着的乞讨的手。

7日凌晨3时到新德里，住五星级阿育王饭店。旅途劳顿，蒙头大睡，早晨醒来一开门，两个白衣黑汉（印度的饭店全是男服务员）就进来打扫。我们下楼吃饭，回来时房间已收拾好，这时他们又进来挥着大抹布比划说："打扫一下好吗？"我点头表示同意。他不打扫，出去一趟，又敲门进来，又比划一下，我又点头，他又不打扫，出去又回来。这样骚扰再三，我终于明白是来要小费的。但刚下飞机，饭店银行还未开门，卢比换不出来。一大早我们同行的几个人都受到这种反复的"问候"。直到换来钱，发了小费我们才有了一点自由，才能静下来观察一下这座以印度历史上的秦始皇命名的豪

兴致勃勃的情绪一次又一次的被简单粗暴的乞讨行为打断，对于这个城市、这个国家的印象自然也好不到哪里去了。我们行走在中国的风景区，同样会看到类似的现象。作为一个国家对外的窗口，出没在名胜古迹的乞丐，的确对于市容和国容有着极坏的影响。

华的饭店。

一会儿，使馆同志来约去看看市容。浓绿阔叶的参天巨木，沿街随意怒放的玫瑰，嫩细的草坪，使我们顿生新奇兴奋之感。沿着总统府前气势雄浑的大道，我们漫步到印度门下。这是一座如巴黎凯旋门式的纪念碑建筑，我掏出相机，仰头辨认着门楣上的字迹，准备作一会儿历史的沉思，身后却响起清脆的小锣声，回头一看，一个精瘦的黑汉子牵着两只猴子，龇着一口白牙，不知何时已蹲在我们身后的草坪上，那两只猴子正围着他挤眉弄眼地转圈。他一见我们回头，便招手请照相。陪同连说："那是讨钱的。"话音未落，快门已按，那汉子早起身伸手，那两只小精灵也立即停止舞动，静静地伺立两旁。我们猝不及防，只好掏出十个卢比，打发走玩猴人，重又抬头研究印度门的历史。忽然背后又响起呜呜的笛声。又一个头上缠着一大团花布的汉子，不知何时已盘膝坐在我们身后，他面前摆着一个小竹盘，盘中蜷缩着一条比拇指还粗些的长蛇。那蛇随着笛声将头挺起一尺高，吐出长长的信子，样子十分凶残。思古幽情让这一猴一蛇是给彻底吹掉了，况且我们刚才匆匆出来，也没有换几个零钱。大家便准备上车走路。但那玩蛇的汉子却拦住路不肯放行，说少给一点也行，又突然将夹在腋下的竹盘一翻，那蒙在布里本来蜷成一盘的蛇突然人立前身，探头吐信，咄咄逼人。汉子脸上涎笑着，一手托蛇，一手伸着要钱，没办法，又投下十个卢比，我们匆匆而去。

利用动物强行乞讨，无异于抢劫。

从印度门出来到红堡，这是一座印度末代王朝的皇宫。门口熙熙攘攘，卖水果的，卖孔雀毛的，卖假胡子的，拦住路非要给你剪个影不可的，五光十色，喊声不绝，像一锅冒着热气的八宝粥。这回有了经验，不管什么人上来，连声NO、NO，目不旁视。但是当我们从堡内出来，又有几个人拥了上来，非要领你到停车场不可，真是笑话，我们自己刚才停的车，还用别人领路？但是不行，特别是一个拄拐的残腿青年，你左突右冲，他东拦西堵，而且故意在你面前晃动那条半截腿。只好给他十个卢比。拿了卢比也不领路了，我们自己去上车，这简直有点强夺了。从红堡出来去看甘地墓，进墓地要脱鞋，门口早有一堆人争着给你看鞋子，又是十卢比。接着看比拉庙，在印度凡进庙和旧王宫、城堡之类的地方都要脱鞋，于是给人看鞋，成了最方便的要钱行业，类似北京街上存车的老太太，见车就收钱。这里是见鞋就收钱，而且你非脱鞋不可，不给钱不行。比拉庙前又被敲了一次竹杠。这座庙是全石建筑，太阳晒得石板火烫，我们赤着脚，龇咧着嘴，正想欣赏一下各种雕像。一个穿黄衣，持竹棍的警察（印度警察的警棍是一根一米长的普通竹竿）走上来喝道开路，要为我们领路。我们一行中有三人英语很好，又有使馆同志陪同，实在想自己静静地观赏一下这古代的建筑艺术。但是不行，你从这座房子里进去，他就在门口堵你，非要领你进另一座房子不可。还把别的游人推开，像是对我们特别照顾。我们心里实在烦透了，而你越烦，他越缠住不

乞讨行为并没有在破坏人们的游兴之后停止，而是继续对游览者展开了折磨，成为一种不能拒绝的强迫，无法回避的骚扰。

放，在一个个神像前指指画画，又用乌黑的食指蘸一点朱砂，强在你的额头上按一个红痣。其实他那半生不熟的英语，那点历史、艺术知识真说不出什么东西。但我们成了他的俘虏，只得跟他一处一处地绕，终于走完了这座庙，脚也烫得成了烙饼。他自然又向我们伸出手。刚才因为无零钱，一咬牙给了看鞋人五十卢比，现在除了一百的一张，再无小票了。况且，到印度还不过半天，照这样下去我们每人三十美元的补助，怕只填了这些人的手心也不够。陪同的同志只好拔下身上的一支圆珠笔。那警察接过看也不看一眼，老大不高兴地走了。

在印度讨钱成了一种风气，一种行业。好像一切人都可以想出要钱要东西的招数，而且毫不脸红。孟买海湾中有一个象岛，星期天我们乘船去玩，一下船，一个约五六十岁的老太婆便来搀扶你。我看她这一身打扮，花里胡哨的“沙丽”（印度妇女穿的服装，就是身上裹的一块大布），两个大耳环，黑如树皮的面部闪着两只贼亮的眼，额头上一个大红吉祥痣，额顶发缝里也有一道红朱砂，像被人刚砍了一刀，很是吓人，忙摆手避让。这时一对欧洲夫妇跳下船。老太婆就上来扶那欧洲女人，她那双枯瘦如柴的黑手紧扣着那女人肥嫩的白手臂，指甲几乎掐到肉里去，生怕这个到手的猎物逃掉。那白女人大概不知其意，边走边听她指指画画地说海边的树林，滩上的鹭鸟，很为异乡情趣所醉。一会走过栈桥，那老太婆就拉着白女人要照相。跟在后面的丈夫忙举起相机。这时旁边果然又跳出一个同

当讨钱成为一种行业，廉耻之心也就不再成为一个人内心最后的防线。做生意的话，人们可以为了自己的盈利想尽一切办法，但是当用来贩卖的东西变成人自己的良心的时候，这又该是多么悲哀的一件事情。

样打扮的老太婆，一照完相，两人都伸手要钱，丈夫愕然，准备走，哪能走了，只好掏出一张纸币给了第一个老太婆，但第二个却坚决缠住不放。我窃喜自己的经验，聪明的白人活该上当。

岛上有一个从整座石山中掏出的印度教庙，是游人必到之地。这庙前也就成了向游客讨钱的主战场。许多如刚才那样的当地妇女，着“沙丽”服装，头顶两个高高的铜壶，缠着人照相，而且一般你很难摆脱她的纠缠。我从庙里出来汗水湿透了衣裳，便躲在一棵大树下，揪起衣领扇风，树上一群猴子蹦来蹦去，抓着树枝打秋千。我不由掏出相机。突然觉得有人在扯后衣襟，回头一看，一个十来岁的女孩，穿一件地方味很浓的新裙子，头顶一个铜壶，正向我伸出手。她那对小黑眼珠中还透出几分稚气，但脸上的神情分明已很老练，看来操此业至少已有几年。我一时陷入深思，像这种从大人到孩子，人人处处都讨钱的现象，到底是生活所迫呢，还是一种方便省事的职业（尽管在国内我也听说有乞丐万元户的，但绝没有这样一个天罗地网），这小孩子身上的裙子，头上的铜壶分明是一套要钱的道具。而我这几日在印度看到的不是向你挥舞蛇头，就是伸出断腿，或让你看腿上流脓的疮，或抢着为你领路，在饭店里送行李时就是一个箱子也要两人提，吃饭则一再要给你送到房间，手纸也要故意送一次，又送一次，费尽心机，想出许多要钱手段。总之，一起床，你周围就晃着许多乞讨的手。穷人自然是值得同情的，但只有穷而有志的人才该同情。

一个人贫穷，但是并不会因此而失去尊严，但是一个人无耻，却会因此而无法得到别人的尊重。

向人伸手乞讨如同妇女卖身一样,是真正被逼到绝路之后才不得已而为之的求生之法。但如果把穷当成一种要钱手段,甚至不穷也要变着法要钱,而根本无所谓人的尊严,那么这种同情心便会立即变为厌恶。我想起昨天和几位印度知识分子的谈话,他们也很为这种乞讨的恶习忧虑。说政府为无业人想了许多办法,包括在海边造了房子,但他们不愿劳动,把房子租了出去,又到城里来讨钱。事实上这种乞讨风已经无所谓有无职业了,人人都可毫不脸红地伸出自己的手。我想,大凡给予有两种,一是对对方付出劳动的补偿,是平等的交换;二是对对方的爱和怜,是愉快的奉献或捐助。当对方既无付出劳动,又无可爱可怜之处时,你无端地付出倒是对自己自尊心的践踏了。但我还是无法拒绝身边这个女孩。我掏出口袋里仅有的两个卢比,给她照了一张相。关上相机,这镜头里,不,我的心里像收进一个魔影……

作者之所以无法拒绝,完全是因为心灵中对人性还存有美好的向往,无法对善良的本心作出拒绝。但是现实对于他来说,是无力改变的,既挥之不去又无法言说。只愿这样的手在伸出来以前,可以考虑一下自己的价值,人的尊严,胜于那区区几个卢比。

——在美国说钱

在美国旅行总感到冥冥中有一个上帝在主宰着你，几天过后才知道这个上帝就是钱。美国人把金钱的作用发挥到了淋漓尽致的程度。

钱就是权——使用钱就是在用你手中的权

过去虽出国几次，但总是公来公去，身上只有三十美元的零花钱，没有资格花钱，也没有机会看人家怎样花钱。这次到美国，在旧金山一下飞机便到一家名为“皇后”的餐馆去吃饭。名称和设施的豪华很为主人长脸。我们初到异国样样新鲜，主客在铺着金黄桌布的硬木圆桌前落座，窗外车水马龙，万家灯火，气氛十分热烈亲切。但老板是个广东人，既不会普通话也不会英语，呀呀唔唔，半天也说不清个菜谱，我们还不急他自己倒先烦躁起来了。客人中有一位要一盒烟，他送上后却立等收钱，主人席君说等会儿在饭费里一起结，他恼着脸说不行。于是客人赶快掏钱。主人就抢着去付，像平静的流水突然起了一个小小的漩涡，像夹岸的春风桃花林中突然伸出一节枯木，祥和温馨的气氛为之一搅。吃完饭，结完账，老板用小瓷盘托着单据和一大把找回的零钱送到桌上，席君只象征性地留

酒席上气氛再好，一谈到钱还是要打折扣。

下几个硬币。我知道国外给小费是很厉害的，那年在印度常为怎么给小费发愁，过曼谷时碰到一个代表团，因为小费花用过多，经费不够提前返国。在美国这么点小费就能对付？到车上说及此事，席君说："在餐馆吃饭一般应付 15% 的小费，但是今天他的服务质量不好，当然我要少付他小费，这是消费者的权利。"我心里顿了一下，这张薄薄的纸币里还有些沉甸甸的权力。在国内是禁止收小费的，按照我们的习惯给小费是一种恩赐，收小费是一种耻辱，大家在一种客客气气的君子协定状态下相处。但是如果有一方不够君子，怎么办呢？吵架，找对方上级，或者以忍为上。但这几种选择都是不愉快，也不会有什么效率。这样倒好，扯开面纱，你劳动就该得到报酬，而且有一部分钱不是老板发工资，而是让顾客直接发小费，多劳多得，好劳多得。"文化大革命"中整当权派，有一句话叫"帽子拿在手中"，让你时刻战战兢兢。这小费也是一顶帽子，是顾客手中无形的权杖。看似不近人情，但很公平，也出效率。

但是在这煞风景的场面背后，却隐含着不一样的原则。在商家，可以理直气壮地向顾客要钱，在顾客，同样也可以依据商家的服务态度减少小费的支付。"钱"在这中间扮演的角色，既是商家的权利，也是顾客的自由。

吃完饭，席君要我给家里打个电话报平安。我是记者出身，视出差如上班，从没有这个习惯。平时在国内见有些人，一到外地便打长途，借公家的钱卿卿我我，很瞧不起。席君却直拉我到电话旁，说"看我表演"。他摘下电话，掏出一张磁卡，往话机旁的细缝里一插，拨几个号便递给我。妻子听出了我的声音，她大声说："呀，你在哪里？好清楚。"我告诉她正在唐人街上吃饭，她说刚下班，正在厨房里做饭,我们都笑了。说了几句,怕多花主人的钱,便放下话筒。在国内打一次长途还要几十元,现在要横跨太平洋,绕地球半圈,我脑子里立刻想到那用一张张的纸币搭起的长虹。真是有钱能买地球转。

回到宾馆我却对席先生手中的那张不似钱币胜似钱币的卡片顿生童心。他一高兴从胸前掏出一个票夹,"哗啦"从中抖出七八张卡片,说:"这是打电话的,这是坐飞机的,这是住旅馆的,这是加油料的……最重要的是这一张,用它随时可以取到钱。"以后果然我们并不随身带多少钱,无论走到哪个城市,哪条街道,口袋里没有了钱,就用这卡向墙上的一个取款箱里一插,立即就流出了十几张美元。真是一卡在手,横行街头。我第一次尝到了钱就是权。我想起古书上写的皇帝微服私访,乔装成一个平民难免会遇到这样那样的麻烦,有时简直到了将要受辱、丢命的尴尬或危险境地。但是他不怕,每到关键时刻,那些化了装的随从就把皇帝的身份亮出来,对方反倒吓得伏身在地,如筛糠似的发抖。为什么,因为他有权,这无形的权使他永不会有什么尴尬和危险。我们现时有这张卡在手,正是这种心境——有恃无恐。后来在纽约、华盛顿各地的旅行是正在美国留学的小李陪我们,一进旅馆他就笑着嘱咐我们:"今天我们也当一回大爷,你们谁也不要动手!"于是大家就袖手看着高我们半头的美国佬弯腰卸行李,然后给小费。小李说,这几天,他要不陪我们也要到餐馆里去打工,赚人家的

钱同样也可以是在等价交换的基础上,通过支付费用来坦然享受他人劳动和服务的一种方式。只要具有支付能力,就具有了享受的权利。

小费好去交他的学费。现在既然主人出了招待钱，我们就有了买方便的权，而且结结实实地使用了他好几天，脸也不红，心也不跳，也没有什么在剥削人的羞愧感。

我虽然没有受过穷如乞丐的苦，但因无钱而羞涩胆怯的经历也不少。打倒“四人帮”以前，我们这些大学毕业生有好几年月工资只有四十六元，还要养家糊口。一次我到姐姐家做客，见茶几上有一元钱，姐弟二人隔茶几说了好一会儿话，我眼睛看着那张纸币，几次想张口说，给我这一元钱，好拿去打酱油，但终于没有说出口。以后当记者出去采访，总挑那六元钱一晚的旅馆住，不然无法报销。后来当干部，甚至还有了一定的职务，一出差也是先问人家房费多少钱。对方就赶快说：“你不要管，超出部分我们付。”我就感到自己脸红着大约有几秒钟没有话可说。近几年我看到一些发财的个体户，在街上拦出租车，在大饭店餐桌上点菜时的潇洒、勇敢，我说就是专门去训练，我也学不会这个风度。一位比我小十岁的朋友呛我一句：你是没钱。腰缠十万，不学就会。现在我走在纽约、华盛顿的街上居然也感到了那么一点潇洒。我坐下来吃饭，进门住旅馆，根本不用管他多少钱。虽然这只是一种“借光”，一种临时享受，但总算让我实践（应该说是实验）而悟到了这个理。你身上多一分钱，你就多一分胆，多一分自由，多一点掌握自己的权。

身上多一分钱，就多了一次他人为你服务的可能，接受服务而不是为人服务，就成为了人掌握自己的权利和自由。

钱是个黑洞——缺什么就有人来干什么

一次席君问我："你知道去年美国评了一位最佳经理是什么人?""什么人?""是一个十三岁的男孩。"我说不可思议。原来美国人居家,门前都有草坪,草坪多,草长高了专业公司来不及修剪。这个少年放学后就去剪,人家就给个小费。后来竟有人来主动请他。他一人干不过来就开始雇人,慢慢拉起了一个十几人的草坪公司。几个大个子黑人是他手下的工人。记者问:"他们听指挥吗?"这孩子说:"听,因为我给他们发工资。"中国有句古话:不为五斗米折腰,是说特定情况,其实大部分时候都是在弯腰干活,挣饭吃,赚钱花。人为了赚钱就要去找一切还没有被人发现、没有被人干完的活。如果有人帮你找到这份活,你得感谢他,听从他。

雇佣关系因为金钱的加入变得牢固,打破了年龄、种族的界限。

在旧金山一下飞机席先生就开着一辆租来的车接我们。几天中我们以车为家到海边兜风,看金门大桥,访问硅谷十分方便。一天玩得兴起,席先生说我们干脆把车开到洛杉矶。我说车怎么办?他说放在那里就行,只不过多交几个钱。这对外来旅行的人真是太方便了。我们当然没有去,但是在另一个城市下飞机后更让我大吃一惊。我们一出机场门口就有接送车,一直开到出租车场的一辆卧车前。车门开着,钥匙插在车上。席先生一踩油门我们便冲出车场,居然无一人过问。迎面已是无边的灯海，车外闪过花花绿绿的广告。但是我的心总是不安，好像做了偷车贼。席先生说："这就是我们的车，没错，在旧金山起飞前我在机场订的。"我说："就算是我们订好的，能准备得这样周到？就像有一个无形的仆人在前面侍候。""这是为了多要你的钱，他不这样干，就有别的公司来干。钱就成了别人的。"

一天，我们驱车在闹市区跑，前面红灯一亮，车子骤然停了一大片。这时突然从车缝里钻出一个黑人小孩，手提小桶，刷子蘸一把水就往车窗上洗。然后伸手要钱，前后不过几秒钟。这种赚钱近乎强要，但是比我在印度碰到的到处伸出一双乞讨的手还是好些。他总是先付出劳动，而且这样见缝插针。回想这几天碰到的人和事，那钱就像是轮胎里的气，总是将人鼓得足足的，让你不停地干。

牟利的目的简单而又直接，但并不是巧取豪夺，而是通过自身的努力帮助别人排除困扰，解决疑难，提供方便，这样的情况下面，消费者在享受了良好的服务之后，钱也付得爽快，人也觉得开心，何乐而不为？

一天我们步行，浏览市容，突然看到一家商店门口挤满了人。原来橱窗里有一个男模特儿穿着漂亮的时装，头、手、身子都在做着机械式扭动。用机器人做模特儿，我还从未见过。那头发，还有脸上、手上的皮肤和真人一样，眼珠却直视不动。到底是真人还是假人，过路人大感兴趣，围观不走。我也觉好奇，便分开人群，凑到橱窗玻璃上仔细辨认，几乎与那人碰鼻子对眼。这时那"机器人"突然"哇"的一声，伸出舌头，向我做了个鬼脸。天啊，原来是个真人。我赶紧转身，示意同伴为我照张相，照完相，再看那个模特儿又很快恢复到机器人状态。我离开橱窗陷入沉思。一个活人，这样把自己塞进一个玻璃窗里。不说还要不停地做着机械式扭动，就是只站一会儿，也累得憋得难受。他干这份工作是为了什么？为了钱。物以稀为贵，活以绝为奇。凡别人还未干过的事，一定能有个大价码，估计一小时得给几百美元。但他也为商店招来了更大的买卖。

既然一切都是为了经济利益，那么一切可以用来换钱的机会都不会被人放过。人类自身也成为了挣钱工具的一部分。但是在这种买卖当中，人还是人本身，他们通过自己的付出得到了金钱，然后又用金钱去满足自己的欲望，实现自己的权利。

总之，我在美国街头越走就越觉得，在这里钱是一个黑洞，把人的心力体力直往里吸；钱是一种润滑剂，调整着社会的劳动组合，只要缺什么，就有人愿出大价钱买什么，也就有人去干什么；钱像水银一样，它在社会上无孔不入地渗透，使社会上很难再找到空白的行业（甚至街上随时都可看到有三个X作标记的脱衣舞厅）；钱是一种驱动器，它在不停地开发人力物力资源，驱动着社会这架大机器。

钱是你的也该是我的——就是要设法把你口袋里的钱都掏光

政府把目光投向了人们的口袋，也就加快了金钱在人与人之间的流通速度。

拉斯维加斯是美国西部的一座城市。这里靠近沙漠，几乎没有任何可开发的农业、工业资源。于是美国政府特准在这里开赌场——去开发人们口袋里的货币资源。

我们是晚上到达的。飞机从天而降，只知道是掉进了一片灯海里，驱车在城里找旅馆时，我们就成了海里的一条鱼。因为那灯织成密密的网，叠成层层的波，将我们四面包围，无论怎样跑也冲不出去。路边的酒吧、旅馆缀满细密的灯串勾勒出美丽的轮廓。高楼大厦除顶部有灯光大字外,通体上下都是灯光广告。那霓虹灯的闪烁交换像是一群穿着发光衣服的孩子攀着楼身捉迷藏。有的楼身上挂满巨幅招贴画,在灯光下画中人毫发毕现,女演员的短裙边就像要扫着你的鼻尖。十字路口多有广告塔,六面或八面,缓缓转动,像老和尚念经。街心花园有灯光喷水,草坪上的探照灯光把棕榈树高高地推向夜空,好像巨人怪兽,陆陆离离,闪闪烁烁。难怪当我们昨天在旧金山被它的灯海所征服时,刚从这里飞去的丁小姐却说:"去看看拉斯维加斯吧,那才叫美国呢。"奇怪的是,这城竟有光无声。问之主人,答曰:都钻进赌场里去了。大凡一个城市的外貌总带有它生存环境的背景,如哈尔滨的冰雪,乌鲁木齐街头的瓜果,赌城的外貌正应了一句中国话:纸醉金迷。

以旧金山烘托拉斯维加斯,又进一步写出赌城的特点。

城里有几个大赌场,最有名的是恺撒宫,大概是想借古罗马恺撒大帝的威名。进门就是个大喷水池,池边是罗马神话人物的群雕像。左右是两条商业街,这街在室内,却搭上天棚,绘上蓝天白云,一如在室外,两边店铺鳞次栉比,头上穹庐高阔,心旷神怡,只此一斑就可见工程浩大。中心赌场是一个漫无边际的大厅,只见一排排俗称"老虎机"的赌机,光闪闪密麻麻地排列着,漂亮的服务小姐推着车为你兑换喂"老虎"的硬币。我的第一感觉这里不像个赌场,倒像个大织布车间。过去的旧印象是赌场里烟雾腾腾,赌汉们满脸横肉,捋胳膊挽袖,作者带着打量的态度进入赌场，但是多多少少也能在那短暂的时间里，体会到那些沉浸在赌博风险里的人面对着一次又一次的冒险，在心中所产生的一悲一喜的巨大落差。对于成功和享受的渴望，推动着人们源源不断地把自己的劳动所得奉献给冰冷的机器。

脏言秽语，甚至大打出手。眼前景况却是男人大多西服革履，小姐、夫人则抱一个大硬币罐静坐在赌机前，燃一支烟，像与友人喝茶谈天。除“老虎机”外，还有轮盘赌、电子赛马赌、牌赌、掷骰子赌、大屏幕上的球赛赌等等。平生进赌场还是头一回，而且绕了半个地球来这里，这才是赌翁之意不在赌。

我换了十美元的赌资，端着钱罐往“老虎机”前一坐，先小心翼翼地捏起1角1块的硬币向“虎口”里喂去，扳一下摇柄，没有反应，算是白喂了。我又一下投进两个，再扳一下，哗啦啦出来四个，不觉心中大喜，再连着投进三个，却又“虎口”紧闭毫无反应。这样断断续续，有时出来一个，有时两个，大多时候是肉包子打狗。我却总盼着它能大张虎口，长啸一声，为我吐出一满罐银子。可是它不慌不忙地，一口一口把我这一罐钱全吃了进去。又去换了十元，这次五分五分地往里喂，便也只不过是多磨一会儿时间，不到一小时我们都输个精光。小席只教我们玩，他却不赌，说：“我知道肯定输，它肯定要让你输。”但是偶有赢时，那机器就会将硬币抖落到钢盆子里，叮叮当当，十分悦耳，满大厅里此起彼伏，好像丽人出游，佩环叩鸣，十分祥和。不知情者只听这声音，还以为人人都在大赢其钱呢。赌厅中央有个平台，上面放着三辆高级轿车，这也是赢头，如有谁赢了，开上就走。有大赌家来时可乘直升机在楼顶平台降落，赢了巨资也专有保镖护送出去。

试赌了一回(还不如说试输了一回)，我们就离开赌机想去探探这赌场到底有多大。忽东忽西，楼上楼下，一会儿发现一个大剧场，一会儿又发现一个商场，或是一个餐馆。剧场每隔一个半小时就有一场演出，场场爆满。餐馆又分中国馆、日本馆、西餐馆。至于商场简直就是个博览会。手持长矛盾牌的古罗马武士、着轻纱长裙的罗马少女，还有扮成狗熊、兔子、唐老鸭的人物，在赌场进口处来回走动，主动向客人躬身施礼，你可随意与他合影。大门口是一个小丑，手持毛掸子，为你开门掸土，做鬼脸。我们在剧场里看了一回歌舞，在市场看了一会儿商品，便找餐馆去吃饭。女招待是一位上海来的大学生，她全家迁来此地，父母是中年知识分子，在这赌场里找到一份发牌（就是看赌摊）的工作。我边吃饭边看窗外赌机间那些像赶集一样的人。这里面也许有那个擦车的黑孩子，也许有那个站在橱窗里的模特儿，他也来这里试试运气。其实人生就是一个赌场，不过平时靠聪明、汗水来赌，来这里是靠运气来赌。而这赌场（还不如说这社会）却更聪明。你看千百个张着虎口的赌机在等着你喂美元。虽然也有个别人能从这虎口里捞到一点赢头，但是别高兴得太早。你看这些剧场、舞厅、餐馆、商场，设了层层防线，都在拉着你消费，一定要把你刚装在口袋里的那几张票子掏出来。要不门口那个小丑怎么会那样热情呢？

即使是赢了钱，依旧不可能把钱带走。从人们手中获取金钱，是赌城唯一存在的目的。

从赌场出来我才注意到这赌城的大街上随便一个商店、酒吧的门口，柜台、酒桌旁，直到车站、机场的大厅里都有赌机。这真是美国的缩影，你随时在美国谈"钱",就是深刻感受到了人在"钱"的包装之下活出了那个社会中的尊严,但是在一个只认钱的社会,失败者又难逃凄凉落寞的结局。美国也许可以说是走在世界最前列的国家,但是只谈钱的国家不可能有真正的温暖。

随地都在赌人生,都可试试运气。你时时在想发财,而你周围又有无数双手在掏你的口袋。钱是你的也是我的,就是这样互相掏来掏去。但有一点是可以肯定的,在这种掏来掏去的竞争中有的人富起来,有的人垮下去。

——佩莱斯王宫记

我曾暗发宏愿，如可能，要遍访世界上现存的王宫。因为王是一国权力的最高象征，王宫自然集中了这个国家最好的东西，包括自然风景、建筑艺术、历史文化等等。所以当罗马尼亚主人邀请我们访问佩莱斯王宫时，我窃喜正中下怀。

车子从布加勒斯特出发，向北驶去，一望无际的平原上刚翻过的土地袒开褐色的胸膛，天边或路旁不时出现一片茂密的森林，我顿时感到大自然的辽阔和这异国风光的美丽。路边靠着公路很近的地方常有农民的住房，这极普通的建筑却令我在车里激动得无法坐稳，欠着身子，贴着车窗贪婪地向外看。我的第一感觉是：这房子不是给人住的，而是给人看的。大凡给人住的房子，总是面积求大，结构简单，用料用工求省。所以现代民居，要是平房就是一个火柴盒子，要是楼房就是一个大集装箱。而这些房子却决不肯四面整齐划一，房子的一面或凸或凹，呈折线或弧线的美。我的视线紧紧捕捉着一套扑过来又急急闪过的房子，它的门庭有意不开在正中，而是于房角挖掉一块，像一个熟鸭蛋被切了四分之一，露出蛋黄剖面，颜色和方位都十分雅致。路边所有的房顶都不像中国的房子一样，成一面坡或两面坡，那房收顶之时才是建筑师大露一手之际，屋顶伸出许多尖的、圆的、多棱形的高即使是普通的农民住房，都能够给作者带来如此大的惊喜，从艺术美中体现出来的是房屋建造者对于观赏价值的用心追求，一种生活的情趣溢于言表。在平凡生活当中的惊喜，同样给参观王宫时会产生的美好情绪作了良好的铺垫。

柱，如魔盒子里探出的手。我想这房主人都是些大公无私、为他人着想的人。要是只为实用，大可不必这样复杂，他却花钱花工，给来往的行人制造了一件工艺品，免费参观，提供美的享受，使许多如我这样的外乡人大饱眼福。这是参观王宫前的一个铺垫，我的情绪先有了一个适应异域的空间转换。

车子甩脱平原渐入山区，远处是白雪皑皑的山峰，公路沿着一条山谷，谷下有河，名佩莱斯河，此地就因河而得名。河隐藏在浓密的松树、白桦、冷杉深处，水流潺潺，只闻其声。树是特别的高大，一般要二人合抱，密密地插在山坡上。积雪压在叶上，铺在树下，雪静树更绿，空山不见人，有一种莫名的幽邈。我忽然想起曾看过的一部电影，是写罗马尼亚古代社会的。公元前，这片土地上生活着达契亚人，这是罗马尼亚人的祖先，公元二世纪罗马人侵入这里，达契亚人开始了与罗马人的长期征战、融合。那片子的外景大约就在这沟里拍的，也是这树，这水，和沟里尖顶的草房。武士们用笨重的铜剑格斗，声震山谷，尸横遍野。印象最深的一幕是，一支军队因败阵归来要执行军纪，处死一半，于是站成一列，一、三、五，单数点名，点到的人出列，伏首到前面的木墩子上，引颈等着巨斧劈下，遵命如流，视死如归。那曾经是一个多么野蛮又多么壮丽的时代。当时我坐在影院，被震慑得如痴如呆，忘乎所在，想不到今天能溯访此地。我停车路边，向深深的谷底、密密的林中眺望，希望那里能走出一两个腰围兽皮、握剑持盾的勇士。山风吹过，

昔日的电影和今天的实景重叠在一起，当年的感动和震撼却依旧没有改变。这种原生态的生命之美，同样给人以美的享受。

树森然不动，却抖落下一些纷纷扬扬的雪。

王宫坐落在山湾子里，公路在这里随山的走向回了一个圈，水好像也是在这里发源的。东面是一面斜伸上去的大雪山，凄迷的雪雾一直漫到天外，古树在雪线以下排着奇幻的方阵，忽出沟底，忽涌波上，森森然，如黛如墨，有时消失在远处的雪光中又如烟如织。王宫在山坡上临谷面南而立。这是一座石木结构的民族式宫殿，它本身就是一座巍然的小山，它以厚重的花岗石砌墙，越往上越层叠错落，挑出许多的尖顶。用橡木镶包成各种图案的门窗，衬着皑皑的白雪，掩映在长青松衫和还留着些红叶子的枫树林中，完全是一个童话世界。这王宫的第一位主人是1866年从德国来的卡罗尔国王。卡罗尔是中国宋徽宗、李后主式的人物，身为国王却酷爱艺术，这王宫是他亲自参与设计督造的，里面结结实实地收藏着各种艺术品。王宫1875年开始建造，1883年基本建成，到1914年全部完工时，卡罗尔也就去世了。

王宫共三层，一百六十间房。门向西开，进门就是一个通高约三十多米的天井，中央是客厅，墙上垂下十八世纪的壁毯，厅内全套意大利硬木家具，上二楼，左边一武器库收藏着五到十九世纪的武器，有阿拉伯的剑，中国的弓，还有一把关公刀。一副连人带马的骑兵铠甲，据说是全罗马尼亚唯一的了。右边是国王的办公室，室内桌椅的侧面、腿脚处、扶手上全是浮雕。椅子扶手的造型是四个坐着的小人，还都翘着一只腿。桌上的烛台分两层，

佩莱斯王宫是艺术的而非豪华的。

艺术渗透到每一个细节里。

上下层间有三个顽皮的小儿，作头顶重物状，神色颇惹人爱。天花板是三寸厚的木浮雕花饰图案。另有一写字台，侧面浮雕一老人头像，他勇往向前，长发被风吹向后面，如呼啸的火车头。台角的废纸篓也是皮革精制，上面刺着花纹。墙上有伦勃朗的名画。再往前是天井式的藏书室，二层楼，橡木书柜，有旋梯可上下取书。桌上有信札箱，是皇后手绘的箱面。王宫里紧邻办公之地就有藏书室，大概是欧洲皇帝的习惯。沙皇冬宫里的藏书室也与这差不多，只是更大些。我在中国故宫没有见到这种设施，也许我们的皇帝不如他们爱读书，或者我们现在搞旅游的人不着意展示这些。藏书室后又一小办公室。小办公室右拐，便开始了一大串的客厅。这客厅很类似我们人民大会堂以各省命名的大厅，不过它是以艺术类别或国家、地区命名，而分别收集各地艺术品。

第一个是音乐文学厅，国王在这里接见作家、艺术家。全套桌椅是印度国王送的，黑色硬木，镂空浮雕，据说用了三代人工才完成。还有日本的瓷器，一对中国的大双龙洗，直径约有半米。最可看的是墙上的四幅油画，全以一个少女为题，据说是王后的构思。第一幅代表春天，少女从花丛中走出，和煦的阳光照着她幸福的脸庞。第二幅代表夏天，阳光从浓阴中射出，她的纱裙飘动着幻化出一种热烈的向往。第三幅，色调转深，那女子低着头，一种秋的悲凉。第四幅，少女半裸着伏在一片雪地上，一片圣洁。这王后是国王上任后三年娶过来

艺术是国王与王后的喜好和追求。

的。她也酷爱艺术，是一个作家，诗人，夫妻算是珠联璧合。可想他们每天在王宫里就以这艺术的切磋来打发时日。没有听说过宋徽宗有什么擅画的妃子做伴，李后主的周后只是天生的美貌，他后来又纳了周后之妹，一个更美的美人，为她写了那首著名的“手提金缕鞋”词，却也未见二周有什么唱和，看来他们还是不如卡罗尔的潇洒。

音乐文学厅后是意大利厅，两侧立着米开朗琪罗的三个铜雕，墙上是六幅意大利名画。再前，威尼斯厅，二件拉斐尔复制伦勃朗的圣母像，原件已经失传，此复制件也就成绝响了。再前，阿拉伯厅，满是地毯、挂毯，最有趣的是那几个长枕头，一枕可供十人共眠。再前，土耳其厅。然后右折是长廊，长廊尽头再右折是小剧院。到此已绕王宫一周，再下又是武器库了。1910 年后这剧院又改成电影厅。舞台上刻有国王的一句话：“一切艺术我都喜欢。”国王常在这里观摩演出，有时兴之所至还登台朗诵。这大概又类似我们的唐玄宗了，他亲自谱写《霓裳羽衣曲》，又做导演，又与官人共舞。卡罗尔虽喜欢艺术，治国方面也没有出什么大错，这一点比宋徽宗、李后主、唐玄宗都强。

从王宫出来我又在周围的山坡林间徜徉了一会儿。除这座王宫外，旁边还有稍小一点儿的七八处宫殿，现在都做了旅游饭店。有一处就是我们昨晚住的，内部设施极豪华。但最美的还是周围的白雪、绿树和沟里潺潺的流水，昨晚夜半醒来，皎月在天，雪光映窗，偶有一两声狗吠，或嘎喳一声雪压树枝的断裂声。要不是碍着外宾的身份我真想半夜出户做一回秉烛夜游了。现在再看这景虽没有昨夜梦幻式的朦胧，但还是一样的静，一样的美。我佩服卡罗尔国王，他用艺术家的眼光选中了这块上帝创造的王土内最美的地方，又用王的权力集中人力在这里创造了一座艺术宫殿。他的后辈尊重这创造，所以他一死，第二代国王就立即重建新宫，把旧官做了艺术博物馆，直到今天。国王是有至高无上的权力，但权力再大也将随生命而止。可是当他趁有权之时，选择干一件国家民族永远记住的事，这便是权力的延长。卡罗尔选择了艺术，他知道艺术之河长流，艺术之树长绿，就如这佩莱斯的山和水。

艺术家国王的创造为后辈所尊重。

——单元链接

行走的过程就是不断与自然和世界对话、与心灵对话的过程。细细品味《再别康桥》(徐志摩)、《秋声赋》(欧阳修)、《游褒禅山记》(王安石)、《赤壁赋》(苏轼)、《滕王阁序》(王勃)、《阿房宫赋》(杜牧)、《荷塘月色》(朱自清)、《故都的秋》(郁达夫),你是否会有不同的感受?当人与自然相处的时候,究竟是应该如《晋祠》般相得益彰,还是破坏人们心中所期待的纯净的自然之美?

第四单元 / 关于人的联想

人是一种十分微妙的动物。

他质朴无比,有无限的生命热情;他偶处蒙昧,需要知识和道德的引导,走向文明和高尚。

但不管是平凡的人,还是叱咤风云的人,他们各有各的精彩。

——人人皆可为国王

说到权力和享受，国王可算是一国之最。普天之下莫非王土，一国之财任其索用，一国之人任其役使。所以古往今来王位就成了一些人追求的目标，国王生活的样子也成为了一般人追求的最高标准。

但是不要忘了一名俗话：尺有所短，寸有所长。虽然大有大的好处，但它却不可能占尽全部的风光。就比如，同是长度单位，以“里”去量路程可以，去量房屋之大小则不成；以“尺”去量房间大小可以，去量一本书甚至一张纸的厚薄则难为了它。同是观察工具，望远镜可以观数里、数十里之外，看微生物则不行，这时挥洒自如的是显微镜。所以，就是镜中之最——天文望远镜也决不敢说有了它就不必再有显微镜，而显微镜也不必自卑自弃。以人而论，权大位显，如王如皇者亦有他的局限，比如他就不能享村夫之乐、平民之趣。就如望远镜永远不可能知道微生物王国是什么样子。《红楼梦》里凤姐说得好，“大有大的难处”。而《西游记》里孙悟空就懂得小有小的好处，钻到铁扇公主肚子里去成大事。就是在君主制度的社会里，王位也并不是所有人的选择。明代仁宗皇帝的第六世孙朱载堉，就曾七次上疏，终于辞掉了自己的爵位。他一生潜心研究音乐和数学，他发现的十二平均律传到西方

国王不足羡慕。

后，对欧洲音乐产生了巨大影响。对量子理论做出贡献的法国人德布罗意也是出身公爵世家，但他不要锦衣美食，终于在科学史上占有一席之地。据说现在的荷兰女王也很为继承人发愁，因为她的三个子女对王位都不感兴趣。

在现代社会里，特别是在市场经济的运行规则下，人们的利益取向、价值取向和实现途径都大大多元化了。每一个成功者都可以享受三呼万岁式的崇敬，享受鲜花和红地毯。社会有许许多多的“国王”在各自不同的王国里尽享着自己臣民的膜拜。你看歌星、球星是追星族的国王；作家、画家是他的读者的国王；学者、教授是他学术领域内的国王。幼儿园的阿姨、小学校的教师整天享受着孩子们的拥戴，也俨然如王——孩子王。就是牧羊人，在蓝天白云下长鞭一甩，引吭高歌，也有天地间唯我独尊的王感。

各人自有精彩。

事物总是有两方面，有所不为才能有所为；失之东隅，收之桑榆；塞翁失马，焉知非福。每个人只要努力，都能得到一种王者的回报。当一个人壮志难酬或怀才不遇时，这大约是人生最低潮最无奈的吧。但就是在这种状态下，他仍然会有追随者，仍然可以反败为王。北宋时的柳永，宋仁宗不喜欢他，几次考试不第，连个做臣子的资格也拿不到，他只好去当“民”，而且是个落魄之民。但是在歌馆妓楼、勾栏瓦肆这个王国里他是国王，是个词王。歌妓和市民这些歌者、听者就是他的臣民，诚心诚意地拥戴他。他在艺术王国里与金銮殿上的皇帝

作者立论的哲学依据。

分庭抗礼，互不相干。“凡有井水处都有柳词”，你看他这个王国有多大。林则徐因主张禁烟被清政府贬到新疆伊犁。但就是这样一个“钦犯”，沿途官民却拜迎宾馆，泪洒长亭，赠衣赠食，送马送车，纷纷争睹尊容。到住地后人们又去慰问，去求字。以至于待写的宣纸堆积如山。他比皇帝登朝上殿还忙。在人格王国里林则徐被推举为王。以他们这样身处逆境，生存空间已经很小的人都可为王，正常生活中更是人人可以为王。只是我们不必介意这王国的大小，王位的长久。我看过一场演唱会，那歌手也没有什么名，现在人们也早忘了他，但当时着实有王者风光，台下的女孩子毫不羞涩地高喊“我爱你”，演唱结束，有简短采访谈话，歌迷就冲到台上要签名，要拥抱，他迅即在工作人员护送下退场，那些不得一吻吾王的女孩子就去吻他刚坐过的椅子。我就想，这哪里是“王”，简直是个教皇了。一次爬香山，在山脚下草地旁，一位年轻人用草编成蚂蚱、小鹿之类的小动物，插满一担，惹得小孩子和家长围成几层厚厚的圆圈，倒有拥兵自重的威风。等到登上半山时，又见许多人挤在一起围观什么，分开人群一看，一个老者在玩三节棍，他两手各持一节细棍，将那第三节不停地上下翻挑，做出各种花样，人们越是喝彩他越是得意，这时连头上山坡处也满是看热闹的人，他于紧张操作之余还肯分出眼睛的余光留心周围的反应，尽情享受投向他惊奇的目光，甚是得意。在这个山坡上临时组建的三节棍小王国里，他就是国王。

身处逆境者不应唉声叹气，不能老是把眼光投注于让你遭受挫折的人，而是要把心交给真正在乎你的人。

正常生活中的人，更是要善于从别人投注的善意艳羡中获得快乐和满足。

国王的精神享受有三，一是有成就感；二是有自由度；三是有追随者。只要做到这三点，不管你是白金汉宫里的英国女王，还是拉着小提琴的街头艺术家，在精神上都已得到了一样的满足。做到这一点并不难，只要诚实、勤奋就行。因为你虽没有王业之成，大小总有事业之成；虽没有权的自由，但有身心的自由；虽没有臣民追随，但一定有朋友，有人缘，也可能还有崇拜者，“天下谁人不识君”。所以人人皆可为国王，谁也不用自卑，谁也不要骄傲。

这里的“国王”并不是“权威”的代名词，也摒除了等级观念，指的是每一个人拥有的精神上的自由王国。只要认清自己的优势，保持快乐的心态，就一定能够打出属于自己的“天下”。

——周恩来让座

9 月里因事路过广东新会。新会是梁启超的家乡，又是元灭宋，丞相陆秀夫背着小皇帝跳海的地方，过去为县，现在是江门市的一个区。我万没有想到在这样一个小地方竟有一个资料丰富的周恩来纪念馆。当地的人也很自豪，他们说，周恩来任总理时，政务缠身，能下到一个县连住七天，一生仅此一例。我心里明白，哪里是周恩来有闲，是政局错位，一个历史的小误会。

1956 年下半年，全国出现冒进的苗头。掌国家经济之舵的周恩来提出反冒进，毛泽东不悦，说“我是反反冒进”。1958 年 1 月南宁会议，3 月成都会议，周都受到批评，并作检查。7 月 1 日至 7 日，他便选了一个县，广东新会县来做调查研究。其时周公心里正受着煎熬，正是伟人不幸，小县有幸，留下了这样一处纪念地。

总理的“大无”精神我们在第一单元的文章中已经熟悉了，这里留存下来的“有”是为了更进一步体现他的“无”。

周恩来此行所以选中新会，有一点小起因。当年 6 月 19 日《人民日报》报道新会农民周汉生用水稻与高粱杂交获得一种优良水稻新品种。周总理很重视，6 月 30 日专门带了一位专家飞广州，又转来新会。在实验田旁周见到了这位农民。可以看出，那个时代生活条件还很差，乡干部和农民一律都是赤脚，总理的穿着也就比他们多了一双布鞋，只是衣服稍整洁一些。接待人员找了一把小竹椅，一个小方竹凳放在地头，本意让总理坐小竹椅，不想总理一到就坐在小凳上，把小椅子推给周汉生，还说你长年蹲田头，太辛苦。这就是周恩来的风格，尽量为他人着想，决不摆什么架子。这张照片挂在展室的墙上，成了现在人们难以理解的场景。按现在的习惯，官大一级，见面让座，起行让路，等级分明。一个大国总理来到地头已属不易，怎么能在座位上尊卑颠倒呢？我立即联想到，已逝全国记协主席吴冷西也是新会人。一次，我当面听他讲过这样一件事，五十年代初，朝鲜工会代表团来访，总理接见并合影，他的座位本安排在前排正中。周恩来不肯，他要当时的全国总工会主席刘宁一与客人坐正中，他说你是正式主人，今天我是陪客，结果他真的坐在旁边，报上也就这样照发照片，那时大家觉得也很自然。我曾见过延安时期老同志的几幅合影，大家都随意或坐或站，有几次毛泽东都站在较偏的位置。无疑，毛当时的地位是应该居首位的。现在我们看这些老照片，心里真说不清是陌生还是亲切。

总理“让座”这一行为，在今天看来是不可思议，在当时接受起来却是顺理成章。到底是哪个时代人的思维定式出了问题呢？

座位这个东西是典型的物质与精神的结合。有把椅子，坐着好说话或办事，这是物质；坐上去，别有一种感觉，这是精神。坐椅子的人多了，就要排个次序，就有了等级。等级就是一种精神。等级不可没有，如军队指挥，无等级就无效率。但不可太严，太严了就成障碍，心理障碍，工作障碍。正如列宁所说：真理很灵活，所以不会僵化；又很确定，所以人们才能为之奋斗。现在我们对座次的设计

过渡句，使文章从讲实际的让座行动过渡到总理对政治权力的谦让上来。文章虚实结合，丰富了“让座”这个话题的内涵。

是越来越精，越来越细，只僵化而不灵活了。不用说大会谁上主席台，台上又谁前谁后，有的单位开会，除分座次，还要专制一把稍大一点的椅子，供一把手坐。我又听过一个故事，一位新来的部长，很不习惯这种把他架在火上烤的坐法，每次到场，自己先把这把大椅子撤去。但下次来时，大椅子又巍然矗立原地与他四目相对。他的务实作风拗不过笼罩四周的座次精神。

存在决定意识，在没有椅子坐时，当然没有座次。我看过西柏坡七届二中全会的会场。那是一间大伙房，没有坐椅。五十六个中央委员、候补委员，随手从房东家带一个小板凳就开大会。难的是有了椅子后怎样办？这里有个公心、私心之分。以公心论坐，党内讲平等，是同志；党外讲服务，是公仆，何必争坐？何敢争坐？以私心论坐，则私心无尽，锱铢必较，事事都要争个高低。周恩来的一生是为公的一生，这从他位次变化中可以看出来。他早年就坐到党内的第二把交椅。长征开始时，党务、军务大事由最高三人团负责：博古、周恩来，还有一个外国人李德。遵义会议后他把军事指挥的椅子让给毛泽东，一、四方面军会师，为团结四方面军又把红军总政委的椅子让给张国焘。解放后他又有两次让位。一是1958年6月，就是这次到新会调查之前，因为几次受到批评，周就提出辞去总理职位，后来政治局不同意，算是让位未果。但后来经济困难立即证明周的意见对，他又毫无怨言，以总理的身份来收拾这个烂摊子。第二次是让位给林彪当副统帅，后林自我

此为总理“让座”的思想根源。

爆炸，驾机出逃，他把办公椅子搬到大会堂坐镇指挥，力挽狂澜，化险为夷。

大位无形，不管周在历史上曾将位置让毛、让张，还是文革中让位于林，或者还要对江青忍让三分，但在老百姓的心里他永远是国家的总管，是仅次于毛的二把手。这个位置是永远也变不了的。后来的年轻人不理解，总爱问周为什么要这样一让再让？为什么不敢与毛争一下呢？我听说一位领导同志当面问过周，周说，如果那样党就会分裂。他是仔细衡量过利害的。“文革”最困难的时期，他说过一句话，“我不下地狱，谁下地狱？”还是为公，为了国家利益。其实共产党无论全党还是党员，本没有自己的私利。西安事变，抓蒋而不杀，反而还承认他的领袖地位，为抗日，为挽救民族危亡，这是最大的忍让。周是代表党亲自到西安处理这件事的。无论对内对外，若让而能利天下，他都义无反顾。

总理“让座”行为在这里从“对他人的尊敬”上升为“为全局的牺牲”，他的“让”是个人待遇上的一种损失，却因此赢得了人民爱戴的心。

那么，周恩来争过椅子没有？争过，在西安、在重庆、在南京与国民党长达十年的谈判就是在争椅子，为党争，为民争。周恩来说，谈判都把人谈老了。但还是谈不成。周就甩手回延安，而蒋最后落得只能到台湾给自己安一把小椅子。新中国成立到周去世凡二十七年，周主持外交，参加或指挥了所有重要的国际谈判，与美国人在朝鲜谈，在华沙谈；与苏联人谈，甚至在莫斯科与老大哥吵翻，拂袖而去。都是要为中国在国际上争一把交椅。而他自己却忙得坐不暖席。毛泽东出行用专列，周出行几乎全坐飞机，不是飞机的椅子好坐，是为省时，多

“让”与“争”的本质都是顾全大局、大公无私。

唯一的“奢侈”并不是为了自己。

一点时间去工作，去为民为国多争一点权利。最危险的一次是去开万隆会议，他的座机为特务所炸，幸亏他临时换机。而身边的工作人员总不会忘记周的一个工作细节，每临大会，他要亲自到主席台或会场上看一下坐席，特别是党外民主人士的座位摆得是否合适。最后又不会忘记检查一下毛主席的坐椅，摇一摇，稳不稳，再看看，视线清不清。这就是周恩来。他心里有一个座次，孰重孰轻，何让何争，明白见底。

不仅让座于人，而且关心他人之座重于自己。

在看这个纪念馆时我很庆幸1958年周让位之未成，不然国家还要多一次悲剧。又想到"文革"中周虽让位，林彪又不能久居，不是图位之人不想接，也不是接位之人不欲久坐，是他们不能承受这轻，不能承受周的这轻轻一让；又不能承受这重，承受这国事民心之重。庄子说："先贤而后王"，从政者必得先有贤能之德、之力，才敢去接王位。王位是什么？就是一把办重要事情的椅子。历史上凡大让之人都有大公大仁之心，尧让天下于舜；舜让天下于禹；孙中山让总统位于袁世凯；华盛顿当了两届总统毅然让位；邓小平首开在位退休先例。他们都是大公大仁之人。我在新会看到的这两把小椅凳当然不是王者之椅，它实在太普通了，甚至在民间已很难找到。但纪念馆主人很珍重地对我说："这两把椅凳，我们刚从主人家里征集到，已作为重要文物收藏了。"我想，西柏坡会议上的那些小木凳散落民间，也不知有没有人收藏。人们现在更关注的是怎样去制新椅子。前不久，我到北京一家专门

总理之位是为了人民的劳苦之位，无一点私利，唯有公心，贪图高位者无法接受这清正廉洁的谦让。

开重要会议的宾馆里就会，吃饭时，坐椅庞然而厚重，颇有几分威严，椅子围桌而立，远望如一圈逶迤的长城。用餐者入座挪椅很不方便。我忍不住对经理说，餐厅之椅还是以轻便为好，何用这样隆重？她说这是专门请人设计的，一把就两千元。我说这种重椅只合主席台上用，放在这里讲错了排场，又枉费了许多钱。但设计者恐怕另有考虑。

新会的一个小型纪念馆让我联想频频，悟到一个大道理。座位这个东西有实在的物质和虚拟的精神两方面的含义。如果只从实用考虑，能坐、舒适就行，大可不必争什么座次；如果从精神方面考虑，每个人在众人心里的位置是他德与能的总和，争与不争都是一样的。相反，愈争就愈见其私，位次更低；愈让就愈见其公，位次更高。这是做人的道理。

一把小小的坐椅，蕴含了做人的道理，周总理就是这方面的表率。

——忽又重听《走西口》

正月里回家乡过年，初三那天作家赵越、亚瑜夫妇请吃饭，点的全是山西菜，不为别的，就是要个乡土味。席间，我问赵兄，最近又写了什么好歌词。我知道这几年他在词界名声大振。从中央电视台的春节晚会，到山西歌舞剧院出国演出，无不有他的新词。他说别的没有，倒有一首《走西口》，是旧瓶装新酒，还可自慰。我知道《走西口》是在山西、内蒙古、陕西一带流行极广的一首民歌。过去晋北、陕北一带生活苦寒，一些生活无着的人便西出内蒙古谋生，有的是去做点小买卖，有的是春种秋回，收一季庄稼就走。这一生活题材在民间便产生了各种版本的《走西口》，大都是叙青年男女的离别之情，且多是女角来唱，其词凄切缠绵，感人肺腑。赵君这一说，再加上这满桌莜面山药蛋、酸菜羊肉汤，乡情浓于水，歌情动于心，我忙停箸抬头请他将新词试说一遍。他以手辗转酒杯，且吟且唱：

每一地域因为独特的风土人情而形成不同的民俗，而民歌是民俗的重要组成部分。

叫一声妹妹呦你泪莫流，
泪蛋蛋就是哥哥心上的油。
实心心哥哥不想走，
真魂魂绕在妹妹身左右。
叫一声妹妹哟你不要哭，
哭成个泪人人你叫哥可咋上路？

人常说树挪死来人挪活，
又不是哥哥一人走西口。
啊，亲亲！
挣上那十斗八斗我就往回走。

就这么几句，我心里一惊，不觉为之动容。确实是旧瓶新酒，变女声为男声，男儿有泪不轻弹，其悲中带壮，情中有理，虽无易水之寒，却如长城上北风之号，只有在黄土地上，在那裸露的沙梁土坎上，那些坡高沟深，无草无树，风吹塬上旷，泥屋炊烟渺的黄土高原上才可能有这种质朴的赤裸裸的爱。这是小溪流水，竹林清风，《阿诗玛》、《刘三姐》等那种南国水乡式的爱情故事所无法比拟的。赵君过去写过许多洋味十足的诗，其外貌风度也多次被人错认为德国友人或墨西哥影片里的角色等，不想今日能吐出如此浑厚的黄土之声。我说你以前所有的诗集、歌词都可以烧掉了，只这一首便可使大名传世。这时一旁的亚瑜君插话："别急，你听下面还有对妹子的呵护之情呢。"赵君接着吟唱：

形式上为独白，其实有着真实的生活情节，有对白，有动作，有神态。

叫一声妹妹你莫犯愁，
愁煞了亲亲哥哥不好受。
为你码好柴来为你换回油，
枣树圪针为你插了一墙头。
啊，亲亲！
到夜晚你关好大门放开狗。
叫一声妹妹哟你泪莫流，

挣上那十斗八斗我就往回走！

我是在西口外生活过整整六年的。大学一毕业即被分配到那里当农民，也算是走西口，不过是坐着火车走。那时当然比现在苦，但还不至于苦到生活无着，并不是为了糊口，是为了“支边”，或者是充边，是“文革”中对“臭老九”的发配。当时我也未能享受到歌中主人翁的那份甜丝丝的苦，那份缠绵绵的愁。因为那时还没有一个能为我流泪滴油的妹妹。正是天苍苍，野茫茫，孤旅一个走四方。但那天高房矮、风起沙扬、枣刺柴门、黄泥短墙、寒夜狗吠、冷月白窗的塞外景况我实在是太熟悉了。你想孤灯长夜，小妹一人，心还在啊。妹的泪“是哥哥心上的油，真魂魂绕在妹妹身左右”，这是何等痛彻心骨的爱啊。这种质朴之声，直压中国古典的《西厢记》、西方古典的《罗密欧与朱丽叶》。赵君谈得兴起，干脆打开了音响，请我欣赏著名民歌演唱家牛宝林演唱的这首《走西口》。霎时，那嘹亮的带有塞外山药蛋味的男高音越过了边墙内外和黄土高坡上的沟沟坎坎、峁峁垴垴。我的心先是被震撼，接着被深深地陶醉了。

中国古典的含蓄是美的，西方古典的高雅与热烈是美的。而美的艺术作品、美的文学作品的根本一定是质朴的。民歌直接表现了质朴，就让我们一眼看到了美的最所在。

祖逖闻鸡起舞，我今闻赵君一歌思绪起伏。爱情这东西实在属于土地，属于劳动，属于那写无产、无累、无任、无负的人。古往今来有多少专吃爱情饭的作家，从曹雪芹到张恨水到琼瑶，连篇累牍，其实都赶不上塞外这些头缠白毛巾的小伙子掏出心来对着青天一声吼。就像人类在科学上费尽心机，做了许多发明，回头一看远不如自然界早已存在的物和理，又赶快去研究仿生学。赵君也是写了大半辈子诗的人了，绕了一圈回过头来，笔墨还是落在了这一首上。人以五谷为本，艺术以生活为根。黄土地实在是我们永远虔诚着的神。这使我想起四十年代在陕北那块贫瘠的土地上，一批肚子里装满了洋文、古文的知识分子，他们打着裹腿，穿着补丁褂子，抿着干裂的嘴唇，顶着黄风，在土沟里崖畔上白天晚上地寻寻觅觅，为的是寻找生活的原汁原味，寻找艺术的源头。这其中最具代表性的是李季的《王贵与李香香》——

脱离生活的艺术，永远没有生命力，无法把人深深感动。

沟湾里胶泥黄又多，
挖块胶泥捏咱两个。
捏一个你来捏一个我，
捏的就像活人托。
摔碎了泥人再重和，
再捏一个你来再捏一个我。
哥哥身上有妹妹，
妹妹身上有哥哥。

我请赵君给我随便讲一件在晋西北采风的事。他说："一次在黄河边上的河曲县采风，晚上油灯下在一家人的土坑上吃饭，我们请主人随意唱一首歌。小伙子一只大手卡着粗瓷碗，用筷子轻敲碗沿，张口就唱'蜜蜂蜂飞在窗棂棂上，想亲亲想在心坎坎上'，不羞涩，不矫情。像吃饭喝水一样自然。”这也使我想起那一年在紧靠河曲的保德县（就是歌唱家马玉涛的家乡）采访，几位年青男女也是用这种比兴体张口就为我唱了一首怀念周总理的歌，立时催人泪下。这些伟大的歌手啊，他们才是大师，才是音乐家，就像树要长叶，草要发芽，他们有生就有爱，有爱就有歌，怎么生活就怎么唱。在他们面前我们真正自愧不如。到后来，等到我也开始谈恋爱时，虽然也是在西口古地，也是大漠孤烟，长河落日，锄禾田垄上，牧马黄河边，但是无论如何也吼不出那句“泪蛋蛋就是哥哥心上的油”。现在闻歌静思才明白，真正的爱、质朴的爱最属于那些土里生土里长的山民。他们终日面对黄土背朝天，日晒脊梁汗洗脸，在以食为天的原始劳作中油然而生的爱，还没有受过外面世界的惑扰，还保有那份纯那份真，就像要找真人参还得到深山老林中的悬崖绝壁上去寻。像我们这些城市中的文化人每天挤汽车、找工作、评工资，还有什么迪斯科、武打片、环境污染、公共关系，早已疲惫不堪，许多事都是“欲说还休（羞）”，哪里还有什么“泪蛋蛋、真魂魂、枣圪针、实心心”，更没有什么晚上能卧在你脚下的狗。

在最原始的泥土上发出人性中最原始的感情，这是最符合逻辑的。

听着歌，我不禁想起两件事。一是著名学者梁实秋，晚年丧妻后爱上了比他小二十多岁的孤身一人的歌星韩菁菁。这是个人的私事本来很自然，但却舆论哗然，首先梁的学生起来反对，甚至组织了“护师团”来干预他的爱。老教授每天早晨起来手拿一页昨晚写好的情书，仰望着情人的阳台。这位感情丰富，古文洋文底蕴极厚又曾因独立翻译完成《莎士比亚》而得大奖，装了一肚子爱情悲喜剧的老先生决不敢在静静的晨曦中向楼上喊一嗓子："叫一声妹妹你莫犯愁。"文化的负重，倒造成了爱的弯曲，至少是爱的朦胧。

人越是脱离蒙昧原始的环境，就离本真的自己越远，变得无法自由表达心声。不由得要羡慕民歌中直白炙热的大胆表达方式。

还有一件那一年我在西藏碰到的极普通但又印象极深的事。那天我在布达拉宫内沿着曲曲折折的石阶木梯正上下穿行，这座千年旧宫正在大修，到处是泥灰、木料，我仔细地看着脚下的路，忽隐隐传来一阵歌声。我初不经意，以为是哪间殿堂里在诵经。但这声音实在太美了。乐声如浅潮轻浪，一下下地冲撞着我的心。我心灵的窗户被一扇一扇地推开了，和风荡漾，花香袭人。我便翻架钻洞，上得一层楼上，原来是一群青年男女正在这里打地板。西藏楼房的地板是用当地产的一种"阿嘎"土，以水泡软平铺地上一下一下地砸，砸出的地板就像水磨石一样，能洗能擦，又光又亮。从一开始修布达拉宫到以后历朝历代翻修，地面都是这样制作，他们称为水土泥。我钻出楼梯口探头一看，只见约三十个青年分成男女两组，一前一后，每人手中持一根齐眉高的细木杆，杆的上端以红绸系一个小铜铃铛，下端是一块上圆下平如碗大的石头。在平坦的地板上，后排的方阵的小伙子都紫红脸膛，虎背熊腰，前排的方阵的姑娘们则长辫盘头，腰系彩裙，面若桃花。只听男女歌声一递一进，一问一答，铃声璀璨，夯声墩墩，随着步伐的进退，腰转臂举，袍起袖落。这哪里是劳动，简直就是舞台演

"舞台演出"可以理解为生命、情感的艺术表达。

出，这时旁边的游人被吸引得越聚越多。青年们也越打越有劲，越唱越红火，特别是当姑娘们铃响夯落，面笑如花，转过脸去向小伙子们甩去一声歌，那群毛头小子就像被鞭子轻轻抽了一下，喜得一蹦一跳，手起铃响，轰然夯落，又从宽厚的胸中发出一声山呼之响，嗡嗡然，声震屋瓦绕梁不绝。和我同去的一位年轻人竟按捺不住自己，跳进人群，抢过一根夯杆也手之舞之，足之蹈之起来。我看之良久，从心里轻轻地喊出一声："这样的劳动怎么能不产生爱情！"

爱是男女相见相知、不由得发出的相悦相恋之情。对这种感情的表达，不同生活环境中的人会有不同的方式。李清照与其夫金石家赵明诚算是中国历史上文化层次很高的一对了，两人分居两地，十分思念，李清照便写了一首后来在中国文学史上极有名的《醉花阴》："薄雾浓云愁永昼，瑞脑消金兽。佳节又重阳，玉枕纱橱，半夜凉初透。东篱把酒黄昏后，有暗香盈袖。莫道不消魂，帘卷西风，人比黄花瘦。"李将这首词寄给丈夫，赵明诚喜其情切词美，发誓要回写一首并超过她，便谢客三天，废寝忘食，得五十首，杂李词于其中以示友人。友人玩之再三，说只有这三句最佳"莫道不消魂，帘卷西风，人比黄花瘦"。赵自叹不如。像这种爱，早已经是非要爱出个花样不可，有点斗法的味道了。梁实秋与他所爱的大歌星当着面什么不能说，非得先写好一份情书，然后再捧书上门。这真是"人生识字扭捏始"，偏要拐那十八道弯。学问越高。拐的弯就越多。

文者，纹也，装饰，花样之谓也。文人办什么事都爱包装一下，连表达爱也是这样。但物极必反，弯子拐得过多，作品就没有人看了，文人自己也会觉得没趣，于是又寻找回归。胡适说，“中国文学史上何尝没有代表时代的文学？但我们不应向那古文传统史里去找。应该向旁行斜出的不肖文学里去寻找，因为不肖古人，所以能代表当世。”胡适其他观点暂不去论，他的这句话倒很合毛泽东同志讲的：人民生活“是一切文学艺术取之不尽，用之不竭的唯一的源泉”，“过去的文学作品不是源而是流”。所以从古到今，诗歌都有向民歌特别是向民间的情歌学习的好传统。明代出了个作家冯梦龙，清代乾隆朝有个王迁绍，专向白话俚语学习，大量收集民间创作。有一道情诗《牛女》这样写道：

“弯子绕得过多”当然就走得太远，以至于让人把握不到美的根本，看不到质朴，眼前空余繁华，甚至是虚伪的枝节。于是“觉得没趣”。

闷来时
独自个在星月下过。
猛抬头，
看见了一条天河，
牛郎星、织女星俱在两边坐。
南无阿弥陀佛，
那星宿也犯着孤，
星宿儿不得成双也，
何况他与我。

用这首诗来比李清照的《醉花阴》如何？更能

感觉到直接来自生活源头的清纯。而且在表现手法上，先是平平道来，最后用了逆挽之法，说是技法的成熟。不如说是真情所在，情到技到，大道无形，真情无文。其实一切好的民歌的美，正在于此。无论铺排、比兴，全在一个真实自然，见情而不露文。唐代是我国诗歌发展史上的一个高峰。像白居易那样的大家写罢诗后也要去向老太婆读，好求得民间的认同。刘禹锡在向民歌学习方面也很见成效，他的《竹枝词》就很有质朴之美："杨柳青青江水平，闻郎江上唱歌声。东边日出西边雨，道是无晴却有晴。"在诗歌创作方面，这种学习从古至今一直不衰。连那个只会写词不会治国的亡国之君李后主也有一首写得很直率的《菩萨蛮》："花明月暗笼轻雾，今宵好向郎边去！刬(chǎn)袜步香阶，手提金缕鞋。画堂南畔见，一向偎人颤。奴为出来难，教郎恣意怜。"看来不管是皇帝老子还是风流名士，要写好诗就得向百姓学习，努力去掉文人身上的珠光色和胭粉气。当然学习也要有个度，也不是越土越好，土到《红楼梦》里的薛蟠体也就糟了。

一切技巧和修辞，都是缘情而发，水到渠成。

简单并不等于简陋，是表达手段的朴素，而非文学韵味的缺失。

其实，赵君的诗大多是为歌、为舞而写的。这几年在舞台上有一股不太好的风，哪怕是唱一首很纯朴的民歌，也要光怪陆离，烟雾漫漫，然后再找一些不明不白的伴舞，在歌手的前后左右伸胳膊蹬腿，非得把那清粼粼的旋律、蓝格莹莹的舞台，搅得一团混乱才甘心。而赵君的词却自带着一份不可亵渎的清纯。所以他的词也给舞台的台风带来了可喜的回归。他这几年的一大功劳是与著名编舞

不跟风，不丧失自我，才能表达出自己的特色。

王秀芳等人合作创作了两台乡土味极浓的歌舞《黄河儿女情》和《黄河一方土》。这两台戏大震京华，并多次远征国际舞台。可见人心思土，艺风贵朴。剧中有一段《背河》舞，就是编舞在他那首极富动感的歌词的启发下编出的，效果极佳。北方的河水清浅，又多无桥，男人一般能蹚水过河，姑娘、媳妇胆小怕凉不敢蹚水。于是就专门有人在河边做起背人过河的生意，挣个小钱。前面说过，凡有劳动的地方就有爱，就在河边这种特殊劳动的小皱褶里也藏着爱。赵君的《背河》词里这样写道：

背起小妹妹河中走，
背了个欢喜扔了个愁。
妹妹的细腰扭呀扭，
扭得哥哥甜格滋滋，
像喝了蜜酒。
得儿哟，得儿哟
莫怕那风浪三丈三，
妹妹哟，妹妹哟
哥的劲头九十九丈九！
背起小妹妹河中走，
叫声妹妹不要害羞；
小心那掉在河里头，
快把哥哥亲格热热
紧紧地搂。
得儿哟，得儿哟，
明年再背你下花轿，

妹妹哟，妹妹哟

亲手给你揭开红盖头！

他的这首歌，又使我想起当年在口外当农民劳动锻炼时的一幕戏。春天里大地刚刚苏醒，春风吹过河套平原，有一丝丝的温馨，一丝丝的甜润。柳条开始发软，枯草刚顶出新芽。劳动休息时，四野旷旷无以为乐，经常的节目是摔跤。让我们这些洋学生大吃一惊的是，那些还没有脱去老羊皮袄的姑娘，手大腰壮，竟敢向小伙子叫阵，一会儿就龙腾虎跃，翻滚在松软的犁沟里，羞得我们看都不敢看。在劳动中油然而生爱心，爱心萌动就以歌抒之，歌之不足，舞之蹈之。现在想来田野上这种超出舞蹈的游戏中又一定还藏有那歌之舞之所没有表达尽的爱。

重听《走西口》，听出了生活的美与爱，直达人类生命的本质。

在赵君家吃了一顿饭，听了几首歌，倒惹我想了这许多。临走时赵君送我两盒《走西口》的磁带，这回赴宴真是货真价实。

——书与人的随想

在所有关于书的格言中，我最喜欢赫尔岑的这句话："书是行将就木的老人对刚刚开始生活的年轻人的忠告……种族、人群、国家消失了，但书却留存下去。"

人类社会是一个连续发展的过程，我们常将它们比作历史长河，而每个人都是途中搭行一段的乘客。每当我们上船之时，前人就将他们的一切发现和创造，浓缩在书本中，作为欢迎我们的礼物，同时也是交班的嘱托。由于有了这根接力魔棒，所以人类几十万年的历史，某一学科积几千年而有的成果，我们便可以在短时间内将其掌握，而腾出足够的时间去进行新的创造。书籍是我们目接千载、心通四海的桥梁，是每个人来到这个世界上首先要拿到的通行证。历史愈久，文明积累愈多，人和书的关系就愈紧密相连。

要获得知识，人就应该以一种谦虚的姿态接近书，面对前人浩如烟海的文献，我们首先要承认自己的无知，而不是以为现在就一定超过古代，自认站在历史的最高点上对一切都可以嘲笑讥讽，说一些轻薄古人的傻话。

现实生活中我们常常会发现一个新的世界，比如海洋、太空、微生物等等。凡新世界都会给我们带来无穷的乐趣。但真正大的世界是书籍，它是平行于物质世界的另一个精神世界。有位养生家说过这样的一句话："健康是幸福，无病最自由。"这是讲作为物质的人。正常人刚生下来没有任何疾病，一张白纸，生机盎然，傲对来世。以后风寒相侵，细菌感染，七情六欲，就灾病渐起，有一种病就减少一分活动的自由。作为精神的人正好与此相反。他刚一降生时,对这个世界一无所知,迷蒙蒙,怯生生,茫然对来世。于是就识字读书,读一本书就获得一分自由,读的书越多,获得的自由度就越大。所以一个学者到了晚年,哪怕他是疾病缠身,身体的自由度已极小极小,精神的自由度却可达到最大最大,甚至在去世之后他所创造的精神世界仍然存在。哥白尼一生研究日心说,备受教会迫害,到晚年困顿于城堡中,双目失明,举步维艰,但他终于完成了划时代巨著《天体运行》。到去世前一刻,他摸了摸这本刚出版的新书欣然离开了人世。这时他在天文世界里已获得了最大自由,而且还使后人也不断分享他的自由。

人的价值的实现,并不仅仅在当世,有很多人在当世都不被人们所理解、所接受,但是他们超越时代的眼光,最终会得到全人类的理解和历史最公正的认同。

中国古代有人之初性恶性善之争。我却说,人之初性本愚,只是后来靠读书才解疑释惑,慢慢开启智慧。凡书籍所记录、所研究的范围,所涉及的东西。他都可以到达,都可以拥有。不读书的人无法理解读书人的幸福,就像足不出户者无法理解环球旅行者或者登月人的心情。既然书总结了人类的一切财富,总结了做人的经验,那么读书就决定了一个人的视野、知识、才能、气质。当然读书之后还要实践,但这里又用到了高尔基的那句话:“书籍是人类进步的阶梯”,如果你脚下不踏一梯,你的实践又能走出多远呢?那就只能像一只不停刨洞的土拨鼠,终其一生也不过是“吃、穿”二字。你可以自得其乐,但实际上已比别人少享受了半个世界。一个人只有当他借助书籍进入精神世界,洞察万物

书对于人的成长的作用巨大。

时，他才算跳出现实的局限，才有了时代和历史的意义。古语言：读书明理。谁掌握了真理谁就掌握了世界。所以读书人最勇敢，常一介书生敢当天下，像毛泽东当年不就是以一青年知识分子而独上井冈山，面对腥风血雨坚信能再造一个新中国？他懂得阶级分析、阶级斗争这个理。像马寅初那样，敢以一朽老翁面对汹汹批判，而坚持到胜利。他懂得人口科学这个理。他知道即使身不在而理亦存，其身早已置之度外。读书又给人最大的智慧。爱因斯坦在伽利略、牛顿之书的基础上，发现相对论，物理世界一下子进入一个新纪元。马克思穷读了他之前的所有经济学著作，发现了剩余价值规律，指出资本主义必然灭亡，一下子开辟了社会主义革命的新纪元。他们掌握了事物之理，看世界就如庖丁观牛，“以神遇而不以目视”，这是常人所难及。所以从一定意义上讲，读书造人。你要成为某方面有用的人，就得攻读某方面的书，你要有发现和创造，就得先读过前人累积的书。毛泽东讲，从孔夫子到孙中山都要给以总结，历史也就真的产生了毛泽东、邓小平这样的巨人。这就是为什么一个民族的甚至世界的伟人，必定是一个知识分子，一个读书人，一个读书最多的人。

只有读书才能够明白真正的为人处世的道理，从浮躁的心态走向内心的成熟，从而在现实社会中更好地为人，以更加开阔的眼光去审视这个世界，改变这个世界。

我们作为一个历史长河中的旅人，上船时既得到过前人以书的赠礼，就该想到也要为下一班乘客留一点东西。如果说读书是一个人有没有求知心的标志，那么写作就是一个人有没有创造力和责任感的标志。读书是吸收，是继承；写作是创造，是超读书明理，作文明志。

孔子讲求“述而不作”，曾经被人误解为在现实面前的裹足不前。其实，现在的社会正是太过于强调推陈出新、超越古人，才会在心态上偏离了人类历史发展的正常轨迹。

书与人之间的相处，是一门深奥的学问。

越。一个人读懂了世界，吸足了知识，并经过了实践的发展之后，才可能写出属于他自己而又对世界有用的东西，这就叫贡献。这样他才真正完成了继承与超越的交替，才算尽到历史的责任。写作是检验一个人的学识才智的最简单方法，写书不是抄书，你得把前人之书糅进自己的实践，得出新的思想，如鲁迅之谓吃进草，挤出牛奶与血，这是一种创造，如同科学技术的发现与发明，要智慧和勇气。小智慧小文章，大智慧大文章。唐太宗称以铜为镜、以史为镜、以人为镜，其实文章也是一面大镜子，验之于作者可知驽骏。古往今来，凡其人庸庸，其言云云，其政平平者，必无文章。古人云立德立言，人必得有新言汇入历史长河而后才得历史的承认。无论马、恩、毛、邓，还是李、杜、韩、柳，功在当世之德，更在传世之文，他们有思想的大发现大发明。我们不妨把每个人留给这个世界的文章或著作算作他搭乘历史之舟的船票，既然顶了读书人的名，最好就不要做逃票人。这船票自然也轻重不同，含金量不等，像《资本论》或者《红楼梦》，那是怎样一张沉甸甸的票据啊。书的分量，其实也是人的分量。

不读书愚而可哀，只读书迂而可惜；读而后有作，作而出新，是大智慧。

——单元链接

“人性”其实是一个很复杂的话题,“人”字虽然只有两笔,却很难用几句话说完。在这个单元里面选入的文章只是从几个侧面展开对人本身的联想。人的动物性,人的社会性,人应该追求什么样的境界,都是我们可以思考的主题。

图书在版编目(CIP)数据

人人皆可为国王——梁衡散文精读/梁衡原著;李郦编注.
—上海:复旦大学出版社,2008.8(2022.7 重印)
(著名中学师生推荐书系/黄荣华主编)
ISBN 978-7-309-06208-3

Ⅰ.人… Ⅱ.①梁…②李… Ⅲ.散文-作品集-中国-当代 Ⅳ.I267

中国版本图书馆 CIP 数据核字(2008)第 115772 号

人人皆可为国王——梁衡散文精读
梁 衡 原著 李 郦 编注
责任编辑/李又顺

复旦大学出版社有限公司出版发行
上海市国权路 579 号 邮编:200433
网址:fupnet@fudanpress.com http://www.fudanpress.com
门市零售:86-21-65102580 团体订购:86-21-65104505
出版部电话:86-21-65642845
上海崇明裕安印刷厂

开本 890×1240 1/32 印张 8.875 字数 221 千
2008 年 8 月第 1 版
2022 年 7 月第 1 版第 21 次印刷
印数 121 401—125 500

ISBN 978-7-309-06208-3/I·447
定价:29.00 元